焼け跡の青空

高畠寛

鳥影社

焼け跡の青空　目次

焼け跡の青空

第一章

邦夫《くにお》のふるさとは焼け跡である。大阪の南西部、海抜零地帯の運河沿いの焼け跡である。食べるものも着るものも住む所も何も無かった時代、焼け跡の上には、青空だけはたっぷりあった。一九四五年三月十三日のたった一回の空襲で、工場の多かった邦夫たちの住む下町は、きれいに焼けてしまった。一面の焼け跡で遠く鉄筋コンクリート造りの高島屋のビルやガスビルがあるだけで天気の日には生駒《いこま》山まで見わたせた。小学校三年生になる前の春である。敗戦の八月まで、大阪の空には何度も敵機はやってきたが、焼け跡にはもう一度焼夷弾や爆弾をばらまくような、無駄なことはしなかった。

すっかり平べったくなった地面に、翌年の夏、アメリカから渡ってきたというセイタカアワダチソウが、焼け崩れた機械の残骸や土蔵を埋めつくして繁茂した。そして早くも、一夜のうちに湧いて出てきたかのように、焼け跡のあちらこちらにバラックが建った。そんな夏草の上に、果てしないでっかい青空が、重そうにのっていた。

焼け跡の原野を、野猿のように駆けめぐって、邦夫たちは大きくなった。原野には丘もあり、池もあり、小川もあり、虫もいたし、蛇もいたし、トンボもいたし、川にはフナや鯉《こい》さえいた。兎はいなかったが、小ぶな釣りしかの川である。

八町会と九町会の境界にある綿工場の焼け跡には、広場になる土間があった。雨が降ると、周囲の焼け残った真っ黒い綿が溶けて、硯《すずり》の上を歩くようだった。足にも服にも容赦なく墨が付いた。天気の日が続き、強い風が吹くと、ほこりとも墨ともつかないものが、いっせいに飛び散った。一坪当り数発の割合で降ってきた焼夷弾は、この土蔵の倉庫を破壊したが、積み重ねられた綿を完全に燃え上がらせるまでには至らなかったらしい。幾棟か建っていた焼け崩れた倉庫に囲まれて、広い土間が残っていた。

建物の残骸らしきものの残っていたのはここだけだったし、瓦礫《がれき》や夏草におおわれていない広い土間があるのもここだけだった。カン蹴りや、軍艦ごっこや、三角ベースボールの邦夫たちの遊び場になった。

紙芝居がその場所にやって来るようになったのは、割合早い時期である。敗戦の翌々年くらいである。

Aちゃんといって、野球帽をかぶった、色の黒い四角い顔の、目のぎょろっとした紙芝居だ。野球帽のマークがAなのだ。他の紙芝居も来たが、Aちゃんの「黄金バット」にはかなわなかった。だから後では、その広場にはAちゃんしか来なくなった。

Aちゃんは厳正公平だった。がき大将が一番前に立つことを許さなかった。背の順だった。

人気があったので、うしろの方は石炭箱の上から眺めるほど子供が集まった。子供ばかりではない。バラックから出てきたお母ちゃんや、失業中のお父っつぁんまで集まってきた。

ぼろをまとったような、あるいはいっぱい継ぎの当たった、雑多な服の子供や大人が、背の順に整然と並ばされた。このためにかなり時間をとられるのだ。なかにはもめて泣き出す子もいたが、Aちゃんはこのやり方を絶対に曲げなかった。また、Aちゃんは断固として「ただ見」を許さなかったので、そのために泣きながら帰る子もいた。「黄金バット」を見たいがために、スコンブ一枚、ミズアメ一本のお金を、必ず確保しておかねばならなかった。

どすのきいた声で、目玉をむきながら、澄んだ青空に向かってAちゃんは絶叫した。そうして紙芝居の絵をさっと抜くのだ。そこには新しい絵が、胸をどきどきさせるような場面が出現する。大人も子供もかたずを飲んで見守った。マントをひるがえした黄金バットが、尻尾をくねらせた龍のような機械獣に乗って、高笑いしながら青空高く駆け登るのである。

邦夫たちを含め、大部分の子供たちはどうしていたかというと、自分らで稼ぎ出すのである。敗戦から数年、邦夫たちはいつも空腹をかかえていた。空腹を満たすための獲物が焼け跡にはいっぱい眠っていた。生き物ではない。鉄を主体とした廃材である。それを掘り出し、寄せ屋に持っていき、金に替え、それで関東煮（おでん）やら駄菓子を買い食いするのだ。焼け跡は獲物の宝庫であった。

たいてい数人の仲間と組んで、作業をした。彼らの第一の狙いは当然鉄だ。鉄は値段は安かったが、大量に発見できた。焼け跡に塀がめぐらされ、そこへ立ち入りできなくなる朝鮮戦争の始まる頃まで、ほとんど無尽蔵なくらい、空いた胃袋を満たしてくれたし、ベッタン（メンコ）やラムネ（ビー玉）やバイ（ベーゴマ）を買う資金を供給してくれた。

くず鉄の値段は、朝鮮戦争の始まる一九五〇年頃まで、一貫目十円した。また銅や真鍮《しんちゅう》は二、三百円した。一九四六、七年頃の値段は覚えていないが、とにかく一人、三十円ぐらいになれば、おんの字なのだ。好きなだけ関東煮が食えたし、好きなものが買えた。

一人か二人の時は色モノを探した。アカ（銅）でも真鍮でもよかった。手で持っていける程度のもので百円以上になった。だからそれはもうたいした宝物だった。しかしそれを発見するのはほとんど偶然である。いくら焼け跡を掘り返しても見つかるものではない。

鉛管の方は少し安いが、水たまりの中に口を出しているのがよく発見できた。その水たまりが自然にできたものではなく、ちょろちょろと水道が漏れてできた水たまりがそうであって、この見きわめがむつかしかった。

雑草をかきわけ、瓦礫を掘って、一番根元のところで鉛管を金ノコで断ち切るのである。あとは水がでないように金ヅチで管を押しつぶしておくのだ。こんな時、邦夫たちはものすごく興奮した。水道の水飛沫《みずしぶき》をあびて、顔から頭から服から水びたしになりながら、せっぱ詰まった気持になって、急いで仕事をした。寄せ屋に持って行って金を受け取り、橋のたもとの関東煮屋でさっそく、油っぽいチクワや平テンを、ふうふう湯気を吹いて食う。それでもポケットの中にたっぷり金が残っているのだった。

時々邦夫たちはレンガを狙った。これはかなり大がかりな作業になった。レンガは一段くずすとあとは割合容易に採集できた。ときには手作りのベアリング車が数台動く。これが焼け跡の採掘場と土管屋を往復した。一人頭かなりの稼ぎになったが、相当の人数を必要とした。

焼け跡の雑草を伐採して、瓦礫の山を削って、まず道をつけることから始めなければ、とうていものにはならない。採集や運搬もそうだが、まずこういった準備工事に人手がかかった。それも素早くやらなければならない。

工場の持ち主が見廻りに来ないうちに。まあこれはめったに来ないから心配なかったが、他の子供たちや大人たちに見つからないうちに。だから少なくとも八町会の仲間全員が手を組まなければできなかった。

八町会とか九町会とかいうのは、戦争中の呼び名で、町会などはもう当然なかった。九町会の方はまだバラックがまとまって建っていたが、八町会の方は、一番近い隣同士でも、百メートル以上は離れていた。呼んでも聞こえる距離ではないので、夕方時間を決めて、懐中電灯の点滅で合図することが一時流行ったりした。

焼け跡の邦夫らの仲間は、奥村を筆頭に、邦夫（今村と苗字で呼ばれていたが）それに山崎、山崎の姉と彼の子分の朴田、奥村の弟「ボウ」と妹二人、邦夫の妹の郁子らである。

邦夫より二級下の山崎は、ひどい奥目だったが、焼け跡の子には似合わず色が白く、走りが速く、鞭《むち》のような痩せたしなやかな身体つきをしていたから、なんとなく上品に見えた。なにをするにもテクニシャンで、この面で仲間のうちの第一人者であった。

遊び道具は主に手作りだったが、その道具で遊ぶのが上手なのだ。コマまわしの鬼ごっこや、輪回しなど、それから鉄棒や木登り、竹馬など、彼にかなうものはいなかった。ところが、あまり理由がわからない原因で、山崎はひどく破壊的になることがあった。だから彼は仲間の裂け目でもあった。

山崎の家は皮革を扱っていて、家の周囲には戸板に張りつけた牛の皮が何枚も干してあった。父も母もかなり厳しい人たちで、仲間は彼の家にはめったによりつかなかった。彼は井戸に金魚を飼っていて、それを見せてもらう時だけ、そっと彼の家に行った。どこの家にも井戸などというものはなかったし、陽の差し込まない深い水の中でゆらめいている赤白の魚は、別世界のようだった。

山崎の姉は邦夫より二級上だ。妹の郁子が小学校へ入った年には、彼女はもう中学生になっていた。その頃の邦夫から見れば、すでに大人の女の身体と雰囲気を持っているように感じられた。奥目の奥の黒い目が、時々じっと邦夫を見つめているようで怖かった。

山崎が破壊的なことをはじめると、姉も手がつけられない。仕方なしに彼の子分の朴田にあたったりする。朴田は山崎の家の番頭の子で、器用にいろんなものを作る子だった。パチンコでも水鉄砲でも、後ではスクリューをゴムで廻す潜水艦や紙飛行機を上手に作った。きっと頭が良かったのだろう。山崎と同級生であり、山崎の敷地の北の端のバラックに、あまり見かけない両親や、まだ焼け跡の仲間に入れない、小さい妹や弟と住んでいた。とにかく邦夫の家からは一番遠く、通りかかったことはあっても、遊びに行ったことがない。

奥目の山崎が顔を真っ赤にして怒ると、ひどく猿に似ていたが、顔の四角い朴田は蟹《かに》に似ていなくもなかった。彼は小柄で力もなかったから、時々いじめられて泣かされた。そんな後、独り言をいいながら綿工場の広場などで一人遊びをしている彼を見かけることがあった。あるときは邦夫の子分になって、おべんちゃらをいったりした。

奥村は邦夫より一つ年上だ。この家族は敗戦後台湾から引き揚げてきて、一部焼け残った常盤《ときわ》製作所の、焼け跡の番人のような形で、今のバラックに住みついた。母がいなくて、奥村以下四人の子供は、いつも浮浪児のようなボロをまとっていた。

父親は小柄な腰の低い人で、くたびれた兵隊服を着て、邦夫の家にやって来た。母が、着古した衣類を奥村に持たせたことの礼である。感謝の気持を言葉にしか表せないのが残念だと、奥村の父は正座して何度も頭を下げた。

「なにをおっしゃいますや……」

涙もろい母は一人で真赤な顔をしていた。奥村の父親の帰った後、邦夫の父は「折り目正しい人や」としきりに感心した。

そういえば奥村自身にもそんなところがあった。母がいくら勧めても、食べ物は絶対に受け取らなかった。弟や妹にも絶対そうさせなかった。この一家はそろって色が黒かった。冬でもそうだ。台湾から帰ってきた人は色が黒いのだ、という邦夫の確信には動かしがたいものがあった。

奥村自身のことをいうと、彼はあまり頭の回転が早いほうではなかったが、なんとなく頼れるところがあって仲間のリーダーにおさまっていた。彼は勝負運がひどく強かった。勝負度胸もあった。ベッタンやラムネで邦夫たちはいつも負けてしまうのだ。しかし勝っても弟の「ボウ」にやってしまうので、その方から取り戻すことができた。

山崎や朴田と同い年のボウは、多分坊主のボウの意味だったと思う。袈裟《けさ》のようなボロをまとった彼の姿と、丸刈りにした後デコの独特の形をした大きな頭が、本物の坊主のように映ることがあった。

真黒な双子の妹が、猫のように目を光らせている奥村の家は、焼け残った鉄骨造りの小さな作業所に併設されている。天井の低い小さな窓のついた船室のようなバラックだった。子供が多く、母親がいなかったからひどく乱雑で汚かったが、邦夫たちの一番よく集まった場所だ。その作業所には、バイを研磨するグラインダーがあったし、いろんな工具が揃っていたので、手作りの遊び道具の工房のようになっていた。

邦夫の家も一間きりのバラックであった。明るく気さくな母がいたから、ここにもよく仲間が集まってきた。六帖一間きりだが、母がいたからいつも片づいていたし、一組の布団に父と母が寝て、一組の布団に彼と妹が寝たから、とりたてて狭いとは思わなかった。

父が復員してきた翌年の秋、別棟で石鹸《せっけん》工場が建てられた。やくざ上がりのまだ二十歳そこそこの遠縁の昭ちゃんが、父と一緒に粗悪な石鹸を作った。風呂桶のような鉄製の大きな鍋に、油と苛性ソーダを入れ、とろとろと煮込むのだ。それを平たい箱に入れて固め、足踏み式のプレス機で一個一個型を取る。昭ちゃんは堺の方から市電で通ってきていた。

六つ違いの妹の郁子が、そんなバラックにいつ現れたのかはっきりした記憶がない。秋のある晩、家もできたことだから、郁子を岡山から引き取ろうと、父と母が相談していたのを憶えている。父が復員してきたのが敗戦から一年後の夏、バラックができたのが数カ月後だとすれば、妹がこの家に出現したのは十月頃ということになる。邦夫の小学校四年の時である。

ぱっちりと目が大きく、丸いぷくっとふくれた小さな顎の、頭の少し大きな、額の広い少しおでこの、色の白い女の子の登場は、邦夫をいささかとまどわせた。女の子はひどく寝相が悪かった。いつも布団から飛び出して板壁にぶち当たり、布団との狭い隙間に転がっていた。

岡山から大阪へ帰ってきた翌年の初夏、郁子はいつの間にか邦夫の尻にくっついて歩く、俊敏で、しなやかな女の子になっていた。ひ弱そうに見えた子が、足が速く頭の回転も早く、よく気がついた。焼け跡を駆け回る仲間の一人に数えられるようになったのである。

邦夫が小学校五年になった初夏の頃である。

泡をくって朴田が飛び込んで来た。普段はそうでもないのに、あわてると彼のどもる癖がひどくなった。

坂根鉄工所の焼け跡で、山崎とヤンマを追いかけていたら、水たまりに足を入れた途端、その水音でギーセンに逃げられてしまった。しかしふと気づくと、足の裏のぬるぬるした藻の下がどうも変である。

「ほ、ほ、ほんならえらいこっちゃ、レ、レ、レンガや、もろごっついようけの、レ、レンガや」

朴田のレンガは、どもるためにエンガと聞こえた。

「水につかっとるよってに、すぐにめくれるねん、掘らんでもええねん、もろごっついあるわ、もろごっつい」

朴田は小さな目をむいて、手を精いっぱい広げた。

それでもまだ足りない様子だ。奥村の方へは山崎が知らせに行っているらしい。そんなにたくさんあるなら、九町会のやつらと一緒にやるか、まず決めなければならないだろう、と邦夫はとっさに思った。これは、朴田が興奮するのも無理はない。どえらい発見であった。

丘の下の、蔵のおばさんの土蔵の前で、奥村たちと合流し、細い小川の道を進み、彼らは背よりも高いセイタカアワダチソウを分けて、目的地に向かった。並んで草の中へ入り込みながら、邦夫たちの胸ははずんでいた。

目的地に着き、すばやい目で進入路の位置を確認し、作業段取りを頭に描いた。穴ぼこだらけのコンクリートの道から少し入ったところだ。そこまで手で持って出ればいい。

「ベアリング車でいけるで」

邦夫は自分たちの仲間だけで、この宝物を独占するためにこういった。奥村は鷹揚《おうよう》にうなずいた。

レンガの沈んでいる池の前に立つと、朴田はさっそく膝の下のあたりまで水の中に入り、板きれで、水底の青黒い藻をこすった。三十センチぐらいの水底の黒い泥の下に、たちまちレンガの赤い背中が見えた。かなり広いレンガ敷の土間が、夏草の中の浅い池の底に眠っているようだ。

朴田は振り返って、後に立っている子供たちを見渡しながら、

「こいつや」

と顔をひきしめた。つぎはぎだらけの服の奥村が、再び鷹揚にうなずく。

「角もあまり欠けてないで」

山崎も棒でかきまわしている。

「ベアリング車でいこ」

邦夫は同じ言葉を繰り返した。

ベアリング車は彼らの手製の車だ。奥村、山崎、邦夫が各一台ずつ持っていた。ベアリングの真中に棒を通し、棒の上に板を載せたもので、その上に乗って坂を下ったりする。舵《かじ》がきれ

るし、ブレーキもつけてある。相当重いものでも軽く曳《ひ》けるが、道が良くないと使用できない。しかしこれが使えると彼らの手だけでもかなり運び出せる。

「レンガやったら、カンカン（秤）の目をごまかされることもないしやね、ベアリング車に積みやすいし、おれらの人数でいけるで」

山崎も同意見であった。早速彼らは手はずを決めた。

奥村と邦夫がレンガを水の中からバールでめくり取り、ケレンをする。奥村の二人の妹と郁子で、ベアリング車に積み込む。山崎姉弟と朴田とボオ、同級生の九町会のスダレ屋の子の五人が二組に分かれて、土管屋まで運搬し売ってくる。土管屋はスダレ屋の隣で、その子は顔がきくのだ。売ってくる方の責任者は山崎の姉とする。弟に似合わず、大柄で色の黒い中学生になっている革屋の娘は、大人でもあなどれない押しの強さを持っていた。

最初、全員が水の中に入って、奥村と邦夫がバールをレンガ敷きの隙間に差し込んでこじ上げたのを、残りの者が水から運び上げ、金ヅチで濡《ぬ》れたセメントをケレンしそれを次々と道に置いてあるベアリング車に、角をそろえて積み込み、一斉に作業した。水をしたたらせながら、山崎組が出発し、そして道に置かれた二台目のベアリング車も満杯にしておいた。

作業は面白いほどはかどった。奥村の双子の妹と郁子が一枚一枚運ぶレンガがまたたく間にもう一台分ぐらいその横に積まれた。

「これやったらハーモニカが買えるのと違うか」

と奥村は浮き浮きとしていった。

この時、道の方でにぎやかな人声がした。背の高いセイタカアワダチソウで見えなかったので、邦夫は、山崎たちが帰ってきたのかと思った。が、帰ってくるにしては時間が早過ぎるのである。

「しもた、九町会のやつらや」

邦夫は思わず口に出した。山崎は大丈夫やといっていたが、最初から彼が心配していたように、スダレ屋の子から話が漏れたのだ。バールでこじていた奥村も手を止め、道の方を見た。

背の高い夏草を廻り込んで、裸足の郁子が走り帰ってきた。

「兄ちゃん、兄ちゃん、鋳造所の子がレンガひっくり返した」

郁子は泣き顔である。奥村と郁夫は水から出て、道まで走った。

鋳造所の三人の子が、レンガと奥村の双子を取り囲んで、彼らを待ちかまえていた。中の子は邦夫と同級生である。

「おまえら、ぬすっとか、このレンガはうちのやぞ」

二つ下の小さい方が口をとがらせて、毒づいた。

「なにいうてんね、ここは坂根鉄工の焼け跡やで、おれ知ってるぞ」

邦夫は負けずにやり返した。

「坂根鉄工でも、これはうちの土地や」

邦夫より一つ上の大きい方の子は得意気にいい放った。邦夫はそれを知らなかったので言葉につまった。

「土地はおまえとこのでも、レンガは坂根鉄工のや」

上の子と同級の奥村はかろうじて切り返した。

「レンガもうちのじゃ」

小さい方も負けてはいなかった。

にらみ合ってこんなやり取りをしているうちに、山崎たちが帰って来た。

「かめへんかめへん、積も積も」

山崎はひっくり返されたレンガに手をかけた。走り寄った中の子が、その山崎の手を蹴った。彼は真赤になって怒り、レンガを振り上げた。中の子は青くなって逃げる。姉があわてて山崎を背後から抱き止めた。

にらみ合っているうちに、朴田ら三人組も帰ってきて、完全に多勢と無勢になった。これは勝てると思った時、鋳造所の方から二人の職人が走ってくるのが見えた。奥村は目くばせすると、朴田やボウやスダレ屋の子と一緒に、すばやく道具とゴム草履を取りに走った。邦夫と山崎と姉は、一台ずつベアリング車をごろごろ引っ張って、その場を去った。

双子がしくしく泣き出し、郁子もしゃくり上げている。梅雨あけの青々と茂る夏草の中の道を、一団となってとぼとぼ歩きながら、うなだれていく朴田らの肩も、しきりにぴくぴくと動いていた。山崎はまだ真赤な顔をして、「ちきしょう、ちきしょう」とつぶやきながら、道端の石ころをゴム草履でかたっぱしから蹴っ飛ばした。

第二章

その年の九月、まだ蚊帳《かや》を吊っていた季節、めったにないことに、邦夫は夜中に目を覚ました。話し声が聞こえるのである。バラックの周囲の一面の雑草の中で、むせるように虫が鳴いている。どうしたわけか蚊帳が落ちてきて、彼の上にかぶさっていた。もがいて出ようとしたが、電気がついていて、少し妙な雰囲気だった。

「あんたらも復員してきたばっかりやろ、うちのお父さんも、去年中国から復員してきたばっかりや、困っているのは分かるけど、今はみんな困っているんや、困ってる者同士がこんなことしてどうすんの、こんなことなんぼいうても聞いてくれへんやろうけど、いいたなるわな」

母の声が聞こえてきた。しばらくして、母はまた言った。

「そこにあるもんみんな持っていくのはしゃあないわ、せやけど、みんなその日暮しや、わたしらのことも考えて、あした食べるもんぐらいは残しといてや」

母が誰かにしんみりした声で話しかけているのだ。今頃、誰だろう？　……相手は何もいわないで、ごそごそと動き廻っているばかりである。

母が落ち着いているので最初は分からなかったが、ようやく邦夫にも事態がのみこめてきた。……強盗や。そうや強盗や。うちに強盗が入ったんや……。邦夫は急に恐ろしくなった。もがくのをやめて、身体をこわばらせた。

「いつ子、お茶出したり、台所にあるやろ、場所分かってるやろ」

母はそんなことをいっている。父の声はぜんぜん聞こえない。台所といっても、バラックの一隅に下屋をつけて突き出した、形ばかりのもので、そこでマッチをすり、ガスをつける音がした。

「お母ちゃん、これ？」

「うん……それや」

こんな二人の声が途切れ途切れに聞こえる。

どれくらいたっただろう、緊張したためか、邦夫は小便がしたくなってきた。母と郁子は、まるで普段の調子のやりとりをしている感じなので、郁夫も蚊帳をかぶってじっとしているのが、何だか馬鹿くさくなった。しかし出るきっかけがつかめない。郁子がそばに来ないものかと、耳をすませた。もう我慢できない。

「いつ子」

彼は小さく呼んでみた。彼女はすぐ聞きつけ、

「兄ちゃん」

といって蚊帳をたたいた。

「なんや、邦夫はそこにいたんか、おしっこか」

母はなんとなくがっかりした声を出した。邦夫はごそごそと出ようとしたが、蚊帳がからまって出られない。

蚊帳がずるずると引張られ、彼は恰好《かっこう》悪く転がり出た。

「おまえ、ついて行ったれ」

そんな声を聞きながら、邦夫は目をこすって立ち上がった。

兵隊服の痩せた髭だらけの青白い顔の若い男が、目の前にいた。寝間着姿の父と母が細紐で縛られて、板壁の前に座り込んでいる。ブリキの流しの前で、兵隊服の髭だらけの、これは黒い顔をした男が、あぐらを組んで麦めしの茶漬けを食べていた。この男が声をかけたらしい。そしてもう一人、玄関の所で、しきりに荷作りしているのが見える。

「ぼん、行って外でしといで」

黒い顔の男が再びそう言った。

邦夫はまた恐ろしくなったが、郁子が平気な顔で彼を見ているので、これはなんでもないことなんだと無理に自分に言い聞かせて外に出た。青白い顔の兵隊に見張られ、虫の鳴く夜の草原に向かって小便をした。

それからまもなくして、大きな荷物を背負った強盗たちは引きあげていった。

翌日の新聞に、邦夫の家に入った強盗の記事が出ていた。

「五人組の強盗やて、取られたもんが少なかったんで、この記事、そのぶん、人数水増ししよったな」

と父は変なことに感心していた。

「あんた、真っ先に起きて近所に走ってくれたと思てたのに、蚊帳の下で寝てたやなんて、ほんまにお母ちゃんがっかりやったわ」

母はそんないい方をした。母のこの何気ない言葉が、実は、彼には大変な屈辱であった。十歳にして、後々まで忘れられない屈辱を邦夫は味わったのである。


戦争で焼ける前、邦夫の家の女中をしていて、今も土手下のバラックに住んでいるお徳ばあさんは、よく十三間堀川の恐怖の日の話をした。

ところが邦夫にとって戦火そのものは、お徳さんのいうような、そんな恐怖の体験ではなかった。すでに八歳になっていた彼は、和歌山の母の里に、前の年から半年ほど疎開していたのだが、正月は家に帰っていたし、その時も春休みで家に帰っていた。

邦夫は、まともに空襲を受けてしまったのだが、まだ小さかったせいもあって、どちらかといえば物珍しい体験であった。

三月の空襲の夜、邦夫たちは防空頭巾をかぶって、市電の通りを南へ、市の中心部とは反対の方へ逃げた。夜の道は燃える町の火で、熱風が吹き、煙が渦巻き、知った人の顔が見分けられるくらいに明るかった。焼夷弾の燐《りん》が、みんなの逃げる道の上に、青い花びらのように散って、燃えていた。

岡山の祖父が、父の出征後の工場をきりまわしていた。今村肥料工場の創設者である祖父は、大変に決断がよかった。工場の横の防空壕に入らず、もともとそこには荷物だけを入れ、身一つで逃げたのである。こんな防空壕に逃げたら、むし焼きになると祖父はいっていて、その言葉にだけ、邦夫は恐怖を感じた。

小学校を越え、電車道の右側が広い畑になっているところまで来て、彼らは畑の中へ入った。

「ここまでは火が来んやろ」

と祖父はいい、畑の土の上に腰を下ろした。

そこへは次から次から大勢の人が避難してきて、真夜中なのにすごくにぎやかになった。燃えさかる町の火と、何機も何機もやってくる敵機の落とす焼夷弾の火の流れの眺めが、なんだか紙芝居の絵のようだった。

電車通りの電柱に抱きついて泣いている人や、畑の土にへたりこんでお経を上げている人、

「アメリカはん、もうよう分かりましたよってに、堪忍しとくなはれ」

と夜空に手をあわせているおばあさんが、邦夫には強い印象として残った。

キセルで煙草を吸っていた祖父は、

「しもた、防空壕に自転車、入れるのを忘れた」

といってくやしがった。

夜明け、帰りついてみると、工場はまだぶすぶすと燃えていて、家は？　……家などは基礎を残してすっかりカラケシ（消し炭）になっていた。

防空壕の荷物は全部無事であった。祖父の心配していた自転車は、曲がりくねった車輪を焼け落ちた瓦の中から見せている。そしてあたり一面にアメリカから運ばれてきて、役目を果した六角形の焼夷弾の、焼け焦げた筒がおびただしく散らばっていた。

お徳ばあさんの恐怖の話は、十三間堀川で大勢の人が死んだ話だ。

そちらの方へ逃げた人も多かった。川に身を沈めた人々の上を、両岸の火が川の面を這ったらしい。火と煙にやられ、本当にむし焼きになってしまった。十三間堀川の土手には、人家が密集していて、そこがまともにやられたのだ。

土手沿いに住んでいたお徳ばあさんは、川に入らず、汚い水だったので、入る気がしなかった、とおばあさんはいっていたが、それが幸いしたのだ。どこをどう逃げ廻ったのか本人も思い出せないのに、奇蹟《きせき》的に生き延びた。

同じ土手に店を持ってそこに住んでいた、散髪屋の若夫婦は、十三間堀川で死体になって上がった。邦夫は見ていないが髪の毛も服も焼け、白い腹を見せて浮き上がった死んだ魚のような死体だったらしい。

邦夫が泣きながら、バリカンで頭を丸坊主にされた。

幽霊橋のたもとの散髪屋である。バリカンで刈られる、あれは本当に痛いのだ。金魚の水槽があって、いつもそれを見て気をまぎらわせるのであった。その水槽の向こうに、ゆらゆら揺れる幽霊橋が映っていた。その木の細長い橋は、人が通ると吊橋のように揺れるので、そんな名前がついていた。

戦後、この十三間堀川は澄み渡って、ここではよく遊んだ。草の生えた土手の水ぎわには、いろんなものが埋まっていた。茶碗、コーヒーカップ、靴とか腕時計、メガネのつる、ガマ口の口金だとか、銀貨など、時には入歯などが見つかり、ちょっと気味が悪かった。

邦夫らを喜ばせたのは、土手の水ぎわに、ラムネの球がいっぱい埋もれていたことである。戦争中の子供たちのラムネの玉が、戦火にもめげず、泥の中に眠り続けていたのだ。土手の上のそのあたりは木が生え少し広くなっていて、邦夫らにとってもラムネの遊び場であり、同じように川へ再び転げ落すことが度々あった。

川にはよく太った鮒《ふな》がいっぱいいた。雨上がりの日には口をぱくぱく開けて浮いてくるのだ。雑草が水ぎわまで茂っていて、そこにひそみ、竿をつぎ足した長い網で、水の下の方からそっと掬《すく》い上げる。白い腹をびちっとそり返らせ、大きな鮒が網に入る、あの手ごたえがこたえられない。

戦争中のことについては、大人から聞かされた以外のことで、邦夫が憶えていることはあまりなかった。

町会ごとに隊列を組んで、国民学校の正門を入ったこと、運動場に並ばされて教育勅語を聞かされたこと、木造校舎の二階から紙飛行機を飛ばしたこと、砂場で十三間堀川沿いの米屋の子と、取っ組み合いの喧嘩《けんか》をしたこと。

十三軒堀川の土手に、へばりつくように建っていた暗い家並み、ゆらゆら揺れる幽霊橋、橋のたもとの川の上に突き出して建っていた散髪屋、土手の下が一階で土手の上が二階のお徳ばあさんの家、一階の倉庫のようなところで飼われていた痩せた白い犬。

それから軒の高い工場の建物、出入りする馬車、軒の間から見える煙にさえぎられた空、時々高く低くサイレンが響いた。あれは作業の終わりを告げるものか、それとも警戒警報か。

きれぎれのそんな記憶は、邦夫の生まれる以前のもののような、誰かに聞かされたもののような風景である。薄暗い母の胎内での記憶のような印象である。

邦夫が気づいた時、そこはすでに一面の草深い焼け跡であった。前からそこにあったかのように、戦争中の風景とは重なりようがなかった。

三月の空襲から後も、八月の敗戦までの五カ月間、五十回にわたる延三千機の敵機が、繰返し繰返し大阪の上空に飛来した。Ｂ29の後には、Ｐ52という、白いものさえ見れば機銃掃射を浴びせる、やっかいな飛行機まで登場した。焼け出され、行く所のない人々は、焼け跡の防空壕で暮らしていた。首をちぢめるようにして、息をひそめて。

ある時、ふと防空壕から顔を出した人は、珍しいものを見たのである。今まで見たことのない、めくるめくような馬鹿でかい青空が、おおいかぶさるようにして頭の上にのしかかっていたのである。

煙におおわれ一日中太陽の差し込まなかった、工場地帯の泥臭い場末の眺めは、不意に消えてしまった。一日中機械の音を響かせていた工場の連なりは、赤黒い煙を吐き続けていた煙突の群れは、もうどこを捜してもない、という信じられない景色が広がっていた。大人たちはまぶしそうに目をしばたたいたに違いない。この風景に慣れるのに時間がかかっただろう。見渡す限り平べったくなり、はるか向こうには生駒山さえ見えていたのだから。

戦火の翌日、祖父を残して和歌山の母の里へ避難していたが、母の実家も空襲で焼け、同じことならと再びここへ帰ってきた。夏から秋へ、電灯のない、防空壕での穴ぐら生活が始まった。防空壕に避難してあった、食糧や衣類や家具が総てであった。焼け跡のあちらこちらには、早くも太陽に向かって走っているように、夏草が勢いよく茂りはじめていた。

瓦礫の陰で、ひっそり暮らしの煙が立ち昇った。工場街だったのでコークスがふんだんにあった。コークスで御飯を炊き、コークスでお湯を沸かして行水をした。夜は満天の星が輝いた。そして地上は真っ暗である。夜は寝るしかなかった。これは時代の空白である。都会の真ん中で、原始時代の穴ぐら生活を送ったのだ。

電車はいたるところ不通だったから、どんな遠くへ行くにも、まず歩く覚悟をしなければならなかった。隣は、隣といっても丘の向こうの土蔵の蔵に住んでいる、おばさんと嫁さんだけが隣人だった。山崎一家は、まだ帰ってきていなかったし、奥村たちは台湾から、引き揚げて来ていなかった。お徳ばあさんは焼け残った小学校の校舎暮しだった。

蔵のおばさんは、一日がかりで奈良まで、孫たちに会いに行った。和歌山へは南海だから難波まで歩けばいいが、奈良は近鉄だから、上本町まで歩かなければならない。しかしその先がどうか……南海も堺のあたりが不通だった、と母と話し合っていた。弁当をこしらえて背中にかつぎ、杖をたよりに出発するおばさんとおとなしい嫁さんを……まぁ二人連れだから大丈夫だろうと、母は、しかし必死のはげましで見送った。

防空壕に入れてあって、ラジオは焼け残っていたが、電気が通じていないから何の役にも立たなかった。

ニュースを知る方法がないのである。邦夫の母や蔵のおばさんが知りたいのは、夫や息子の復員のニュースであった。戦争に負けたことは知っていたが、何がどうなっているのかさっぱり分からなかった。

その頃、何を食べていたのかよく憶えていない。邦夫たちと入れ替わりに郷里に帰った祖父は、月に二度ぐらいの割合で、苦労して岡山から出て来て、その度に食料をリュックで背負って来てくれたから、主にそれで食いつないでいたのではないかと思う。しかしたいていは、大根やいもや葉っぱの雑炊か、大豆入りのおかゆだった記憶がある。

夜、一升ビンに入れた玄米を細長い棒でよくつかされた。あれはいつまでも白くならなかった。ランプの火がゆれる暗い防空壕の中で、彼はすぐ「もうええか」といって、母に笑われた。

少し後だと思うが、進駐軍放出の配給の缶詰をよく食べた。中身は憶えていないのに、それでコッポリのような下駄を作ったのを憶えている。だえん型の薄い空缶の先の方に穴を開けて紐を通す。それを下駄の鼻緒のように足の指ではさみ、紐を手で持ってぽこぽこ歩くのだ。しかしそんな恰好では、広い焼け跡の隣の家にも行けなかった。

銅板の小さい鍋に砂糖をとかして入れ、カンテキ（七輪）に載せて熱しながら、小さいこね棒でゆるくかき廻す。ねばりついてくると、頃合いを見てこね棒をついと上げるのだ。そのタイミングがなかなかむつかしいが、邦夫は上手だった。ぷくっとふくれたカルメラができるのだ。もう電気が通じていた頃だ。しょっちゅう停電になったが……。木の箱の内側に鉄板が貼ってあり、それぞれにプラスとマイナスの電気を通し、自家製のパンも作った。イーストを入れ過ぎたのかひどく苦かった。そのパン焼器は和歌山の母の弟が持ってきてくれたのだ。

とにかく父が帰って来るまでの一年数カ月、何度か和歌山の実家へ母も食料の仕入れに帰ったが、焼け残った家財を守り、母はその穴ぐらで頑張り通したのである。こうして都会の中の草深い田舎が、邦夫のふるさとになった。

邦夫たちの小学校は、市電の通りを南へ、新町通りを越え、十分ほど歩いた右側にあった。

運動場は市電の通りに面していて、反対側には校舎棟があった。運動場の外れの電車道の右側は、邦夫らが避難していた広い畑が広がっている。畑の南西の方向には、盛大に空襲を受けた、広大な紡績工場の焼け跡があって、その敷地は西側の運河沿いまで続いていた。

小学校は、水に浸からないように運動場より少し盛土した上に、校舎棟があった。だがそれは鉄筋コンクリートの校舎一棟を残し、後は全部焼けてしまった。

北側に並ぶ鉄筋コンクリートの講堂は柱と屋根だけが残り、さながらギリシャ神殿の遺跡のような恰好で、丘の上にそびえ立っていた。急ごしらえの舞台と、周囲に幕を張って、学芸会などの会場になったが、床はコンクリートのままで、そこはひどく寒かった。

学校へは、当時はやったゴム草履《ぞうり》か、下駄か、邦夫の三年生の頃にはたいてい裸足で通学した。カバンなどはなく、ランドセルなどは卒業するまでお目にかかったことはなかった。てんでばらばらな布袋であったし、風呂敷包みであった。給食用のアルマイトの食器を入れた、紐で肩から吊る小さい布袋をぶら下げていたことも憶えている。女の子は、その上に紐のついた座蒲団まで、十字に肩から吊っていた時もあった。

邦夫が小学校四年の終わり頃、つまり一九四七年の三月、バラックの校舎がもう一棟建った。焼け跡に人が帰って来はじめたために、生徒が増えてきたのだ。

それは「マッカーサー元帥のおかげ」で建ったものであるらしかった。給食の粉ミルクを溶かしたのや、噴霧器で頭や首すじから散布されるＤＤＴ、それから教科書、これらはすべてマッカーサーのおかげをこうむっているらしい。だから邦夫たちは、すぐにこの言葉を使って、先生がいう前から茶化したりした。

あんなにことあるごとにいわれたのに、邦夫たちは「兵隊さんのおかげです」という、数年前の言葉をぜんぜん憶えていなかった。天皇陛下についても同様だ。だからとりたてて不審にも思わなかった。戦後しばらく、墨で塗りつぶした教科書を使った時の、変な気持もすぐに忘れてしまった。

戦争中のことなんて、彼らには関係がないのだ。彼らは焼け跡の中から生まれてきたのであり、瓦礫の間に生え、太陽に向かって、走っている夏草と共に育ってきたのである。

戦争中の誰とも、どんな取り決めもしてこなかった。この国とはなんの契約も交わしていない。戦後の空白の時代に自我が形成されたのだ。雑多な食べもので飢えをしのぎ、大きくなった。戦後の焼け跡の上の青空とだけ、邦夫たちは契約を交わしたのである。そこが出発だった。

そして焼け跡がふるさとである。焼け跡を野猿のように走りまわって大きくなった。

郁子が岡山に疎開していた時に、祖母にでも教えられたのか、蔵のおばさんに球根をもらった時、彼女は花壇を作ろうといいだした。邦夫は球根などというものを見たのは初めてである。丘の一部を整地し、杭を打って縄を張っただけの耕地に、球根を植え、毎日水を撒《ま》いた。焼け跡の仲間の共同作業である。水撒きは、どういうわけか山崎が熱心で、青い芽が出て来たのを最初に見つけたのも彼であった。

こうして夏、何本かのユリが見事に花をつけた。白い大きな花びらに赤い斑点の飛んでいるユリだ。彼らはこんな贅沢で美しい花を見たことがなかったので、涙が出るほど感激した。
「人間の肥料がようきいとるわ」というお徳ばあさんの言葉に、邦夫は耳をかさなかった。お徳ばあさんは以前から、焼け跡の雑草のいきのよさを、そこで焼け死んだ人間が肥料になっているせいだと話していた。

邦夫の家の西側のその丘のあたりは、戦前は広場であった。丘の更に西の麓に、ちょっと大きなすり鉢形の池がある。邦夫たちが潜水艦を浮かべていた池である。それは戦争末期に掘られた防火用水池で、その残土によってできたのが、この丘であった。

ところが戦火の時、その防水用水池は何の役にもたたなかった。十三間堀川と同じように池の水に入り、避難した人は、やっぱり火と煙で酸欠状態になり何人か焼け死んだ。

お徳ばあさんは、このこともくどくどというのである。死んだ人の何人かは、お徳ばあさんの知り合いらしかった。それどころか、邦夫の家の工場で働いていた人もいたそうである。

しかしその人たちが肥料になるわけはない。これはお徳ばあさんの独特のいいまわしなのだ。それが分かっていたから、邦夫はそんな言葉を無視した。

夏の太陽の下ですくっと首を上げ、見事に咲き誇っている夏の花に水をやっていて、しかし、何故ともなくお徳ばあさんの言葉が、時々不意に邦夫の心に浮かぶことがあるのだった。

焼け跡のセイタカアワダチソウが黄色い花を残しまだ青さを失っていない、秋の深い頃、ジープに乗ったMPがやって来た。

道に生えた雑草の中に下半分が隠れて、ジープは船のように浮かび揺れ、その上に腰かけたぷりぷり太った赤と黒の異人たちが、焼け跡のでこぼこ道に尻を跳ね上げながら現れた。とにかくでっかいお尻であった。

常盤製作所の敷地に入り、焼け残った作業所の横にへばりつくように建っているバラックから、ボロボロの服を両腕からぶら下げるようにして着ている奥村を連れ出し、作業所の前の空地で彼にいろいろと聞いた。

ジープが、焼け跡の中の穴ぼこだらけの土道を走り去るのを見送り、それまでセイタカアワダチソウの下の秘密のトンネル道から、一部始終を見ていた邦夫らは、奥村のまわりを取り囲んだ。

奥村は、邦夫らの矢つぎ早の質問に、目を白黒させて、再び立往生してしまった。

「あいつら、なにゆうとんのか、ちっとも分からへん」

「ごっついやっちゃな、赤鬼と黒鬼や」と朴田。

「あの目みたか、うちのおばんといっしょや、トラホームや」これは山崎。

「せやけど、通訳おったんちがうか？」と邦夫は聞いた。

「なにいうとんのか分かれへん」

「怖かったやろ……」

奥村は、「ふん……」といって鼻の穴をふくらませ、大きな息を吐いた。

彼は事実、何を聞かれたのかさっぱり分からないらしかった。マッカーサー元帥が大好きだった奥村は、このことがあってから、ぷっつりとマッカーサーのことは口にしなくなった。よほど恐ろしかったのだろう。

セイタカアワダチソウが立ち枯れはじめた冬の初め、からっ風の中を、ＭＰは再びジープでやってきた。

今度は後方の座席の通訳の横に、労働服を着た、貧相なしおれた男を乗せていた。後でわかるのだが、今まで見たことがなかったその人は、奥村の兄であった。奥村の兄が何をしたのか、どうしてＭＰに連れられてきたのか、後になっても邦夫らには理解できなかった。

お父さん似の痩せて小柄な、影のようにひっそりとしたこの人は、たいていの時、以来ダルマ船の船室のような奥村の狭い家の片隅で、立てた膝に顎をのせて、いつも考え込んで座っていた。

邦夫らは、遊びに行くといつもそこに居る、奥村の兄が何者であるのか、なぜ今まで居なくて急に現れたのか、少しも分からなかったので、顔を寄せ、なんとなく声を低めて話し合うのだ。

「あいつ、スパイやったんやで」

山崎は最初から始終それを主張した。

「ソ連帰りと違うか」

これが邦夫の意見であった。邦夫の家の石鹸工場で働く昭ちゃんから、この意見を仕入れたのである。しかし自信はなかった。邦夫の父は「労働争議や」といっていたが、そちらの方は何のことか分からなかったので、昭ちゃんの意見の方を採用したのだ。

このことに関しては、奥村の口はめっぽうかたかった。

奥村が口をつぐんでいることは、邦夫らには威圧であった。彼らの中に、異物が一つまぎれこんでいるようで、奥村の兄の存在は、はなはだ落ち着かないものであった。髯《ひげ》だらけの顎を足の間に埋めている、薄汚れた若い男の姿が、焼け跡の子供たちを、ふとした時におびやかすのである。澄んだ青空を拒否して、隅っこの暗闇にうずくまっている彼の丸っこい背中が、この時代がただならぬものであることを、彼らにかいま見せるのであった。

ぷりぷりとはち切れたMPの肉づきのよい太股《ふともも》や尻と、この髯だらけの黒ずんだ若い男の、箸のような足や尻はなんとした違いだろうか。だから、邦夫らの話題はすぐにMPの方に移ってしまった。

「あいつら、なに食うとんねやろ」

朴田はいつもこのことを話題にした。焼け跡で掘り出したくず鉄を売って立ち食いする、橋のたもとの関東煮が、油でぎらぎらした平テンやチクワやトウフやジャガイモが、彼らには栄養をつける最高のものに思えていた。

「おまえとこの兄いにも、かんとらきくわしたれや」

優しいところのある朴田は、真剣にそういった。

兄が出現してからしばらくして、奥村の家へは、時々変な女が出入りするようになった。その女がキイキイした声を張り上げて、奥村の兄をののしる声が、邦夫たちの気にさわった。彼女は奥村の兄の名前を呼び捨てにしていて、ひどくえらぶっているのだ。その頃は、彼女が奥村たちの姉だと知らなかったし、もちろん彼女がパンパンだということも知らなかった。この姉が実質的に奥村たちの生計を支えていたなどと知るのは、ずっと後のことである。彼らはその女をひどく嫌な奴だと思った。厚化粧のせいか、彼女は造作の大きい奥村の顔には、少しも似ていなかった。まったくおかめの面にそっくりだった。「おかめ」と渾名《あだな》して、邦夫らは奥村の前でも、よく悪口をいったものだ。

初夏のある日、邦夫と朴田は焼け跡の丘の上で白粉花《おしろいばな》を摘みながら、この女の話をしていた。この丘の上からは、奥村の家がよく見えるのである。白粉花をひらひらさせ、邦夫は、この花が女のおしろいになるのだと、朴田に知ったかぶりで話していた。

「こ、このおしろいで、あのがきも、け、け、化粧しとんねやろか」

興奮するとどもる癖のある朴田は、さも汚いもののように白粉花を捨てると、服で手をぬぐった。

この時、邦夫たちは不思議なものを見た。

雨の度に船のようになる、奥村の住まいの南側の縁台に腰かけた例の女を真ん中に、彼の兄や父、立っている奥村自身を含めて、皆泣いているのである。

すっきりと照る初夏の光の中で、泣いている女は、どこか美しかった。髪をばさばさにし化粧気がなく、目を真っ赤に泣きはらしている普段着の女は、どういうものかいつもの女には見えなかった。焼け跡には似合わない、派手な服や化粧に、邦夫らは反感を抱いていたのかもしれない。

おかめにしては鼻が大きすぎるのである。鼻の穴も、唇の厚い口も大きすぎる。話の内容は分からないが、彼女が奥村の父に、「お父さん」といっているらしいのが分かる。邦夫は最初はぼんやりと、しだいにはっきりと理解した。

奥村の顔の真ん中にあぐらをかいている、不遜な鼻とそっくりではないか。厚くてめくれ上がった、奥村の口とそっくりではないか。二人とも少し大柄で……そうだ、奥村もやっぱりキイキイ声だ。

奥村の兄の関係の女だと思っていたその人は、彼と血を分けた姉だったらしい。兄の次に姉が現れたのだ。この発見は、朴田にも同時にあったようだ。白粉花の蔭《かげ》で、二人は顔を見あわせた。あの人……姉さんやった……と、今度はどもらずに彼は言った。

このことがあって以来、あの女の、奥村の姉のことは、邦夫たちは口にしなくなった。

第三章

邦夫が小学校五年生になった時、クラスが二つに分けられた。

盛土された土地の西側――市電通りと反対側に、L字型にして建てられた「マッカーサー元帥」のバラックの南の端が、彼らの教室になった。今までいた、焼け残った鉄筋コンクリートの四階建ての校舎も、ガラスの割れた窓に板を貼ったりして、邦夫らは過ごしたのだが、そこもきれいに改修された。柱と屋根だけが残りギリシャの神殿だった体育館兼講堂も、木造ですっかり外壁が張られた。もっともこちらの方はジェーン台風で吹き飛び、再びギリシャ神殿にもどるのだが。

二つのクラスは、A組、B組と名付けられた。邦夫はB組になり野上初子はA組になった。二人は別れ別れになってしまった。

敗戦後、正式に小学校の授業が再開されたのは、邦夫たちの地区では彼が四年になった春からであったように思う。焼け残った校舎は、一年の間戦火で焼け出された人々のねぐらになっていた。周囲は一面の焼け跡で生徒数が少なかったこともあるだろう。三年生の時は一日も学校に行かず、今度学校へ行った時はいきなり四年生になっていたことになる。焼け残った、高さも大きさも違う、右上に丸いくぼみのあるちぐはぐな机を二つずつくっつけて、必ず男の子と女の子が並ばされた。四年生のそのクラスは二十人ぐらいだった。

戦争中は男子と女子は教室さえ違っていたから、これは初体験である。横に、足を蹴り合ったりする乱暴な行儀の悪い男の子ではなく、なんだかまるっきり雰囲気の違う女の子がおとなしく座っていて、彼の方を見て笑ったりするのである。邦夫の方でもなんだか緊張して行儀が良くなってしまい、もじもじした。おまけにその女の子はやさしかった。消しゴムでもすぐ貸してくれた。その女の子が野上初子であった。

四年生の冬、教室はひどく寒かった。戦火で割れたガラスはそのままだったし、一部は板を針金でしばってしのいでいた。満足に食べていないので、空きっ腹にそれがこたえた。邦夫と野上の座っている窓ぎわは、窓の外の屋上から下りてくる樋《とい》が破れていて、雨の日には板の隙間から飛沫が吹き込んでくるのである。横に野上がいるから、かろうじてやせ我慢していたようなところがあった。

池田美智子《みちこ》——下の名前まで憶えている女の子は、野上初子と二人だけだ。彼女は邦夫と同じB組である。池田は、運動を除いて、何もかも抜きん出ていた。勉強が抜群にできただけでなく、遊びの時も中心人物であった。

池田は四年の頃からたくさんの本を読んでいて、昼休みの時間には彼女のまわりに女の子たちが集まって、彼女の朗読を聞いた。『人魚姫』や、『マッチ売りの少女』の話をゆっくりと自信をもって物語った。当時童話を読んでいるような子などいなかったので、彼女の話はひどく新鮮な世界を見せてくれた。

色の白い少し太った、お姫さまのような池田美智子は、野蛮で汚い男の子たちにはほとんど興味を示さなかった。

男子生徒たちは、池田のことを、豚、白豚などと陰口をたたいていたが、実はひそかに憧れていたのである。

池田は歌も飛びきりうまかった。声の出し方が本格的であった。声量もあった。学芸会のいつも主役だ。四年の時、池田は和服姿で日傘を持って、舞いながら、「絵日傘」を唄った。それは華麗だったがあっという間に終わってしまった。この時、野上は可憐《かれん》に「花かげ」を唄った。邦夫は鼻の奥がつんと痛くなった。寒い、幕を張り廻しただけのギリシャ神殿である。

五年の時には、池田の書いた台本で、彼女自身が主役をやり、A組B組合同だったから相手役に野上がなった。この劇が一位に選ばれた。どうしたわけか邦夫が主役をやった樵《きこり》の劇が二位になった。

地区の大会に、女の子ばかりの劇を出すのもどうかということになったのか、先生たちは樵の劇とミックスした、へんてこな台本を書き上げた。こうして邦夫らは彼女たちと共演することになったのである。新町通りから市電に乗って、彼女たちとにぎやかに出かけた。この時は池田も男の子たちとわけへだてなく喋っていた。邦夫は野上と一緒なのがうれしかった。

正直な樵が、正直な行いのお蔭で、お大尽の家に招かれ、池田や野上の、踊りが中心のお芝居を見せてもらうというような、劇中劇のあるまとまりの悪い筋である。踊りの方は西洋の劇だったので、二人は白いベールをかぶって貧しい日本の樵姿の邦夫に見せるために舞った。前の時はギリシャ神殿に板張りの壁ができて照明も新設されていたので、スポットライトを浴びて二人の踊りはひどく神秘的だったが、地区大会のこの学校では照明設備がないのか、打合わせができていなかったのか、普通の照明のままであった。ここでは池田の神秘的な力が発揮されなかった。当然なことに賞には入らなかった。


北と東西はすべて焼けたが、南の方は一部焼け残っていて、市電の広い通りを東西に横断している新町通りは、大部分が焼け残った。新町通りには、やくざの組が三つもあった。しかしそれよりも一番勢力を持っていたのが、運河に近い西の外れの岸上組である。汲取屋の総元締をしていて、若い者がいつもごろごろいた。庭には土俵があり、相撲の稽古場になっていた。邦夫のクラスからも何人か通っているものがいる。春休みなど、若者や少年たちが、フンドシ一丁で白い息を吐き、新町通りを掛け声をかけて行進し、威勢をふるった。

岸上の二代目が邦夫と同じクラス、五年のB組にいた。柄の大きい、顔の長い子で、どういうわけか寒い頃は、いつも黒いマントをはおって学校に出て来た。ルパンの真似をしていたのだろうと思う。この子が、学年で一番勢力を張っていた。

岸上には子分が何人もいて、いつも引き連れて歩いている。子分たちをすべり台の下に集め、彼はマントをひるがえしてすべり台の上に立ち、砂をぱらぱらと撒いた。子分たちは頭の上に砂をふりかけられてもじっとしている。邦夫にはその意味が分からなかったが、何かの儀式らしく、岸上は度々そんなことをした。

五年B組の担任の先生は「ポンチ」という渾名だった。

この渾名のいわれを誰も知らなかったが、その渾名をひっくり返していってみて、なんとなくそんな感じの先生だと納得するのだ。女の子が好きで、大きな手を広げて抱きすくめたりする。だから女の子に嫌われていて、女の子は近寄らなかった。

この先生は大変な酒好きである。酒焼けのためか、それほどの年でもないのに赤黒い顔をして、毛むくじゃらな赤黒い手をしていた。家が遠かったのか、それとも家がなかったのか、いつも宿直室で寝泊りしていた。朝から酒の匂いをさせていることがあった。ぎょろっとした目玉と、大きながらがら声の、腰から手拭いをぶら下げている、ゴム草履をはいた柄の悪い先生であった。

この「ポンチ」が、中学校の時に、甲子園に出場したことがあるというのである。「出たとしても補欠やろ」と、スポーツの方はあまり得意ではない、しかし勉強の方はふたクラス合わせてトップの、家が家具屋のA組の塚口がいっていた。とにかくポンチは野球好きであった。

学校にはグローブがなかったので、ソフトボールである。体育の時間はいつもソフトボール、そのまた体育の時間がやたらと多かった。

A組とB組との対抗試合であった。A組のサードは岸上よりも身体の大きいスポーツ抜群の駒井であり、B組のサードは邦夫である。阪神タイガースの藤村にあこがれていて、サードが一番人気のあるポジションであった。岸上はファーストである。駒井と比較されるのを嫌った面もあるが、巨人の川上はまた別の人気があって、彼にはそんな独自性を誇るようなところがあった。最初の頃は、ピッチャーはどっちのクラスの時もポンチであった。

女子たちは同じ時間、クラス合同でドッジボールをした。五年の頃はひとクラスでソフトボールにしてもドッジボールにしても男子女子とも二チーム作れない生徒数であったのだ。ドッジボールの方にはA組担任の「オシメ」がついた。髪の毛をヘアバンドで止めた野上が、身を二つに折るようにしてドッジボールを受け止め、活躍するのだ。女子では新町通りの風呂屋の子の、身体の大きいA組の李がスポーツ万能で、飛び抜けてうまかった。病弱らしい池田は、いつも見学していた。

A組担任の先生の「オシメ」という渾名はこちらの方もなんとなくそんな気がした。少し年配の男の先生だが、生徒がどうしてもいうことを聞かない時など、泣くことがあったりして、とにかくじめじめしているのであった。放課後教室に残ってよく本を読んでいた。歴史が好きらしく、ポンチが休んだ日などは邦夫たちのクラスに来て、郷土史の話をしてくれた。

塚口はオシメの影響で、五年生頃から『三国志』などを読んでいた。そうして、いつもぼうっとしている邦夫に「ねぼけさんちん」というむつかしい渾名をつけた。邦夫は、本人はそのつもりはないのだが、いつもぼおっとしたねぼけ顔をしているらしかった。まぶたのはれた、ねむたそうな顔の写真が残っている。

その渾名は中国の偉い坊さんの渾名だと、塚口は機嫌をとったが、その度に塚口を追いかけ廻した。幸い、渾名はむつかしすぎたのか、一匹狼的な邦夫を恐れたのか、広まらないうちに消えてしまった。

国語や社会は塚口にはとてもかなわないし、同じ組の鋳物工場の子の原にもいつも負けていた。しかし算数はよくできた。だからポンチのいつまでも初歩的な算数の時間は、まどろっこしくて仕方がない。先生が黒板に問題を書くしりから、暗算して答えを大声でいった。ポンチはかんかんに怒って、邦夫を前に立たせ、立たせているだけでは気がおさまらないのか何桁もあるでたらめな掛け算を彼に解かせた。それは黒板の三分の一ぐらいを使わないと計算できないものであった。

そんなポンチだが、A組の塚口への対抗上か、夜、宿直室に邦夫を呼んで漢字の書き取りの練習をさせた。蚊取り線香の煙のたちこめた、畳に煙草《たばこ》の焼けこげのある、狭い汚い部屋である。この時だけ、彼は塚口や原と同じくらいの成績を取ることができた。しかし試験が終わると漢字をすぐに忘れてしまう。上の学校へ行ってからも、漢字の試験は苦手だった。どういうわけか邦夫はぜんぜん漢字が憶えられないのである。

十三間堀川の土手のイチジクの木の下に、野上の家があった。二階建てで、下は別の家族が住んでいて二階が彼女らの住まいである。その並びの新町通り側に十銭禿《はげ》の柳井の家があった。小柄だがすばしっこい子で、この柳井がよく野上にいたずらをした。四年の頃から帰り道、野上の座布団を取り上げて、走って、逃げたりする。邦夫は追いかけていって、何度も取り戻した。追いつくと、座布団を差し出し、柳井は頭を抱えて、

「かんにん、かんにん、もうせえへん」

といいながら、しゃがみ込む。邦夫は彼の十銭禿の頭をぽかぽか殴った。

学校では弱いくせに、帰り道、すぐにわるさをするのだ。座布団の外、突き飛ばしてサンダルを奪って逃げたりもする。邦夫が必ず追いかけてくるのを知っていてわざとするのだ。野上と邦夫が連れ立って帰る時にそのハプニングが起こるのであった。

五年になってクラスが分かれてからも、十三間堀川、講堂側の裏門で待ち合わせて野上と一緒に帰ることがあった。たいてい土曜日だ。本や雑誌の貸し借りをするのである。

本は『怪盗ルパン』『少年探偵団』などのシリーズ――漫画は手塚治虫の『新宝島』や『森の四剣士』――そして毎月、『少年クラブ』と『少女クラブ』を交換した。手塚治虫の『ジャングル大帝』や『リボンの騎士』がどちらに出ていたのか、もう少し後だったのか、山川惣治

の『少年王者』はどうだったのか、もう忘れてしまった。

野上初子は目蓋がぷくっとふくれていた。小麦色の肌の足の長い女子で、サンダルを投げ出すようにして歩いた。笑うと片頬にぽっかりえくぼができた。彼女に何度もさせたが、どういうものか片頬にしかできなかった。

学校の裏門に出て、ななめになった道を登る。そして十三間堀川の草の生えた土手を歩く。二人は布製のカバンをぶっつけ合ったりして帰るのである。イチジクの木のところで「グッバイ」といって手を上げ、野上は土手を駈け降りて行く。邦夫は土手道をもう少しだけ行き、お徳ばあさんの家の手前の道を駆け下る。別に走らなくてもいいのだが、野上と別れた後、いつも彼は走る。電車道を渡って家へ帰るのだった。つまり野上と帰ると、電車道と十三間堀川の土手に上る分だけ遠回りになった。

邦夫はポケットに両手を突っ込んで、いつも背中を丸くして歩いた。学校の中でもそうだった。五年になって、野上と教室が別々になってから、そんな彼の背中を、野上は平手で力いっぱいたたいて逃げていくようになった。いつのまにかこれが二人の間の挨拶になってしまった。邦夫も野上を見つけると、気づかれないように近づいて、背中をたたいて逃げる。野上は姿勢が良かったので、すくっと伸びた背中はたたきがいがあった。

もともとこれは、邦夫が背中を丸めてぼさぼさ歩いているから、野上がはじめたことであり、つまりはいつもぼうっとしている彼のほうがだんぜん不利であった。五発に一発ぐらいしか邦夫は野上の背中をたたけなかった。すばしっこい、ドッジボールでも最後まで残る野上は、いつの間にか邦夫の後ろに来ていて、思いっきり彼の背中をたたき、笑いながら逃げて行く。邦夫が急にどやしつけられて驚きくやしがるのを、廊下の角から顔を出して、うれしそうにうかがっているのである。

その年の秋の終わり、チイちゃんは、金髪の赤ん坊を抱いて帰って来た。チイちゃんというのは奥村の姉のことである。

「そんでも、色が黒うのうて、よかったやないの」という母に、

「黒い子も、目がくりっとして可愛《かわい》いよ」

とチイちゃんはいった。

「そらそうやろな、赤ん坊はどんな子でも可愛い……ほんまに、かわいらしいね……ほらほら、ばぁ……」

おくるみの中の赤ん坊を覗き込み、子供好きの邦夫の母は、さっそくあやしている。

「ほんまになぁ」

石鹸の切りかすをいっぱい作業着につけた石鹸臭い父は、口をもぐもぐさせた。

色の黒い大柄なチイちゃんに抱かれた、色の白い豪華な金髪の赤ん坊を、横に立っている小

柄な奥村の父親は、どうしたらいいのか分からない様子だった。邦夫の父と母を眺め、何度も目をしばたたいた。

「五月の初めに聞かされましてなぁ……そん時は、もうちょっと手遅れやったけど、まだ間に合わんことなかった。ところが、これがどうしても産む、いいよるんですわ……」

と、さっきから、ぐちをこぼしっぱなしである。

「まぁ、さずかりものですから……」

母はわけのわからないなぐさめ方を、その度にしていた。

「ほんまになぁ」

邦夫の父は、おくるみの中の赤ん坊を最初一目見た時からショックを受けてしまい、そのショックから立ち直れないらしかった。

そこは秋の初めに新築した家の裏口と、石鹼工場の間の、秋風がもう寒い、昼下がりの日だまりであった。邦夫の家では毎年の夏の終わり頃建物を普請していた。バラックは石鹼工場へくっつけて倉庫として使用した。

奥村の家では兄はいつの間にか居なくなっていたが、チイちゃんは、この日を境にして、今までこそっと出入りしていた焼け跡に、赤ん坊を抱いて堂々と帰ってくるようになった。来ると必ず邦夫の母のところに寄り、チョコレートやチーズやコンビーフなど、当時では珍しい土産を持ってきてくれるのだった。

息子がソ連から復員して来て、奈良から孫たちを呼び返し、家を新築し息子夫婦と暮らしている、蔵から出た蔵のおばさんは、

「困った世の中になりましたなぁ……」

と隣家の奥村の娘を嘆いた。

「よろしおまっしゃないか」

邦夫の母はそんな言葉に取り合わなかった。

「いまぁ、むらぁ」

奥村が邦夫を呼ぶ声には独特のイントネーションがあった。それを聞き、母はいつも笑うのだ。この秋、奥村は一番よくやって来た。二人はとうとうハーモニカを買ったのだ。ハーモニカの吹き方を昭ちゃんに教えてもらうために彼はやって来た。

父と一緒に石鹼を造っていた昭ちゃんは、歌が好きだった。大きな鍋にぐつぐつ煮たっている石鹼を、櫂《かい》のような大きな棒でかきまわしながら、いつも大きな声で唄っていた。「啼くな小鳩よ」とか、後の方では「月よりの使者」を何度聞かされたかしれない。だからその歌を彼も郁子もすっかり憶えてしまった。

昭ちゃんは物語を話すのがうまかった。「その時、杉作は……」とナレーションが入り、いろんな登場人物の声色を使い、すっかり邦夫や郁子を物語の世界へ引き入れてしまうのだ。中

学生の頃に旭堂南陵《きょくどうなんりょう》の「太閤記」や徳川夢声の「宮本武蔵」のラジオ放送に夢中になった下地が、そこで形造られた。

足踏み式の機械で石鹸の型を取りながら、鞍馬天狗の話を、邦夫や郁子によくしてくれた。杉作が拷問を受けても、鞍馬天狗の居場所を白状しない。そんな時、馬に乗った天狗が、必ず杉作を助けに来るのだ。「ぱかぱ、ぱかぱ、ぱかぱ……」機械に左手を置いたまま、右手で鞭を打つ」真似をして、腰を浮かばせ身体を上下に動かす。足踏み式のプレス機は、栗毛に早変わりするのである。杉作を助けにくるその場面が大好きで、二人は何度も聞いた。

昭ちゃんは話につまったり、考えたりすることがなかった。全部そらんじていて、または自分で即座に作ったりする。なかにはずいぶんいい加減なところもあったと思う。その証拠に、堺の元チンピラやくざであった昭ちゃんは「浮世の義理がつらくって……」と、こんな関係のないセリフが、鞍馬天狗の話の中にちょくちょく入るのだ。郁子は、そのセリフを母に手伝いを頼まれた時など口にし、「なんやそれは……」と母に笑われていた。

昭ちゃんの物語る得意の話のもう一つは、『大菩薩峠《だいぼさつとうげ》』である。この話は主に奥村と聞いた。机竜之介にいたく感じ入ってしまい、二人は手作りの木刀を持ち、素振りをしたり、焼け跡の雑草をなぎ倒すのに精を出した。

邦夫と奥村はこんな昭ちゃんに、ハーモニカを習った。

昭ちゃんはハーモニカが上手で、ベースの入れ方も本格的であった。奥村と邦夫は美空ひばり一辺倒で、童謡などはあまり吹かなかった。

邦夫の家の建築中のことである。

小さな家の棟上げが終わり、屋根瓦も葺《ふ》き終わって壁には荒壁が塗られている時だ。大工や左官の帰った夕方、壁土の匂いのするそんな中から、郁子が変な顔をして出て来た。その後から、山崎と朴田が出て来て、赤い顔をしてこそこそと逃げて行った。

「どないしたんや」

邦夫は、こちらの方も上気した顔をしている郁子に声をかけた。

「ううん……」

「ほんまに、どないしたんや」

彼は心配になってなお聞いた。

「あの子ら、うちのパンツおろして、おしっこの出るとこ、見やってん」

「なんやそれは……」

「しゃがんで、こうやって見やってん」

郁子は、腰をおとしてかがんで見せた。

「そんだけか」

「そんだけや」

「ほんまにそんだけか……」

「……うん」

邦夫が真剣な顔で聞くので、郁子はべそをかいていた。

彼は山崎と朴田に猛烈に腹を立てた。俺の妹になんてことをするんや……。追いかけていって張り倒してやろうと思った。しかし、その時、何故か彼自身ひどく恥ずかしくなってしまったのだ。


山崎の家が「闇の油」を売買して、検挙されたのはその年の暮れである。

裏の物置に、商売ものの牛皮をかぶせて、密《ひそ》かに隠されていたドラム缶十数本の油を、おさえられてしまったのだ。腕章を巻いた数人の役人は、それをトラックに積み込み、一陣の風のように吹き去った。上がり框《かまち》にぼんやり腰をかけたまま山崎の父は、おいおい泣くおかみさんを叱る気力も失せていた。

この事件を目撃した昭ちゃんは、興奮して喋りまくった。

「ほんまにえげつないやつらや、なんぼ闇やいうても、盗んできたわけやないのに、勝手に持っていってしもうて、強盗みたいなやつらや。……そんで、罰金が三十万円やいうてましたで」

「三十万円！」

父は目玉をぎょろぎょろ廻して、絶句してしまった。

「山崎の大将、普段はいかつい顔をしているのに、それが死人みたいな顔になってしもて、そら見ておられへんかったわ」

「……とってもそんな金は、今山崎とこにはないやろ、闇の油、買い入れた直後やさかいになぁ」

珍しく昭ちゃんも一緒に夕食を食べ、その席はこの話で持ち切ってしまった。堺市内の焼け跡のバラックに、昭ちゃんは母と弟がいるのだ。

山崎が「闇の油」を商っていることは、父や昭ちゃんはかねてから知っていた。そして大きな声でいえないが、その闇の油の一部は今村の石鹸工場に……つまり邦夫の父も買っていたのである。

もともと「いちかばちかの商売やから」こんなことになるのはあらかじめ判っていたことであり、大変なダメージを受けたとしても、山崎はきっと立ち直るだろう。本業の皮革の方があることだし、と、その後二人は話し合っていた。

ところが、どうもそうはならなかったようなのだ。

翌日の夕方、父は山崎へ行って話しこんで来たが、帰ってきてしきりに首を振っていた。「死に、死にや」と、母と低い声で、不吉なことをぼそぼそといい合った。

数日して、山崎の家はもぬけの殻になってしまった。一家は播州《ばんしゅう》へ引きあげて行ったのだ。焼け跡の仲間と、山崎姉弟の別離は、だからあっけないものである。

当時の子供たちの離別は、いつもこんな形であった。山崎のケースは別にして、焼け跡に家が建ちはじめ、引き替えにそこに住んでいた人たちは追い立てられて行った。工場地帯の焼け跡は、元の所有者が住んでいるケースの方が少ないのだ。縁故の者か、または管理の者が仮住まいしているかである。もしくはまったく放置されていて、不法占拠されている所もあった。

正月を待たずに、山崎の隣の朴田の家も居なくなった。山崎や朴田のいない正月は、邦夫にはぽっかり空白ができたように、ひどくつまらないものになってしまった。

ただ朴田の方は市電で南へ三つ目のところへ引越し、次の夏休み、その道を歩いて今迄《まで》のように遊びに来るようになった。

……山崎の家が夜逃げをした翌年の初夏、奥村と邦夫は、めったに近づかなかったその家に行ってみた。主人を失った家は、早くも雑草に埋もれ廃墟《はいきょ》のようになっていた。

山崎の家は十三間堀川の土手の少し広くなったところ、昔幽霊橋が架かっていた突きあたりの奥にあった。半年ほどの風雨を受けただけで、安普請の家はひどい傷み方であった。色の変わった雨戸、今にもばらばらになりそうな、紙を十字に張ったガラス戸、早くも端の方が崩れはじめた黄色い壁土。玄関横の井戸には、深いところで赤白の金魚がゆらめいてまだ生きていて、邦夫は胸のふさがる思いがした。

夏草をかきわけ、家の裏に廻り、更に物置の裏に廻った。そこは土間になっていて、戸板に貼られた皮の干してあった場所だ。邦夫と奥村は、ここへ踏み込んだ途端、ぶわっとする獣臭いにおいに気分が悪くなった。

きれいに掃き清められているが、土間にはまだ動物の毛が無数にこびりついている。ことに物置の板壁に立て掛けてある戸板の下あたりは、吹きだまりになっていておびただしい毛の屑だ。

「ごっつい蠅やなぁ」

奥村がそういい彼の指さす方を見たが、邦夫は最初それがなんだか分からなかった。アスファルトの黒い布だと思った。しかしそれはうなっていた。貼られた生の牛の皮が残っていて、蠅がたかり真っ黒になっているのだ。

この蠅の眺めは、数年後、再び腐敗しはじめた十三間堀川の、鮒を取ろうとして、ぬめぬめした黄色い人糞のまじった黒い泥にずるりと足を取られた、気持の悪い感触と共に、邦夫の悪夢によく登場するものとなった。

敗戦後に生まれた、焼け跡の自然状態の終焉《しゅうえん》が近づいていた。邦夫たちのふるさとは、邦夫たちがまだ充分に大人にならない前に、次々と破壊されていった。十三間堀川に、鮒が何匹も白い腹を見せて浮かぶような、そんな形であった。

こうして一九四九年の年が明けた。山崎や朴田が居なくなったその年、つまり、焼け跡の同じ年頃の仲間が半分になってしまったその年、奥村と邦夫は焼け跡のコンクリートの機械台に腰掛け、よくハーモニカを吹いた。ベースが入れられるようになり、どんな曲でもメロディさえ知っていれば自在に吹けるようになった。奥村の吹く、美空ひばりの「悲しき口笛」が、後では「越後獅子の唄」が抜群だった、細い消えいりそうなメロディを、彼は切々と吹いた。

この年は色々の事件が起こった年である。邦夫も新聞の大きな活字くらいは目にするようになっていた。下山事件、三鷹事件、松川事件——。しかし古橋や橋爪が、全米水上選手権で、四百、八百、千五百に、アメリカ人を抜き去って一位二位になった年でもあった。音が高くなったり低くなったりするラジオの前で、邦夫の家でもアナウンサーの声に興奮した。

焼け跡は、まだ彼らのものであった。世の動きのほんのちょっと外に、焼け跡の自然状態はまだ置かれていた。奥村や邦夫の吹くハーモニカのメロディは、焼け跡の上の一面の夕焼けの空に流れていったのである。

焼け跡のフィナーレ

邦夫は小学校の六年になっていた。

女の子の背丈がぐんぐん伸び、男の子を追い抜く子が何人もいた。邦夫たちがいつも行く、風呂屋の李なんかがその代表だ。紅白のリレーのアンカーをさっそうと走る彼女などは、たいていの男の子よりは抜きん出てしまった。野上も背が高くなり、しなやかに、うんと女の子らしくなった。

男の子の中でも背の伸び方に差ができてきた。小柄だった柳井や邦夫と同じB組の鋳物工場の原らはよく伸びたが、もともと背が高かった岸上や、邦夫らはあまり伸びなかった。

梅雨の季節だった。梅雨のあいまの晴れた日、邦夫は裏の校門の横の石段に座って、野上の出て来るのを待っていた。

塚口や原は、ずうずうしく池田美智子の家へ遊びに行って、菓子などをよばれて話をしてきたらしいが、行儀を知らない邦夫はとってもそんなことはできない。野上と連れだって帰って、彼女のお母さんが門口に顔を出したりすると、飛んで逃げた。邦夫が頭を下げられるようになるまでに、二年もかかっているのである。だからいまだに野上と二人っきりになるのは学校の帰りぐらいだった。

裏門は講堂の脇にあって、彼の腰かけているのは、少し高台になっている講堂の石段である。しばらくしてやってきたのは、野上ではなく、岸上の子分の杉田であった。杉田は新町通りの真中辺の、ちいさなやくざの組——土建関係の仕事をしている土寅組の息子だ。彼はA組だが、さっぱりした子で邦夫とも友達であった。

「柳井がおまえと、決闘するいうて、あっちで待ってる、岸上が今村を呼んでこい……いうてる」

彼は緊張したおももちでそんなことをいった。

「けっとう？　……」

「けっとうや、おまえと柳井がけっとうするんや」

杉田はそう繰返して、やはり緊張したまま邦夫の顔を見た。

邦夫はすぐには頭が廻らなかった。もともとこういう時、すばやく反応できるタイプではないのだ。「ねぼけさんちん」といわれる所以だった。ぼさっと座ったまま、彼の顔を見つめしばらく考え込んだ。

岸上が最近そういう遊びにこっているのは知っていた。自分の子分と、なまいきな誰かれを呼びつけて決闘させるのだ。彼が選ぶ相手は、あまり喧嘩の強くない、呼び出されただけで泣きべそをかくような子供たちだ。それらはたいていの場合決闘にはならなかった。岸上はそれを面白がっていたのだ。だから一匹狼の邦夫などはお呼びではないと思っていた。

柳井は六年生になって急に背丈は伸びていたが、まだまだ邦夫の敵ではないように思えた。

一年も前から岸上の相撲場に通って、朝稽古に出たりして練習を積んでいたが、砂場の相撲で邦夫に勝てたことがなかった。……そういえば、六年になってからは一度も彼と相撲を取ったことがないな。六年になってから、誰も相撲などやらなくなったからな……。

野上のことで、野上と同じA組の柳井が邦夫にうらみを抱いていることは考えられた。最近は野上にいたずらをしなくなって、したがって邦夫も柳井をなぐらなくなったが、野上と二人で帰る時、柳井と出会ったりすると、彼はこそこそと隠れるのだった。岸上の方も、休み時間背中をたたき合ってふざけている邦夫に、いい感じは持っていなかったと思う。塚口や原のように、こそこそと相手の家に行ったりするのではなく、邦夫と野上はおおっぴらに一緒に帰るのだから、かえって文句をつけるわけにはいかなくて、しかし考えてみればこれほど目ざわりな存在はなかっただろう。

……野上がまだ来ないが仕方がない。今日は掃除当番だといっていたから、もう少し遅くなるはずだ。

母が帯の芯で作ってくれた白い肩かけカバンを手にぶらさげ、子供たちの帰った校庭を、杉田と肩を並べて横切って行った。砂場は裏門からは運動場の対角線上にあった。南に伸びた邦夫らの教室の外れだ。

雨上りの砂場の向こう側に、岸上とB組の子分が二人と柳井が立って待っていた。邦夫が近づくと柳井はシコを踏んだ。

「よし、わしが立ち合いや、泣いた方が負けやぞ」

と岸上はいい、砂場の端に立って腕を組んだ。すると二人の子分たちも左右に分かれて立ち、腕を組んだ。

「行け」

そう短くいって、彼は柳井の背中を押した。

邦夫は砂場の手前の土の乾いているところに、肩かけカバンを置き、ゴム草履を脱いでまだしめっている砂場に足を踏み入れた。相手が柳井ではそれほど怖いとは思わなかった。

柳井は邦夫の服を持ち、いがぐり頭の十銭禿を、ごしごしと彼の胸に押しつけてきた。相撲の形らしいが、まるで喧嘩の形ではない。こんな風にされたら殴りようがなかった。柳井はそんな形から足を飛ばしてきたが、彼自身腰を引いているので届くはずがない。

「どおしこい、どおしこい」

柳井は下を向いたままわけのわからない言葉をつぶやいている。彼のいがぐり頭の鉢の開いた恰好が、上から見ていて、邦夫は気になって仕方がない。変なことになったものだ。こんな恰好でもみ合っていては、少しも決闘らしくならなかった。

「柳井、本気でいけ」

岸上はじれったそうな声を上げた。

その声で、邦夫の方も、これではいつまで経ってもどうにもならないではないか、こんな恰好でもみ合っているのがいい加減嫌になった。力を入れて左右にゆさぶり、柳井をねじ倒そうとした。身体をゆさぶられながら、柳井は踏んばった。手ごわかった。邦夫は、おやっと思った。大きくねじると、下にずり落ちる形で、柳井は邦夫の足をつかんだ。下が砂なので踏んばりがきかない。組み合ったまま引っくり返ってしまった。上に重なったままで、柳井は邦夫の頭を砂の中へ押しつけた。鉢の開いた頭で、彼の顎を突き上げてくるのだ。邦夫はあわてた。こんなはずではなかった。

邦夫は下になった時いつもそうするように、勢いをためて、思いきり腹を持ち上げ、そうして横に振った。たまらず柳井は彼の上から辷《すべ》り落ちた。今度は柳井を組み敷いて、馬乗りになった。邦夫は殴ろうとしたが、その手を柳井は必死でつかんでいる。邦夫はようやく腹が立ってきた。左手で柳井の首を押さえ、つかまれた右手を、つかまれたまま振り廻した。

「待て、待て、そこまでや、……ポンチが来よった」

岸上は砂場に降りてきて、邦夫に体当りした。邦夫は再び砂の上に引っくり返った。

邦夫が起きる前に、すばやく柳井を助け起こし、岸上たちは何くわぬ顔で引きあげて行った。

「きたないやっちゃ」

柳井にいい恰好ばかりされて、これからというところで止められ、邦夫はくやしくって砂をつかんで投げつけた。そんな彼を、廊下の端に立って、ポンチが黙って見ていた。

邦夫の服も頭も濡れた砂でどろどろだった。じゃりじゃりする足のままゴム草履をはき、カバンを手に持ち、少し高くなっていて木の茂っている屋外の洗面所に向かった。

「あほやな、喧嘩なんかして」

いつの間にか、野上がやってきていた。

「違うんや、あいつらはやなぁ……」

とぶつぶついう邦夫に、

「頭、出し……」

といって、洗面台に彼の頭を差し出させた。蛇口の下に彼の頭を引っぱりこみ押さえつけて、野上は水道の栓をいっぱいに開いた。うむをいわさない手口である。

散髪の時のように、邦夫の砂だらけの坊主頭をじゃぶじゃぶ流した。野上は何度も彼の頭を手でこすったが、頭はいつまでもじゃりじゃりしていて、こびりついた砂はなかなか取れなかった。

その後、野上は彼を立たせ、中腰になったりして、彼の服についた砂をていねいに払ってくれた。そんな上気した野上の顔は、かつて山崎の姉に感じたような、大人の女の顔であった。

この当時、子供たちに定着した英語は「ハロー」ではなく、「サンキュー」でもなく、「グッバイ」だった。邦夫たちは友達と別れる時、必ず「グッバイ」といった。

イチジクの木のところで、野上は「グッバイ」といい、手を振って短いスカートの裾をひるがえし、土手を駈け降りていった。邦夫も大きな声で「グッバイ」といい、土手道を一目散に駆けて帰るのだ。

ところがその夏、これが永久の「グッバイ」になってしまった。野上の一家が、豊中の方へ引越してしまったのだ。そこは戦後の仮住まいであったらしい。

邦夫が知ったのは、夏休みが終わって再び学校へ行った時である。それもよりによって真っ先に柳井に聞かされたのだ。邦夫と決闘して気がすんだのか、それとも男同士の一人の少女に対する共通の思いからか、彼に会うのを待ちかねていたように、顔を合わせるなりすぐにそのことをいった。

「野上、いてへんようになった……引越してしまいよったんや」

柳井は悲痛な顔でいうのである。その悲しみを分け合うのは、邦夫がもっともふさわしかったのは確かである。邦夫はクラスが別々になった時よりも、もっと切ない気持で聞いた。野上がいなくなってしまったなんて……どういうことなんや……。

邦夫は、夏休み中も二、三度野上に会って、本の貸し借りをしているのだ。その時は野上は何もいっていなかった。それが急に引越しをしなければならない何かが起こったのだろう。証券会社に勤めている彼女の父親の方の事情かもしれない。野上の父親が証券会社に勤めているのを、教えてくれたのは邦夫の父である。父に聞いてみよう……しかし分かれへんやろなぁ。

野上が引越していった後、柳井とは急速に親しくなった。彼も野上の引越して行った先が、豊中だということしか知らなかった。邦夫は、豊中というのは名前は知っていたが、大阪のどのあたりなのか、どんな所なのか見当がつかなかった。転居先が分かっても、手紙を書くなどという器用なことは、邦夫にはできそうになかった。

夏休みの時に交換した、野村胡堂の中で一番好きだった『金銀島』を野上は持って行った。そして彼の手元には野上から借りた、手塚治虫の『月世界紳士』が残された。その漫画は、女の子が兎に変身して、ロケットで月の裏側へ帰っていく悲しい話だ。耳の大きな兎になった女の子の姿や顔が、野上に似ていないこともなかった。この本が邦夫の宝物になったが、ジェーン台風で水に浸かってぶよぶよになってしまった。

野上がいなくなった後、長いこと、……邦夫は小遣いをためて、豊中へ行って、なんとかして野上を捜してみようと真剣に考えていた。豊中の街角が、散髪屋や赤い郵便ポストのある街角が、生垣の続く家々の道が、玄関で寝そべって犬が欠伸《あくび》をしている風景が、思い浮かんでくるのである。眠りにつく前、布団の中で、その町を歩いている自分の姿をよく想像したものだ。塀の陰からひょっこり現れる、すっくと足の伸びたスカート姿の野上、感激の再会……。

学校からの帰り、イチジクの木の下の坂道を下り、邦夫は野上の家の前に立った。

焼け残った新町通りから十三間堀川の土手に折れ曲がった家並みの北の端――古い二階家である。電車道をへだてて、邦夫の家からも、野上の住む二階の窓ガラスが夕陽にきらきら光るのを、セイタカアワダチソウのうねる向こうに遠望できた。「ぎんぎんぎらぎら、夕陽が沈む……」という歌に、いつも野上の家のこの窓ガラスの輝きを邦夫は思い出した。

野上は一人っ子で、そのせいもあって、五年のとき一年生として入ってきた妹の郁子を可愛がってくれた。二階が野上らの住まいである。そこには上ったことがない。野上も彼の家に何度か来たが、いつも門口だった。野上のぽっかりへこむ片えくぼ……それからぷくっとふくれた目蓋。

一階が倉庫のようになっていた。ガラス戸に大きな桟が打ちつけられ、邦夫は伸び上がってガラス戸から中を覗いた。土間にはサンダルが一足脱ぎ捨てられたまま転がっているのが見えたが、それは野上のものではなかった。

少し離れると、ガラスに目蓋のふくれた暗いお化けのような自分の顔が映った。なんて顔をしているのだ。邦夫は自分の顔に、口を横に広げてイイッーをした。

しばらくしてから、背中を丸めポケットに両手をつっこんで、邦夫はそこを離れた。土手に上る道の脇で、鶏頭が小さな真赤な手を広げて、彼を見送っていた。


六年の二学期から、つまり夏休みが終わってから、進学組の補習授業が、A組B組合同で始められた。

池田や塚口や原や邦夫や、それから柳井や李や岸上も入っていたが、当然そこには野上はいなかった。同じクラスだった四年の学年末の成績で、全教科「優」のいわゆる「全優」が五人いた。男子三人、女子二人である。クラスが分かれてからも何となく連帯感のようなものがあった。池田を塚口と原で張り合い野上と邦夫は仲が良かった。進学組で再び机を並べるはずだったその五人のうちで、一人が欠けたのである。邦夫の個人的な気持とは別に、そんな欠落感もあった。邦夫はまるでつまらなかった。溜息《ためいき》ばかりついていた。

進学組というのは、地区の新制中学に進まず、私立の中学校を受験する子供たちを集めて放課後に行われる、補習授業のためのクラスである。新制中学はどこもそうだったけれど、学力が低かった。高校まで行く希望のある者は、私立の中学に入った。

ことに邦夫たちの学区の新制中学は、ひどい状態にあるらしく、男の子はやくざ予備軍のような子がごろごろいるし、中三になる女の子の中にはパンパンになる子さえいるという話である。校庭の隅には、ヒロポンのカラがおびただしく捨ててあるという評判だった。

補習授業の名目は、入試のための受験勉強だが、実際は、入ってから学力の差に苦労しないように、という配慮で行われていた。今までソフトボールでさんざん遊んだポンチにすれば、罪ほろぼしの意味もあったかもしれない。オシメにしてもそうだ。そこはそこで授業に関係のない歴史の話が多かったみたいで、片寄り過ぎていた。

今まで勉強らしい勉強をしてこなかった邦夫たちには、つめこみ授業は少しばかりきつかった。男子の方が少し多く、十数人のクラスだった。他の子らが帰った後に、彼らだけが残って勉強しているのは、しかしなんとなくいい気分のものでもあった。

男子も女子も連帯感が生まれ、普段でも一緒に行動することが多くなった。岸上も、このクラスではすっかりおとなしくなった。そしてそんな中心に、池田美智子がいた。

正規の授業が終わった後、木造校舎の一番南端にあるB組の教室の、黒板に近い席に、十数人の子供たちがてんでに座るのだが、いつの間にかその真ん中の席が池田になっていた。赤い花柄の座布団が、さながら女王の椅子のようであった。

池田が席を外した隙にすばやく男の子たちはそこへ腰を下ろすのだ。そこは気持が良いらしかった。岸上も同じようにした。そうして「ゲンをつけた……」などと彼らしい理屈をつけた。とうていそんな気になれないのは、邦夫一人である。

親密なそのクラスで、邦夫たちは異性を意識しはじめていたみたいである。女王さまの君臨するその部屋は、なんとなく女臭かった。よく喋りよく笑い、女の子たちの方が生き生きとしていた。A組の二人の林が、大小コンビで大林、小林と渾名されていて、とにかくその二人の女の子は陽気であった。掃除の時など、二人はホーキでチャンバラをしたりするのだ。女王もいたし、漫才コンビもいるという感じだ。

同じ頃、邦夫たちは風呂屋へ行っても、タオルで前を隠すようになった。まだ毛は生えていなかったが、そういう気配が感じられた。人目にさらすのがなんとなく恥ずかしかった。

風呂屋へ郁子を連れて行くようなことはもうなかった。昨年ぐらいまでは、母も石鹸の箱づめやなんやかやと夜遅くまで働いていて、邦夫が連れて行くことが多かったのだが、今は母が郁子と一緒に来ている。

時間により、番台に、李が座っていることがあった。李は野上と仲が良かった。そんな彼女に裸を見られるのはかなり恥ずかしかった。うつむいて番台に金を置いた。「いらっしゃい」などと、李は大きな声を出すのである。

「今日は早いやんか……この頃、郁子ちゃんと来えへんなぁ」

李の方は平気で声をかけてくるのだ。郁子とは、もう半年も一緒に来ていない。

「そうやなぁ」

口の中でごにょごにょいい、その前をこそこそと通り抜けた。できるだけ番台から見えないところで、そそくさと服を脱ぎ、前を隠して浴場のガラス戸を開け、邦夫はその中へ逃げ込んだ。だから、李が番台に座っていない時に行きたかった。同じように補習授業を受けているのだから、だいたい彼女がそこに座る時間は判っていた。

それなのに、決ってその時間になると、「いまぁ、むらぁ……風呂へ行こ」と奥村が誘いに来る。そうなると一緒に出かけざるをえないのだ。彼の臆する気持の、そんなめんどうくさいこと、とても奥村には説明できなかった。

補習授業のその教室では、少し色気づきはじめた六年男子たちは、風呂屋での邦夫と同じように、なんだかこそこそしていた。一方女子たちは、番台の李のようにどうどうとしていて、なんでもないことでけらけら笑うのである。

正月前に、邦夫の家では犬を飼うようになった。父がどこからか二百円で買ってきたのだ。放し飼いであった。倉庫の床下が犬小屋になった。

さえない小型の黒い四つ目の雌犬で、父が期待したように、鳴くことだけはよく鳴いた。邦夫は憶えていないのだが、戦争中家ではでっかい四つ目の犬を飼っていて、その犬は大変に賢かったらしい。その先代にあやかったのである。

「あんた、二百円分の働きしいや」と母はひやかした。誰と話しているのかと思って見ると、母はよく犬を相手に話していることがあった。さえない犬だったが、わりあい賢かった。吠える相手と吠えないでいい相手をよく知っていた。あちらこちら破れた鉄条網ぐらいしか、今村の敷地の境界がないのに、ちゃんと守備範囲を心得ていた。

しかし「クロ」が小さい頃は、邦夫や郁子にどこまでもついてきて困った。彼は丘の草原に座り、よくハーモニカを聞かせたものだ。二年生になっている郁子はクロを作文に書き、教室に張り出された。

春、小学校卒業の前、邦夫たちはサイン帳を作った。

一ページに一人ずつサインをしてもらうのだ。絵を描いたり、ちょっとした文章を書いたりした。子供たちは、こうしたことに慣れていなかったからろくなものはなかったが、それでもたいていの子らは、お互いに書き合った。女の子たちも書いてくれたが、池田は男の子とは絶対に書き合わなかった。

ところが放課後、掃除当番で、邦夫と池田は残っていて、二人は顔を見あわせ、池田と顔を見合せたのはこの時ぐらいだが、どういうわけかサインをし合うようないきさつになった。池田は、野上に対する邦夫の純情に同情し、もしくは嫉妬していたのかもしれなかった。

「おまえら、掃除もせんと、何しとんね」

当番の誰かが告げ口したのだろう。教室にずかずか入ってきたポンチの、どなり声がして、書きかけの二人のサイン帳を取り上げてしまった。

ポンチがなぜそんなに怒るのか、よく分からなかった。二人はぽかんとして再び顔を見わせ、池田はくすくすと笑った。邦夫も仕方なく笑った。

返された邦夫のサイン帳には、池田美智子という名前しか書かれていなかった。そして池田のサイン帳には、竹を二、三本書いたままである。邦夫はペンで竹の絵を書くことにこっていた。ポンチのおかげで、ぎりぎりになって忘れられない思い出を、池田との間に作ってしまった。

邦夫の入った中学校は、一面の菜の花畑の中にあった。

堺との境界の大和川《やまと》が、堺側に大きく湾曲しているところにある、私立の男子校である。運動場の少し向こうには大和川の土手があり、つくしがたくさん出た。運動場の周囲に植えられた古い大きな樹は、いっぱいの日陰を作った。

学校と駅との間にはアスファルトの広い道路があり、市内から浜寺《はまでら》のキャンプへ帰る、進駐軍のジープがひっきりなしに走った。丸見えの座席には、焼け跡にやって来たMPと同じ、白や黒の大きな尻の兵隊が腰かけていた。

その道路沿いに、彼らがパンパン小屋と呼んでいる二階建ての家が数件あった。二階の窓には、派手な下着が万国旗のようにはためいていて、窓枠には黄色い声を出す女たちが尻を突き出して座っていた。しかしそれらの家も、菜の花畑にうずもれていて、のどかな眺めの点景であった。

この年の六月から朝鮮戦争が始まり、その広い道を軍用車が走るようになった。学校からの帰り道、迷彩色に塗られた青黒い戦車が、長い砲を突き出し、地響きを立てて、何台も何台も通過するのを待たなければならないことがあった。こちらの方はお義理にものどかな風景とはいいかねた。

邦夫の入った学校は、中等部と高等部があり、戦時中の右翼的な教育を、いまだに踏襲しているようなところがあった。府立の中等学校から、戦後移ってきた教師が多かった。社会の教師は、さすがに歴代の天皇の名前からははじめなかったが、大和や河内の歴史を熱っぽく語り、いつの間にか天皇の話になっていた。大和川沿いには天皇の墓がごろごろ転がっているのだ。

数学の教師は、いつも鞭を持っていて、答えられない生徒を前に並べて、太股のうしろをたたいた。そこはひどく痛いのだ。民主教育はかけらもなかった。国語の教師は、いきなり夏目漱石の『吾輩は猫である』からはじめた。そんなむつかしい漢字のいっぱいある文章、読めたものではなかった。ちょび髭の英語の教師は、すぐにチョークを投げた。長年の修練のたまものか、あやまたず、よそ見している坊主頭に命中するのだった。

この学校の先生は、どういうわけか皆張り切っていた。宿題をどっさり出した。ついて行くのが大変だった。この中学に入ったのは原と邦夫だけで、クラスは違ったけれど、今度は本格的に競争することになった。が、二人ともなかなか十番以内には入れなかった。昼休みには、やっぱりソフトボールをして過ごした。

夏休みの少し前、池田美智子が死んだ。

小さい頃からあまり丈夫ではなく、小学校の体操の授業の時間も、教室に残ってよく本を読んでいた。腎臓がずっと悪かったらしい。

彼女の雰囲気は、彼女のつくり出していた独特の世界は、そんな中で生まれてきたものだろう。たくさんの本を読み、たくさんの知識をかかえ持ったまま、中学生になったばかりの、池田は死んでしまった。

原に誘われ、塚口と三人で新町通りの池田の家へ、葬式に行った。ポンチやオシメも来ていた。幕の張られた入口の土間から一段上った和室に祭壇があり、その向こうで色白のふっくらとした池田の顔が笑っていた。「白豚……」思わず心の中でそう呼びかけ、邦夫は泣き出しそうになった。

ネジ釘《くぎ》を作っている町工場の経営者である色の黒い痩せた父親と、池田に似た白い太った彼女の母親が、赤い目をして、焼香する人に、いちいち丁寧に頭を下げている。その横に彼女の弟がかしこまって座っていた。邦夫は焼香するなど初めての経験で少しまごついた。

池田の棺桶《かんおけ》を見送り、三人はシュンとなってしまった。邦夫の卒業のサイン帳は、池田のところがとうとう未完成のままだ。彼女は名前を書いたあと何を書くつもりだったのだろう。彼女のひつぎに入れられた、彼の部分もそうだ。未完成のまま、帰ってくることのできない所へ、池田は持って行ってしまった。

帰り道——、池田の家へ塚口も原も遊びに来たことがあって、二階にある彼女のいっぱい本のある部屋の様子などを、二人が話しているのを聞いて、邦夫はむしゃくしゃした。

話のついでに、一級下の倉吉慶子の家へ、二人とも遊びに行ったことがあると、互いに内緒話を打ち明けるように言っている。倉吉は運河沿いのベンガラ屋の娘で、勉強のよくできる可愛い子だった。

「おまえら、どこまでこそこそやってやがるんや」邦夫はいよいよ腹が立ってきた。

「郁子ちゃんも、可愛いらしくなってきたやん」と塚口がいい、

「ほんまや、この頃特にそうや……」原もにやにやしている。

こいつら、ほんま、殴ったろうか……と邦夫は本気で思った。

中学一年の夏休み、祖父に連れられて邦夫と郁子は岡山の郷里へ遊びに行った。大阪駅から何時間も汽車に乗り、岡山駅からはバスに乗って、田舎道をまた長い間揺られた。邦夫の幼い頃に一度来たらしいのだが彼には憶えがないから、焼け跡育ちの彼にとっては初めてといっていい大旅行であった。

邦夫は日本地図を持ってきていて、地図と首っぴきで駅名を確かめ、地図の上を走っている実感を味わった。明石、加古川、姫路、相生《あいおい》……それらの駅名が新鮮に入ってきた。久しぶりに祖父に会った郁子は、学校での話をさかんにしていた。祖父はおいしいアイスクリームを駅の売店で買ってくれた。

瀬戸内海に面した、青々と稲穂の実る田んぼに囲まれた村の、祖父の農家の門口の白っぽい道に、和服姿の祖母が立っていた。二年ほど祖母に育てられた郁子は、恥ずかしがってなかなか祖母に近寄らなかった。涙を流している祖母の感激が、郁子に初めての体験だったのだろう。

「この子はまぁ、すっかりお兄ちゃん子になって、おえりゃせんが……」

祖母はがっかりしてそんなことをいった。

ヒマワリが黄色い大きな顔を並べている庭で、ズック靴を脱いで、冷たい井戸水で足を洗った。すごく気持が良かった。足型をつけながら、玄関の板の間に上がった。

ほんの小さい頃に来ただけなので、家の中の様子を邦夫はほとんど憶えていなかった。大きな虎の絵の屏風《びょうぶ》があって、それを廻り込むと庭に面した座敷だ。そこへ肩かけカバンを置き、

祖母が止めるのもかまわず、

「……海、見てくる」

と邦夫は下駄をはいて玄関を出た。

「うちも一緒に行く……」

郁子が追いかけてきた。

久しぶりに会う祖母が、邦夫にとっても照れくさかったこともあるが、バスから見えた海が、何にもまして魅力的だったのだ。

「兄ちゃん、こっち……」

郁子は村の中の道をよく憶えていた。

曲がりくねった土塀の道を抜けると、コンクリートの低い堤防に突き当った。堤防の切れ目を入るとそこはすぐに砂浜だった。漁船が引き上げられ、網の干してある、こぢんまりした漁港だ。

正面には、四国の山々が夏雲を立ち上らせている。海岸に人の姿はなく、ひどく青い、池のような海がわだかまっていた。

翌日から連日、邦夫と郁子はその海で泳いだ。祖母は日傘を差していつもついて来ていた。邦夫は熱い砂原に座り込み中学生の邦夫に、深いところへ行かないようにうるさく声をかけた。邦夫は郁子に泳ぎを教えた。短い距離だが、郁子はすぐに泳げるようになった。その海岸では村の子供たちをほとんど見かけなかった。

小学校五、六年頃から、邦夫は堺の海で泳いでいた。電車賃と脱衣場の料金と、かき氷を買うぐらいのお金を持って、仲間たちと市電に乗って出かけた。大浜、出島《でじま》、浜寺と、堺の海は松林が美しく白い砂がどこまでも続いて水もきれいだった。海岸べりの家は空襲で焼けたままで、月見草などが咲いている焼け跡の道を抜けて海へ出るのだ。海は大変に豪華であった。海が近かったらどんなにいいだろうと思った。だから今、歩いて行けるところに海があるということは、邦夫にはかけがえのないことに思えた。

最初の一日二日は、急に肌を焼いたために、身体中がほてって夜眠れなかった。次の二、三日は皮がむけ、郁子と皮をむき合ったが、身体中がかゆかった。泳いだ後、ツルベで汲《く》んだ冷たい水を浴び、肌がきゅんと冷えるのが気持良かった。邦夫は何杯もかぶった。郁子はツルベの水につけたタオルを背中からかぶった。

床几《しょうぎ》に腰かけて赤い汁をたらしながら食べる西瓜《すいか》や、蝉の鳴く声、そよりと吹く風の中の座敷でする昼寝は、すごく贅沢な時間であった。村には金魚売りが来た。天秤棒の前後に金魚の入った桶をぶらさげ「きんぎょお、きんぎょお」と声を上げながら、村の道を行くのが珍しかった。祖母は金魚を買ってくれ、小さなタライに放った。風の吹き通る土間で風鈴の音を聞きながら、しゃがんで郁子とそれを眺めた。金魚とは、山崎の井戸以来の対面である。ヒマワリの庭で、夕方線香花火をした。郁子は祖母に縫ってもらった浴衣を着ていた。そんなわきには豚の蚊やりがゆるやかな煙を上げている。ここには本でしか知らなかった暮らしがあった。

久しぶりに郁子と一緒に風呂へ入った。庭に建てられた風呂場は、床は簀《す》の子で、木の風呂桶には、踏み台をしないと入れなかった。そんな簀の子の床に膝をついて、タオルに石鹸をつけ身体を洗っている三年生になった郁子は可愛かった。夕食の後、縁側で邦夫は祖父に本将棋を教わった。もとのようにすっかり祖母になついた郁子は、古い唱歌を教えてもらって二人で唄ったり、後では邦夫が何度も相手をさせられる、祖母とのあやとりに夢中になっていた。

お盆の日まで居るように祖母に何度もすすめられたが、祖父が岡山の市内へ出かけるのを機会に、邦夫たちは帰ることにした。宿題は持って来ているのだが、あまり進んではいなかった。やっぱり邦夫も郁子も町の子らと遊びたかったのだ。岡山駅まで連れて行ってもらえば、大阪の実家には帰れる。中学生になった邦夫は、郁子と二人で汽車に乗る、そんな旅行もしてみたかったのである。

半月ぶりで八月の中頃、二人は真黒になって大阪へ帰って来た。……ところがその半月で、邦夫はなんとなく変わってしまったのである。

古い床の間のある岡山の座敷で、祖父と頭を並べて布団に横たわりながら、木目の浮き出た天井板を眺め、そこに思い浮かべていた焼け跡の思い出は、マントをひるがえして高笑いする黄金バットであったり、奥村や山崎と鉄を捜す夏草の草いきれであったり、ベアリング車に乗って下る穴ぼこだらけのコンクリートの坂道であったり、そしてそこは、運河まで一望できる雑草におおわれた、深い果てしない焼け跡であった。

新町通りで市電を降り、電車道を家に向かって歩きながら、そこがすっかり変わっていることに邦夫は気づいた。もちろん岡山へ行っていた十日程の間に変わったのでないことは邦夫にも判っていた。徐々に変わっていったのだが、彼は今まで気づかなかったのである。

思い描き帰ってきた邦夫の少年時代を過ごした焼け跡は、汚くみすぼらしかった。原野のようであった焼け跡に、人間の手が入り、塀や鉄条網がはりめぐらされ、片づけられた瓦礫が積み上げられ、ゴミが捨てられ、ところどころ道ができ、あちらこちらで工場の建設が始まり、新しい家が建ちはじめていた。

バス道路の両側の青々と広がる稲の波や、海岸の丘に広がる黄金色の麦畑、なだらかな畑や広い果樹園を見てきた眼には、まだ残る広い焼け跡もひどくごみごみしたものに思えた。焼け跡そのものも変貌していたが、彼の中での焼け跡のイメージの方はもっと色褪《あ》せてしまった。真黒になって駆け回った焼け跡は、もうそこにはないことを思い知らされた。


「綿工場の焼け跡に塀ができてん」

邦夫兄妹がいなくて、その夏休み奥村のボウと遊んでいた朴田は、岡山から帰ってきた彼のところへ来て、ぽつんとそんなことをいった。石鹼工場との間にある日陰の縁台で、後から奥村もやって来て、その話をした。

「塀の下からまだ入れるけどな」

邦夫におとらず黒い顔の奥村は、元気のない声でいった。

「Aちゃんの紙芝居、来られへんな」

もう一年ほど紙芝居を見ていない邦夫は、思い出したようにつぶやいた。邦夫はランニングでパンツ姿だった。

「カン蹴りもできへんで……」

朴田は鼻をふくらませていった。

邦夫のいない夏、奥村たちは九町会の子らをまじえ、よくそこでカン蹴りをして遊んだらしかった。それがある日、彼らは追い立てられ、塀はまたたく間に建てられた。綿工場のあの広場が閉鎖された話は、邦夫にもショックであった。

数日後の夕方、早々に夕食を食べ終わり、邦夫たちはカンテラを持ち寄って、蔵のおばさんの家へ行く道の丘の上に集合した。

この頃は、どこの家にも敗戦直後に使用したカンテラが、まだ物置に転がっていた。邦夫は、昼間それを捜し出し掃除をして油を入れておいたのだ。みんなそうしているはずだった。

夏草の茂る丘には、早くも奥村が来ていて、向こうから近づいてきた。

「九町会のやつらは来よるで」

奥村は真黒い顔に白い歯を見せて笑った。

「鋳造所の子らはどうやろ」

「わからへんな、あいつら、おれらとちょっと違うから」

奥村のいい方がおかしくて邦夫は思わず笑った。鋳造所の子は五人兄弟で、職人も親戚の者が多かったから、その子らを含めそこだけで十人ぐらいの集団を形成していた。……原には自分から声をかけるべきだったかな、と邦夫は思った。たたずむ彼らの足元で、いろんな虫が高く低く鳴き始めた。
四、五メートルの高さの、平屋の屋根より少し高いぐらいの丘だが、ここから眺めると焼け跡は一望だ。足元に蔵のおばさんの家と道の右向こうの奥村の家、丘の東側には少し離れて邦夫の家、電車道を越えて元の山崎の家と十三間堀川の土手、西側には池の向こう右手に、焼け残った原鋳造所の工場と家のかたまりが見える。しかしそれら八町会の中にも、新しい家や町工場が建ちはじめていて塀がめぐらされていた。
五百メートルほどの西の方には、運河沿いの大工場の焼け跡が並んでいた。そこは今のところまだ手つかずであった。焼けただれた造船所の、梁と柱ばかりの幾棟もの巨大な残骸が、残り陽に黒く浮かび上がっている。セメント工場のお化け煙突は、夕陽に片面を光らせてこれも黒々と突っ立っている。運河に面した倉庫跡の赤錆びた裸の傾いた何台ものクレーンは、ここから見ると枯れた松の木のようだ。運河沿いに並ぶそれらの眺めは、さながら眠れる怪獣を思わせた。

「や、やまざきが、き、きよったで」

走ってきた朴田は、遠くからせき込んで叫んだ。セイタカアワダチソウの茂みの向こうの暗闇を、しなやかな山崎の駆け登って来る姿が見えた。

「姉さんは？」

邦夫は気になることを真っ先に尋ねた。

「おれだけや……」

自分だけでは不足か、というように、頬をふくらませて彼はいった。

廃墟になっている家を整理し、土地を売却するために、山崎の父親が来ていて、昨日邦夫の父の方へ挨拶があった。今日あたり、家族も来ているはずだった。そのことを朴田に話しておいたので、朴田は山崎の家へ寄ってきたらしい。こうして二人は息せききって駆けて来たのである。

山崎はちゃんとカンテラを持って来た。祖母の手づくりの浴衣を着た郁子の方を見て、ちょっと恥ずかしそうに小石を蹴った。しばらくしてボウと双子の妹もやってきた。久しぶりにほぼ全員がそろったことになる。

カンテラに火を入れ、「……ぼちぼち、いこか」と奥村がリーダーらしく声をかけた。

山崎のそばを離れない朴田とボウの三人が先頭に立ち、奥村の少しは色の白くなった二人の妹と郁子が続き、しんがりを邦夫と奥村が歩いた。蔵のおばさんの新しく建った家の横の夏ミカンの木の下の道へ、ゆっくりと降りていった。

「あれは鋳造所のやつらと違うか……」

山崎がめざとく見つけ、大きな声を上げた。彼の声に坂道の途中で立ち止まって、西の方をすかし見た。坂根鉄工所の焼け跡の、背の高い雑草をくぐり抜けている、ちらちらかいま見える火の一団がある。

「やっぱり来よったか」

奥村は貫禄を見せていった。

朴田は、それ一つしかない懐中電灯をしきりに振った。それに答えるように、暗い雑草の向こうで、火の群れが一斉に揺れた。……やっぱり彼らも焼け跡の仲間だったのだ。邦夫は鼻の奥を熱いものが迫り上がった。

奥村の住む常盤製作所の長い板塀に突き当り、塀に沿って左へ歩くと、塀の途切れたところに、メダカやゲンゴロウがいる小川がある。小川と塀の間の細い道を行く。綿工場の焼け跡は常盤製作所の裏にあった。小川の反対側は広い坂根鉄工所の塀だ。

まだ新しい塀はクレオソートの臭いがきつかった。視野がぱったりと閉ざされてしまい、本当に息がつまりそうだ。

「陰気くさいな、歌、うたおうや」

ボウがそんなことをいい出し、邦夫は少し驚いた。たちまちボウは、やけくそのように声を張り上げ唄いだした。

「……緑の丘の、赤い屋根、とんがり帽子の時計台、鐘が鳴ります、キンコンカン……」

彼の声は塀の間の道によく響いたが、長くは続かなかった。

——野上の「花かげ」が良かったなぁ……十五夜お月さま、一人ぼっち、か……悲しい歌やなぁ。池田の「絵日傘」は最高に華やかやったなぁ……すみれの花も、タンポポも……タァンポォポォも、というあそこがこたえられんなぁ——野上は遠いところへ行き、池田はもっと遠いところへ行ってしまった。

常盤製作所の塀が終わり、新しくできた綿工場の塀がはじまった。

「この辺、やってんけどな……」

奥村は珍しく狼狽した声を出した。塀の下の隙間が見つからないのだ。昼間と夜では全然感じが違うらしい。塀の下を覗きながら行ったり来たりする奥村の姿を、邦夫たちはカンテラで照らした。

塀の下が水のない溝になっている隙間が漸《ようや》く見つかって、そこをくぐって彼らは中に入った。そこはむっとする夏草の中だ。かきわけて進むと、焼け崩れた倉庫の横に出た。木造の屋根は焼けたが、土蔵の壁は半分ほど焼け残っている。普段倉庫の裏になどあまり廻ったことのない邦夫にも、ようやく地理が判ってきた。

月の光にあわく照らされて、綿工場の広い土間はあった。虫の音にかこまれて、子供たちの広場は横たわっていた。

　草野球のベース用のボロきれや、蹴られてへこんだカン蹴りの缶、折れたバット、こわれた石炭箱、輪廻し用に使ったらしい自転車のスポークのない車輪……それらがコンクリートの上に薄い土の膜を張りつけた土間のあちらこちらに転がっていた。コンクリートが顔を出している入口の土間には、ローセキで書かれた恐竜のような絵、お化けのような顔、それから端の方には陣取りの図柄、ケンケンパーの丸い円……が、まだ消えずに月の光に照らされ横たわっている。

　しかしそこでは何かが死んでいた。いや死に切れずにざわめいていた。子供たちの遊び場の墓場であった。いろんなものが残っているにぎやかな墓場は、しかし今ひっそり月の光の下に静まり返っている。

「くそっ」

　誰にともなく山崎は吐き捨てると、脇のセイタカアワダチソウの高い茂みをかきわけて、どしどし人の背ぐらいある瓦礫の山に登った。そこも彼らの遊び場だった。戦争ゴッコの陣地だった。

「……送り火が見える」

　しばらく播州に居た山崎は、そこで盆を送ってすぐこちらへ来たせいか、そんないい方をした。送り火？　これはなんの送り火だ……。先祖の霊を送る火ではなく、焼け跡の子供たちの霊を送る火だろうか。青空と契約した邦夫たちは、死んでしまったということだろうか？

——今、九町会の子らの火の流れは、広大な岩元製釘所の焼け跡をななめに進んでいた。そして反対の方からは、鋳造所の子らの火の流れが、これも広い坂根鉄工の焼け跡をかなり手間取っている様子でななめに抜け近づきつつあった。

まだ塀のない「岩釘」の焼け跡を突っ切って来た九町会の連中の方が早かった。

「おまえら、遅かったな」

今夜の段取りをつけた奥村が、雑草から顔を出した彼らにいたわるように声をかけた。

「山崎、戻ってきたんか」

九町会のスダレ屋の子が大きな声を上げた。そして二人は手を取り合っている。たちまちてんでに喋り合った。

「もう馬飛びでけへんな」

「ゴム飛びもでけへん」

「カン蹴りもや」

「Aちゃん、もう来んようになったで」

「今、岩釘の焼け跡に塀、作っとんね、基礎作っとるわ」

「大川運輸なんか、もう塀、できてるで」

邦夫らと同じように塀を入るのに少し迷ったらしい鋳造所の子らも、裏側から広場に入ってきた。いよいよ騒がしいお喋りがはじけた。

「八坂神社に、今年夜店出たやろ、にぎやかやったなぁ」

「おれ、輪投げで野球の人形とったで……おまえ、何か取ったか？」

「おれ、行ってへん」

「盆踊り、今年は書籍会社の運動場でやるらしいわ、おまえ知らんか？」

「書籍会社て、どこや？」

「去年小学校の運動場でやったやろ……」

「おれ知らん」

「書籍会社、おれも知らんねん」

鋳造所の子らは情報通のようだった。夜店も盆踊りも焼け跡に復活したのは遅かった。邦夫が行ったのは去年がはじめてである。アセチレンの火のあかあかした道端の露店を覗くのは邦夫も大好きである。しかし盆踊りの方はもう一つだった。提灯の吊られた下で踊る輪の中には入れなかった。あんなものぜんぜん面白くなかった。ほこりっぽいだけだ。

広場に集まっててんでにお喋りしていたが、これから先、とりたてて何をするという計画はなかった。奥村もそれから先のことは何も考えていなかった。

鋳造所の女の子と、郁子は笑って肩をたたき合いながら喋っていた。同級生なのだ。邦夫たちの後をついで、二代目のライバルのようである。原の妹も浴衣を着ていた。

当の原が邦夫のそばに来て、

「今村……これからどうする?」

と聞いてきた。

「そうやなぁ……」

邦夫は盛んに九町会の自転車屋の息子と喋っている奥村の方をちらっと見て、

「もうしばらく居て、帰るわ」

といった。

「おれら、運河の方まで探検しょ、思てんねん」

原はちょっと声を低めていった。

「危ないぞ、あそこは、夜は……」

「だいじょうぶや」

鋳造所一団の中には、若い職人も交じっていた。

綿工場の広場に集ってざわめいていた子供たちは、お互いにカンテラで照らし合って久闊《きゅうかつ》を喜び合い、てんでに喋りひとしきり情報を交換し合って、そしてそこを離れた。

別の方向をめざして、夜の中を三条の火の流れとなり、そこを去って行った。邦夫たちは丘をめざして南の方へ、九町会の子らは再び岩釘の焼け跡を北東へ抜け、十三間堀川の上流の方へ、鋳造所の子らは運河をめざして西の方へ。——これはフィナーレの行進だった。火をかざして、競技場を去っていくのである。

まだ残っている夏休み、カンテラを持って、夜、塀の中の広場で毎日のようにカン蹴りをやった。昼間とは違って、大変に迫力があり、邦夫たちは熱中した。焼け残った綿工場の土塀の壁が、大変に迫力があり、邦夫たちは熱中してしまった。焼け残った綿倉庫の土蔵の壁が、かっこうの隠れ場所になった。同年配の少年たちが中心だ。山崎の一家は土地がなかなか売れなかったのか、姉弟に焼け跡の仲間たちと遊ばせてやりたいという親心か、夏休みが終わるまでそこで仮住まいしていた。山崎本人はもとより、彼の姉もよくカン蹴りに加わった。俊敏ですぐに闇にまぎれこむ彼女のシルエットが、邦夫たちを眩惑《げんわく》した。その頃は八町会の仲間に柳井も入っていて、彼は毎日のようにやってきた。

柳井が鬼になり、カンテラの明りの中で、邦夫は思いきりカンを蹴り上げた。それがカンを守ろうとする鬼の柳井の眉間にまともに当った。彼は手で押さえたが、指の間から血があふれて止まらない。山崎の姉は、柳井を焼け残ったコンクリートの腰壁《こしかべ》に座らせ、自分もその横に腰かけ、彼に目をつぶらせた。チリ紙で血を拭きとり、ハンカチを四つに折りたたみ、すばやく傷口に押し当てて止血した。

山崎の姉は中学三年生、カンテラの火をあびて目がきらきら光り、見守る少年たちの沈黙の中での彼女の息づかいが、中学一年の邦夫にはなやましい感じであった。自分が怪我をさせたことも忘れ、邦夫は柳井がうらやましかった。

「しっかり押さえときや」といって彼女は柳井の手を取って強く押えさせた。目を開け、彼がそろそろ立ち上がるのを支えた。おでこを押さえた柳井を中にして、山崎の姉と、邦夫と奥村は、虫のすだく夜の土手道を、彼の家まで送って行った。

後で聞いたのだが、その後医者へ行って数針縫ったということで、その傷はくっきり残った。「眉間割れや」と柳井はいっていて、むしろその傷を自慢にしているようなところがあり、おかげで邦夫はうらまれずにすんだのだった。

一方で邦夫たちは、昼間は焼け跡の探検に精を出した。

運河沿いの焼け跡は広大であった。何十万坪あるか分からない。戦火で焼けてから五年間捨てられたままの焼け跡は、たいていが人跡未踏である。白骨化した死体がまだ転がっているというようなことも、あるかも知れなかった。

造船所の焼け跡はとくに危険だった。雑草が途切れたと思ったら、突然に深いドッグが口を開いていた。底に水が溜った深いコンクリートの穴は、落ち込んだら上る手がかりがなかった。深いドッグを見降ろしながら、邦夫は金玉が縮み上がった。

盛大に空襲を受けた紡績工場（日本紡績津守工場）の焼け跡は、きりがないくらい広かった。そこだけで何万坪もあっただろう。ノコギリ屋根の骨組みだけが聳《そび》える大きな工場が、何棟も残っている。周囲を背の高い夏草にかこまれた赤錆びた鉄骨だけの屋根の下……広いコンクリートの土間と、焼けただれた無数の機械たちの静まり返っている無人の工場……ここは死の世界だった。ここへ踏み込んだ時、やはり寒気がした。

八月の終わり、塚口と二人で自転車に乗って運河の下流の方まで出かけた。そこで一面の月見草の原を発見した。その花は焼け跡によく似合っていた。

堤防の下から続く白い月見草の花畑は、見渡す限り広がっていて深かった。からみ合っていてとても入っていけなかった。自転車を止めて堤防に腰をおろし、二人は露を含んでいる白い原を眺めた。

「夜見るとええんやて、月明りの下の一面の白い花が」

襟を広げて、河風に吹かれながら、塚口はそんなことをいった。

「夜は幽霊が出そうやなぁ」

この深い月見草の原は、月の下で何千坪もの一面の青白い花畑になり、なんだかひそひそ囁き合っているような、そんな気味の悪い眺めだろうと、邦夫は想像した。

堤防の反対側では、石炭を満載した船べりの低い船が、重いエンジンの音を響かせて、運河を遡って行った。


邦夫が中学一年生になった夏の終わり、焼け跡が一変するような出来事が起こった。九月三日、近畿地方一帯をジェーン台風が襲ったのである。

邦夫たちは、九町会の寄せ屋の手前の十三間堀川の橋を渡って、川向こうの隣町の小学校へ避難した。そこは鉄筋コンクリートの校舎が多く、総て焼け残っていた。地区ごとに集められ、邦夫たちはかぶって逃げてきた毛布を敷いて、体育館の二階で一夜過ごしたのである。

風のうなりは、人々のざわめきの中であまり感じられなくて少しも恐怖ではなく、知った友達を見かけるとそこへ座り込み、台風の状況や逃げて来た時の様子を喋り合った。土手を走っている時には本当に吹き飛ばされそうであった。炊き出しのにぎりめしが配られ、まわりは知った人ばかりで、その夜は邦夫たちは結構楽しく過ごした。

翌朝の早朝、邦夫は母に言って、一人体育館を抜け出した。水が校舎の一階の床を浸していたが、体育館の屋外階段から塀の上を歩き、十三間堀川の土手に出ることができた。

どこもかしこも水びたしだった。橋を渡り家のある西側に来ると、そこはもっとひどかった。床上浸水ではない。軒上浸水であった。一面の湖で、水の中にあちこち屋根が浮いている感じである。

土手に立ってしばらく考えていたが、お徳ばあさんの家の北側、土手が少し広くなってニセアカシアが何本かあり、山崎が猿のようによく登っていた木の下に来ると、邦夫は服を脱ぎ、少しためらった後、パンツも脱いで木の枝に隠した。そしてそろそろと水の中に入った。

水はそれほど冷たくはなかった。白濁した水は一夜のうちに泥を沈めたのか、泳いでみると割合きれいだった。それはまぎれもなく、しょっぱい海の水だった。海水浴をしているようなものだ。何も着けないでフリチンでこんなところで泳ぐのは、かなり奇妙な感じである。

邦夫の家は五十センチほど盛土して建てられていたが、それでも水は軒の下まできていた。これでは中に入れない。中の様子が分からない。彼は水の中へ潜ることにした。水の中の裏口の扉は、水流の圧力のためか鍵がかかっていたはずなのに、開いてしまっている。潜ったまま、邦夫はなんなく家の中に入ることができた。

台所を抜け、茶の間にぽっかりと浮き上がると、天井の少し下まで水がきている。畳や、タンスは横になりぷかぷかと浮いていた。

「しょちなしやな」

邦夫はそこへ首を出して見廻し、大人のように舌打ちした。もう一度水に潜り、その他の部屋もゆらゆらと上から見廻し、念のため裏口の扉を閉め、外へ浮き上がった。両親に報告するため、今度は石鹼工場と倉庫のまわりを泳いで一周した。

倉庫と家の間にいろんなものが流れついていて、そこに大きな板が浮かんでいた。上に名前が書いてある。綿工場の塀の入口の扉である。この真新しい木の扉のおかげで、閉め出しをくったのだ。邦夫はおかしくなってしまった。台風と大水のせいでたいていの塀はこわれてしまったことだろう。

邦夫はそこへ這い登った。素っ裸だが、構うもんか——。水をしたたらせて彼は立ち上がった。大きな扉は彼を乗せても平気で浮いていた。流れついた木の中から櫂になるような板を捜した。石鹼のこね棒が見つかった。水をかいてみるとぴったりだ。櫂で思い切り水をかくと、ゆらりと動き出した。早朝の空は曇ったままである。

服を脱いだ木の下の岸辺に来ると、どこに逃げていたのか、クロがちぎれるほど尻尾を振って、今にも水の中に飛び込みそうにしている。土手につけると、飛び乗って来て、裸の彼に飛びついてくるのだった。彼はクロを抱きしめた。そうしないとあっちこっちひっ掻き傷をつけられてしまう。

そこで服を着て、犬を乗せ、棒で岸を押して再び沖に出た。両親や郁子のいる学校へは戻る気がしない。こんな楽しいこと、やめられるわけがなかった。

邦夫は土手からあまり離れず、電車道の上のあたりを土手と平行して南へ向かった。楽しいことを思いつきいそいそと筏《いかだ》をこいだ。彼がめざしているのは、野上のいた家である。野上のいた二階の部屋が見られるかも知れない。

櫂で何度も水をかくと、扉の筏はかなりのスピードが出た。野上の家は一階が完全に水の中で、二階だけが船のように浮いている。畳が上げられまだ空家のままだ。そのまわりを一巡した。彼女の部屋はどこか分からない。戦災から焼け残った古い家の二階は、階段を除き部屋は二つしかないようだ。窓ガラスがきらきら光っていた西側の部屋を、彼女の部屋だと勝手に決めた。そこで勉強している野上の姿を想像しようとしたが、がらんどうの部屋ではイメージが少しも像を結ばなかった。

土手ぎわのイチジクがうれた実をつけていた。その横に筏をつけ、いくつかをもぎとり、二つに割って口に入れてみた。赤い実は甘くてとてもおいしかった。……野上、勝手に食べるで……、そう心の中でつぶやくと、不意に胸が切なくなった。イチジクの木の下で本を交換した日の野上の姿が、今度はまざまざと像を結んだ。……何もいわんと、小学校卒業前に、さっさと行ってしもて……殺生なやっちゃ……おまえは。

二つに割ったイチジクをクロにやると、尻尾を振ってあわただしくぺちゃぺちゃ食べる。彼もクロも、五つも六つも食べた。さぁ、行くぞー。

土手道を離れ、電車道の上を越え、西側に広がっている広大な書籍会社の焼け跡の上に出た。そこから更に西にはさえぎるものもなく運河の方が望まれた。運河の大工場の骨だけになった残骸の屋根、焼けたクレーンや煙突が水中に浮いている以外は、西の方は何もなかった。そこは海まで続く、——海原だった。焼け跡などどこにも見当たらない。焼け跡の時代はいやおうなく終わったのである。

雲を割って、不意に朝日が差し込んだ。ずいぶん離れてしまった野上の家の方を、邦夫は振り返った。一面の水は朝の太陽の光を反射してぎらぎら輝いた。彼女の居た二階は、黒く小さく、波のきらめきの中に影を浮かべていた。

邦夫は筏を返し櫂をかいた。犬を乗せた彼の筏は小さい波を作り、櫂のしずくをきらきら光らせて一面の無人の水面にぽつんと浮かんでいた。もとの海に戻った、海抜零地域の工場地帯の上を漕ぎ渡った。

蔵のおばさんの家との間にある丘が、無人島のように浮かんでいる。その島を廻り込んで東の方から筏がやってくる。逆光のためにその黒い人影はよくわからない。

……奥村だ！

「おおおい！」

でっかい朝の太陽を背負った筏を漕ぐ黒い人影に、邦夫はにこにこして手を振った。

自転車泥棒

林の中から軽機関銃の音が聞こえてくる。樹木の間を、身軽な人影が見えかくれする。邦夫のような年代では、すぐにベトナム戦争を連想してしまう。夏は終わりに近づいているが、林に差し込む日ざしはまだきつい。朝の七時半なのに太陽はすでに高く、今日も暑い一日になりそうである。

チュ、チュ、チュ、チュ……チュル、チュル、チュル……チュル、チュル……軽い連続音の中を、すばやく移動する南ベトナム解放戦線の兵士たち。ジャングルの中の小川を、腰まで水につかり、木々の間をうかがいながら、水音を立てずに進むアメリカ軍の若い兵士たち。小川には花びらが散り、それがゆっくりと浮かび流れ寄る。

――そんな光景が目に浮かぶ。林の中から聞こえる素早い連続音、……チュ、チュ、チュ、チュ、……チュル、チュル……チュル、チュル。

あれは蟬《せみ》の声だ。先週までウワンウワンうなっていたのに、今日は軽機関銃のような音に変わっている。林を過ぎると、駅へ向かう坂道になる。赤い花をぽつぽつつけた夾竹桃《きょうちくとう》の横の道だ。駅への近道であって、それでも十五分ばかりかかる。

子供たちはたいてい自転車だ。駅前は不法に駐輪された自転車のラッシュで、人がかろうじて通れる道幅しか残されていない。おまけに、パンクしただけのような自転車が何台も放置されていて、たまったものではない。ぜんぜんモノを大事にしないのだ。バブルが崩壊して、新しい自転車が簡単に買ってもらえなくなったのだろう……放置自転車の数は減ってきている。いい傾向だ。

邦夫は来年の四月に五十八歳になる。定年まで後二年である。そのせいかずいぶんぐちっぽくなっているのが自分でもわかる。目に見えるあれこれが気にかかるのだ。貧しい時代に少年期を過ごした彼は、モノを大切にしない現代の風潮が、とくに腹立たしい。

学校がまだ始まっていないので、電車の中は比較的すいていた。しかしこれは比較的の話である。積み残しが出そうなほどにはこんでいないということであって、満員であることには変わりはない。何年かごとに連結する車輛《しゃりょう》が増えて今は八輛、ラッシュ時には本数もぎりぎりの五分ピッチで運転しているのに、満員がいっこうに解消されないというのは、どういう理由によるのだろうか。ここ六、七年バブルの影響でこの沿線も人口が増え、そのせいだろうか。三、四年前にバブルは崩壊しているが、だからといっていったん住みついた人たちが引越しするわけではない。それどころか、金利安に支えられて、マンションの需要はぼつぼつ回復基調に変わっていて、新しく着工するマンションが目につく。持ち家はまだまだ不足しているのである。

つまり都市近郊の人口はこれからも増え続け、満員電車は解消されない、ということであるらしい。ここまで考えて、一向にいい結論にいたらないので、考えるのをやめ、定年まで満員電車でがまんするしかない、と思い定める。なにしろ三十五年間がまんしてきたのだから、慣れているのだ。

邦夫はネクタイをしているけれど半袖のワイシャツ姿である。会社のロッカーに背広の上着は吊るしたままになっている。営業に出かける時だけ着て行くのだ。もわっとする背広の袖口に腕を通す時はいつも悲しくなる。なんとかならないかと思う。世の中にはわけのわからないことが多いが、夏に背広を着て歩くのもその一つだ。

銀行員、証券マン、商社マン、不動産屋、建設関係、セールスマン、新聞記者、それにヤクザ屋さん、このあたりは必ず背広を着用している。外見をととのえる必要があるのは、どことなくうさんくさい商売だからだ。製造業のようにちゃんとした仕事の人はその必要はない。

それはそうとして……背中のオバハンはなんとかならないのか。入口とは反対側のドアの前に立っている彼の背中に、すぐ後ろから乗り込んできて、べちゃりと張りついて離れないのだ。お父ちゃんの背中に身をあずけたつもりになっているのか、いねむりをしている様子である。生あたたかく柔らかい水枕のような乳房が、ぐちゃっと押しつけられている感触がある。彼はどうもこういうオバハンに好まれるらしい。

超満員ではないから、むりに身をねじれば背中の女は引き離せないこともないのだが、邦夫は無下に彼女を突き放すことができなくなっている。中年の男もだが、女も疲れているのだ。月曜の朝が一番しんどい。時々肩に頭をぶっつける女に、同情を感じてしまうところが彼にはある。

生命保険のベテランのおばちゃん……邦夫の会社にももう二十年ぐらい通ってきて、新入社員を次から次へ加入させている、ベテランのセールスマンがいる。小柄でちょっと美人で、人を誘うような目付きをする。彼女に睨《にら》まれたら新入社員などとっても逃げきれるものではない。中小企業の経理のおばさん……中小企業にはそんなおばさんがいて、秘書を兼務していた。バブルが崩壊して、彼が営業に行く中小のデベロッパーは、一時の三分の一ぐらいの社員数になっているところが多かった。しかしそんなおばさんは健在で、彼女を辞めさせたら何もわからなくなり、会社はたちまち立ち行かなくなるのだ。

そんな彼女たちはしっかり主婦も兼務している。仕事と家庭を両立させながら雄々しく生きているのだ。そうしなければならない事情がある。教育費がむちゃくちゃにかかるのである。子供を大学に入れ、下宿でもさせると、亭主の年収の三分の一は吹っ飛ぶ。私学に入り東京で下宿するという最悪のケースでは、可処分所得の半分は確実に吹っ飛ぶ。それが兄弟姉妹重なったりすると、もう首をくくるしかない。それでも親は無理をする。主婦が働かなければならない道理である。

保険のおばちゃんは新人獲得に血道を上げなければならないし、経理のおばさんは不況の中で頑張るのである。そして聞いてみると、彼女らの子供は良くできるのだ。

そんな母親の背中を見て育ったせいかもしれない。そんな背中の彼女を、どうして身体をゆすって無下に突き放すことができるだろうか。多少の気持の悪さは我慢するしかないのである。

——ところが、電車が終着駅に着いた時、この事情が変わっていた。邦夫の立っている側のドアも開いて、押されるようにして降りて、むっとして振り返ってみて驚いた。軽やかに降り立ったのは若いおんなである。彼女の方も押されてよろけるようにしながら、ちらっとこちらを見た。髪の長い、目蓋のところがぷくっとふくらんだ、青いTシャツの胸が盛り上がった、ベージュがかった白いスラックスの腰の大きな、好みの女の子である。かまいつけない感じの、ハンドバッグで前をガードしたりしない、神経質ではなさそうな、まだねむそうな目をしている、女性である。あの小学生の頃の野上初子が、大きくなったら、こんな娘になっていただろうと想像できるような、そんな女性であった。

背中に張りついていたのは、彼女だったのだ。どこで入れ替わったのだろう。途中の急行停車駅しか考えられない。そこから終点までが一番長いのだ。入れ替わったのなら入れ替わったと知らせてくれればいいのに。乳房を背中に押しつけられて、ずうっと気持の悪い思いをしていたのだ。若い女の子の、まして好みのあんな女の子の乳房なら、どんなにか気持が良かったのに！　ちっとも知らなかった……本当におしいことをした。取り返しのつかないことをしてしまった。

地下鉄から上り、朝の通勤の人々にまじって、会社のビルの前まで来て、邦夫は思わず足を止めた。玄関の自動ドアは開けっぱなしになっていて、中が暗いのである。しかも暗い玄関に人が何人も立っている。停電か？

……それになんだか焦げ臭い。社員の一人をつかまえて「これ、どうなってるんや？」と聞いた。

「どうなっているて、知りませんか。昨夜、ニュースで何回もやってましたで、今朝の新聞にも出ていたし……」

彼はちょっと馬鹿にしたように笑いながらいった。

「昨夜のテレビ？」

「七時のニュースでも九時前のニュースでも」

「見なんだなあ、昨日は日曜やったし」

「今朝の新聞、写真入りで、どの新聞にも……」

新聞は確かに読んだ。しかしそんな記事は憶えていない。三面記事はあまり興味がない。昔からこういうことがよくあった。会社の中で彼だけが知らないのである。ぼんやり突っ立っている年輩の男が気の毒になったのか、若い社員は早口で言った。

「きのう、午後六時頃に、地下三階から火が出て、五時間も地下が燃え続けたんですよ」

「地下三階て、駐車場か？」

「そうですよ。消防車が来て、どんどん水を入れよった……電気室も何も水びたしですわ」

彼はそういって、今度は楽しそうに笑った。

「……わかった」

こちらの方でも仕方なく笑い返し、エレベーターの奥の階段へ向かった。

窓のない階段室は真っ暗である。各階の廊下の明かりで、かろうじて手摺《てすり》が見える程度だ。そこを人影が何人も登って行く。開発の営業部があるのは九階だ。邦夫もその影にまじって、ぼんやり光る手摺につかまって上りはじめた。日の出を拝むために登る、宗教の巡礼の行列のような、上下連なる、息遣いだけが聞こえる黙々とした集団である。

地下から昇ってくるこげ臭い匂いの充満した階段は、むっとするぐらい暑い。電気が止まっているから、当然冷房も切れている。背中が汗ばんできた。九階分も階段を登ったことがない。これは大変なことになったという実感が、すでに五階目ぐらいで起こってきた。早くも息が切れてきている。ここしばらく忘れていた神経痛の足は大丈夫だろうか。そうか、この調子ではポンプも止まっているから、水は出ないな、上にあがってもお茶も飲めない。エレベーター・ホールの自動販売機も駄目だろうな、と思うと急に喉が渇いてきた。水が出ないということは、便所も使えないのだ。これは大変なことになったものだ。

七階ぐらいから彼はとうとう足を引きずりだした。神経痛の太股の付け根が痛く、膝がだるく、しびれたようになって、力が入らなくなってきている。しかも身体が汗みずくである。黒い影は次々と各階の廊下へ消えて行ったが、まだ上の方でも下の方でも人影がゆらめいている。

こんなところでへばるわけにはいかなかった。上を眺め、荒い息を吐いて、今度はゆるゆると足を上げ、手摺につかまって身体を持ち上げていった。

「ごくろうさんです」

部屋の中の暗いデスクに辿り着くと、同じ部の鳥君が、眼鏡を光らせて、苦笑いしながら声をかけてきた。

「地下室どうなってるの？」

邦夫は椅子に座り込みながら、肩で息をした。大部屋の中もむし暑く、これでは汗が引くどころではない。

「さぁ……地下二階ぐらいまで水びたしでしょ、なんせむちゃくちゃに水を流し込んだらしいから」

「駐車場には泡消火器装置があったたん違うかな……」

「炭酸ガスの泡と水で、むちゃくちゃでしょうね」

「泡消火装置が働いたのなら、水を入れることないやろ」

階段を上りながら考えていたことを口にした。

「泡消火も百パーセントじゃありませんからね、……自動車がガンガン燃えて、猛烈に煙が出たらしいんですよ、煙感知器が作動して、それで守衛の人が降りて行ったら、もうもうとした煙で、あわてて消防署へ連絡した、そうしたら十台以上も消防車がやってきて、ビルを取り巻いて、じゃんじゃん地下へ水を流し込んで……水不足やというのに」

誰に聞いたのか、鳥君は情報通らしいところをみせた。

邦夫は技術畑だが、彼はもともと事務屋だ。

「駐車場には車、何台ぐらい入ってたの？」

「日曜日やったから、十五台だけということですわ」

「それが次々燃えたの」

「そうでしょうね」

「何が原因で燃えたのかなぁ」

「……さぁ」

早くやってきていた鳥君の知りえた情報は、そのあたりまでらしかった。

彼らの所属している開発営業部は、九階のフロアーの西北の隅にあった。デスクが六つ並び、部長が三人もいる変な部だった。会社には原則として五十五歳までに、ラインの部長を交替させる内規がある。邦夫は二年半前にここに移ってきた。ラインの部長経験者がスタッフに近いこんな場所に集められている感じになっている。扱う物件は中長期で、開発関係であれば、土木、建築を問わなかった。

バブル崩壊まではそれなりに実効を上げていたが、ここ数年開発案件は中断か中止か消滅であり、営業成績は鳴かず飛ばずである。残っている物件も、現状では採算割れで着工の目途がたたない。そこで、開発営業部そのものが、遅くとも来年の三月までには解散の話がある。定年まであと二年残っているので、できたらもう少し存続して欲しいのだが、今のままの成績ではそんなわけにはいかないだろう。三人の部長の手持ちのプロジェクトの中で、早急に実現しそうなのは見当らないのである。

窓ぎわの他の人の席にへたり込み、一時間半ほど開発関係の情報誌を読んでいたが、席を立って、下に降りることにした。昼食にはまだ早かったが、小便がしたくなってきたのだ。

こげ臭い空気の充満した、早くも仮設電気で配線された、投光器が光を放つ、奈落のような深い階段を下って行くと、なんとはなく戦争中のような気がしてくる。防空壕はこんなに深くないが、雰囲気はそっくりである。裸電球のぶら下がった、じけついた壁や丸太の柱が思い浮かぶ。壁に自分の影がゆらめいて、伸びたりちぢんだりした。

やっと一階に降り立った。階段室を出て、廊下を右に折れ、エレベーターホールにテーブルを並べ仮設の電話が五、六台並んでいる、まるで出店のような前を通った。営業の若い者が数人、受付の女の子が数人座っている。「ごくろうさん」というと、彼らはいっせいに頭を下げた。

暗いビルの玄関から外に出ると、やはり馬鹿みたいにいい天気である。空襲で焼けた三月十三日の前と後のようであり、五十年のタイムトンネルから抜け出してきたような感じでもある。

食事をすませ、会社へ帰るにはまだ時間が早かったので、公園から栴檀《せんだん》の木橋を渡り、北浜通りを歩いて、クーラーのよく利いている地下の書店に入った。題名にひかれ、かなり分厚い本を開いて拾い読みし、たちまちひきつられてしまった。

《割礼……遥か古代においては割礼の用品として鋭利な石のメスが用いられた。貝殻および鋭い竹等もまた、これのために使用されたことがある。ユダヤ人の場合はその手術は原始的な、医学上の考えよりすれば野蛮な非衛生的な方法によって実施されている。彼らは野蛮にも指の爪で包皮切除するのに使用する。そして非衛生的にも、彼らにおいてはその割礼者が傷口を吸って、性病その他の病気をその子に伝染せしめがちなのである》

指の爪でちんちんの皮を切除するなんて、考えられないことをするな……邦夫は自分の手の爪を眺め……そんな馬鹿な、と思わずつぶやいた。こんな爪ではなかなか切れないに違いない。やられる方はたまったものではない。見開きの写真には、目隠しされて、今まさにちんちんの皮を切られようとする男の子の写真が何枚か出ている。男の子といっても皮のむける年頃に見えるから、十二、三歳になるのだろう。本当に痛そうである。自分のその年齢を思い出し、思わず寒気がした。

それはユダヤ人の証であり、このためアウシュヴィッツから逃れられないという、悲劇的なことになった。

多分西側の屋外階段側の扉を開け放しにしているはずだから、風が吹き通しだろう。客の来ない今日は、昼寝にいい場所のはずだ。とにかく月曜日は眠い。普段ではできない、そんな非日常の楽しみがあってもいいはずである。邦夫はいそいそと階段室から廊下へ出た。

たいして風はないが、気のせいか幾分ひんやりしている。応接コーナーの椅子を三つ横に並べ、汗臭い身体を横たえた。そして目をつぶった彼の耳に、童謡が聞こえてきたのである。幻聴かと思ったほどの小さい声だった。誰が唄っているのか？ ……歌詞がはっきり聞こえてきた。小学校高学年頃に唄う歌だ。

しばらくして邦夫は身を起こした。そして音のする窓ぎわの方へ歩いて行った。誰もいないと思っていたのになぁ……。

一番明るい窓の前のコーナーに、白い夏の制服の女子社員が一人腰かけていた。カセットを聞きながら、この暑いさなか編物をしているのである。ひどく無心な感じに見えた。音を小さくして曲を聞きながら、彼女もまた非日常の世界に遊んでいるのだろう。彼女の浸っている抒《じょ》情《じょう》的な歌の世界が見えるようだ。

気づかれなかったのを幸いに、彼は再び足音をしのばせて、入口の近くの席に戻った。そして横になった。

「さぎり消ゆる湊江《みなとへ》の……舟に白し、朝の霜……」か、「……ただ水鳥の声はして、いまだ覚めず、岸の家」とくるか、「鳥啼きて、木に高く、人は畑に麦を踏む……」

確かにこれは……えぇ、と……「冬景色」だ。寝ながらかすかに聞こえる歌声を無意識に追っていた。この暑いのに冬の歌とはなあ。暑いから暑気ばらいに冬の歌を聞いているのか。次は何だ？　「……いらかの波と雲の波……重なる波の中空を」ああ、「鯉のぼり」だ。よく唄った歌だ。「たちばなかおる朝風に……高く泳ぐや、鯉のぼり……」文部省唱歌ばっかりじゃないか。目を閉じていたが、歌が気になって、寝つくどころではなくなった。かすかに、しかしあたりに誰もいないから、鮮明に聞こえてくるのが問題だった。

「夕空晴れて、秋風吹き、……」おやおや、今度は夏を飛ばして一足飛びに秋になってしまった。「……月影落ちて、鈴虫なく」これは確かスコットランド民謡だ。しかしすっかり日本の歌になりきっている。「……思えば遠し、故郷の空……ああ、わが父母、いかにおわす……」しだいに邦夫の中で雑草の茂る焼け跡の風景が広がってきた。これらはみんな、彼にとっては焼け跡の頃の歌である。焼け残った機械台に腰かけてハーモニカで吹いた曲だ。夏草の上にいわし雲の夕焼け空が一面である。虫の音が聞こえる。その鳴き声がハーモニカと和した。邦夫の故郷は焼け跡であった。

どこまでが回想でどこから夢なのかわからない。邦夫は夏草の草いきれの中にいた。人の背より高いセイタカアワダチソウの下の、彼の作った草のトンネルだ。家の工場のあった敷地から、そのトンネルは縦横無尽に伸びていた。小さな丘に登ったり、丘の下の小川を越えたり、人の通る道を避け、丘の向こうの防火用水池まで続いていた。途中いくつか枝分かれしていて、一つは川沿いの松崎の敷地に向かう丘の下に通じ、一つは奥村の住む常盤製作所の工場跡地の、前の道路に抜けられる。近場では丘の麓の邦夫の家の敷地の反対側の隅、やわらかなクローバーの狭い草原に達していた。

そこはレンガ敷きの土間の上に土が薄くかぶさって、そのためセイタカアワダチソウが進入せず、草の壁にかこまれた空間になっていたのだ。おまけにその端には機械用のエレベーターのピットが残っていて、水が溜まり、メダカやゲンゴロウや、掬《すく》ってきた鮒が泳ぐブロックにかこわれた小さな池になっている。ここは仲間にも教えていない。秘密の場所である。

邦夫はブロックに腰かけ、ズボンの前のボタンを外して肉っきれを出し、それをいじっていた。それは手で触るのにも、座るとちょうどいい位置にあった。中学へ入る前か後かは憶えていない。今日、本屋で立ち見した写真の、割礼される少年と同じ年頃だ。忘れていた記憶が、あんな写真を見たから甦ったのかもしれない。ハーモニカにあいたり、本を読むのにあいたりすると、彼は時々そんなことをした。

あの時は本当に驚いた。肉っきれの首のところに溝ができているのだ。そのとき、肉っ切れが固く太くなっていたのかどうかは記憶にない。いったいあれはいくつぐらいの時から、大人と同じような大きさに勃起するものなのだろう。肉っきれの頭と胴が分離され、首のような恰好に変形しているのに気がついたのだ。そして皮がずるりとむけ、頭が裸になるのである。彼はこの時の驚きを憶えている。皮を元どおり頭がかくれるようにかぶせて、その後数日は、真剣に心配した。皮がずるりとむけるなんて、これはなんかの病気ではないのか。

邦夫は思うのだが、頭と胴が分離される、こういう形になって初めて、肉の棒は好きなだけ伸びることができ、頭は頭でいくらでも大きくなることが可能なようになるのではないか。成長の準備段階の中に、このペニスの変形があるのではないだろうか。はっきりと憶えていないが、この後急速にそのモノは大きくたくましくなっていったように思う。つまりちんちんからペニスへと変身していったようなのだ。割礼はそれを助ける手術ではないだろうか。

邦夫らが相撲草といっている草が、小さな池の手前に一群《ひとむら》生えていた。青い細長い葉の中から、青い長い茎が出ていて、その先が手の指のように四、五本に分かれ、そこに種子がたてに並んでいるようについている草だ。その草を結んで、首のところを引っかけ、引っ張り合うのだ。弱い方の草は首が飛んでしまう。相撲草というのは結んだ時の形が、まわしに似ているからか。

ペニスがペニスの形をして勃起するようになって、どれくらい後か、その頃すでに毛が生えていたかどうか、記憶にはない。彼は相撲草をむしり、根元の白い部分の先っぽを少し嚙みくだき、それを右手に持ち、左手でペニスの頭を上下に押さえ、鮒の口のように先端の穴を丸く開いて、そこへゆっくりと差し込んでいった。草のやわらかい先には唾液をたっぷりと塗ってあった。ゆっくりと草を入れ、ゆっくりと引き抜いた。鋭い痛みが、ペニスの穴の中を走る。

それがしだいに快感に変わっていった。

気をつけながら、出し入れのスピードを少しずつ上げていった。不意に強烈な痛みと快感が突き抜けた。尿道を雷が走っているような感じだ。草を押し出して、白い液体が吹き上げた。

このときこそ本当に死ぬかと思った。こうして邦夫はマスターベーションを発見した。それは草いきれの中で行われた。彼の精液が草の匂いのするのは、そのせいではないかと思っている。

後で知ったのだが、ペニスの尿道は、ライフル銃のようにらせんが切られていて、草の出し入れの時の痛みはそのためらしかった。なぜそんなことになっているかというのは、ライフルの弾が回転してまっすぐに遠くまで飛ぶ原理と同じであり、これがなければ、小便は目の前で散らばってしまう。あとで知って邦夫は驚いた。


自分の席で煙草をくゆらせていると、鳥君と武田部長が話しながら部屋に入ってきた。邦夫より一つ上で、五年前から在席している武田が、開発営業部のラインの長ということになっている。邦夫と同じ二年半前にこの部へ配転になったもう一人の河野部長は、二つ下だ。河野は出張が多く、週のうち半分ぐらいしか顔を見せない。武田は一応ラインの長だが、うるさいことはあまりいわない。それぞれがまあ、個別に得意先があり、責任を持って勝手に仕事をしているような感じである。それぞれ部長だから、自分のハンコでたいていの書類は廻せる。若い三人だけが武田部長のハンコを必要とした。

「今村さん、今日は行くところがあったんでしょう」

と武田が思い出したようにいい、こちらの顔を見た。ぐったりしていた邦夫は、彼と顔を見合せ、そのことをようやく思い出す始末であった。不動産屋からの新しい情報の話をし、今日現地を調査することになっていると、彼にいっておいたのだ。

「そうそう、工場跡地、さっき話した幽霊ビル……四時の約束なんですよ」

「じゃ早く行かないと間に合わない」とこれは鳥である。

「多少遅れてもええのや……入口を開けとく、というだけの話やから……もっともあまり遅く行くと、帰りはガードマンが鍵をかけてしまって、無人の廃工場から出られなくなるけどなあ……そうなったら幽霊と顔を突き合わせて夜明かしをせなあかん」

「本当に幽霊が出るんですかねえ」鳥はにやにやしながらいった。

「跡地の有効活用、どこか当てはあるの？」武田もにやにやしながら、しかし別のことを聞く。

「スーパーから頼まれている土地、面積的にはぴったりなんやけど、場所的にどうかなと思ってね」

「スーパーはまだ元気なんですか」

「採算性の悪い小型店舗をつぶして、大型店に整理統合するようですね。現在、スーパーが必ずしも安いとはいえないし、規模のメリットをいかすしかないみたいや。コンビニがどんどん増えているから……」

「早く行かないと、閉め出し……じゃない、閉じ込めをくいますよ、幽霊工場に」

鳥君に催促され、邦夫はようやく腰を上げた。

「まあ……とにかく出かけて来ます。今日はもう帰ってきませんから」

「どうぞ。……幽霊が出たらよろしく伝えてください」

武田部長はゴルフによる陽に焼けた顔をほころばせ、目を細めて笑った。


工場の外周沿いに、敷地のブロック塀に沿った内側をざっと見て廻り、旧本社ビルの玄関に戻って、鉄製の重いガラス戸を押し、中に入った。どうせこんな戦前の古いビルは解体するしかないから、内部は取り立てて見ておく必要はないのだが、もともと建築の技術屋である邦夫は、それはそれで興味があるのだ。玄関ロビーから、窓の並んだがんじょうな木製の間仕切りのある、学校のような廊下を抜け、東側にあるらしい階段へ向かった。

幽霊が出るという廃工場の地下室への階段を捜しながら、不動産屋との会話を思い出していた。

「オイルショックの後の、リストラで首になった、首くって自殺して、それをうらんで夜な夜な出てくる、とでもいうの」

「違うんですわ……昼間に出るんですわ」

「昼間？」

「そうなんですわ、まっぴるま、地下の宿直室へ昼寝に出てくるんです」

「昼寝……昼寝て、あの昼寝？　……へぇ、それはまた、変わった幽霊やねぇ」

「生きている時は、よっぽど昼寝がしたかったんですやろね」

「仕事がきつかったんかなあ」

「オイルショック不況で、むしろ反対ですわ。わしはその頃、この工場に来たことありまっさかいに、それは分かります」

「……す」と上がる彼の独特の言い方が、この場合効果的であった。

「それで幽霊の身元は判ったの？」

「さあ、それが昔勤めてた工員の一人ではないか、ということぐらいしか……なにせ相手は幽霊やさかいに」

――残念ながら、幽霊が何度も昼寝にやってきたという、地下室へ降りる階段の扉は、がっしりと旋錠されていて、入れなかった。古いビルだから、地下へ降りるのは危険だったかも知れないし、ここらあたりは地盤が低いから地下は水につかっている可能性もある。頰に刀傷があった幽霊と対面できるわけではないが、この地下にある、幽霊が昼寝していたという宿直室はちょっと見てみたかったのである。階段室の錆びついた鉄の扉を見つめ、心残りだったが、引き返し屋上へ登ることにした。

昔のビルだから階高がたかくて、やっぱり息が切れた。

大きな窓から光が入る、幅の広い気持のよい階段ではあった。まだ黄昏には間のある屋上は光にあふれていた。それほど広い面積ではないが、バレーボールするぐらいの空間はあった。

……ここは、邦夫にとってはなんとなく懐かしいロケーションである。今住んでいる郊外のニュータウンより、こんな風景の方がほっとする。第一に郊外電車と地下鉄あわせて一時間も乗らなくて済むのが大きい。移動する灰色のネズミの群れのような形で、毎朝都心に流れ込み、毎夕画一的な住まいの箱に帰って行かなくてもいい、こんな場所がなんとも人間的に思える。夜遅くまで飲んでいても、酔っぱらって帰宅する立ち放しの一時間は地獄である。ここならミナミの飲み屋から、ふらふら歩いて帰っても一時間半そこらだろう。途中で立ち小便などして、月と一緒に帰るのだ。

三十五年間、建築の技術者としてたずさわってきた邦夫にとって、現代建築に廃墟のイメージを重ねることは造作もないことだ。長期間かかって作り上げた殺風景なコンクリートの箱が、古代恐竜の骨のような鉄骨を、長時間さらしていた廃墟のような構造物が、薄っぺらな外壁をぱたぱた張られ、竣工前数カ月でお化粧され、華麗なビルや、住み心地のよさそうな集団住宅に変貌をとげるのを嫌というほど見てきた。現代文明が、いかにまやかしのうすっぺらな幕でその華やかさをきそっているか。

こういう現代建築は、たとえニューヨークの摩天楼であっても、一皮むけばそこは廃墟なのである。人間の暮しのしみついていない、単なるコンクリート殻とくず鉄の光景を見るのはたやすい。現代建築は暮しに根づいてはいない機械的な空間だ。

ニューヨーク、エンパイアステートビル。二〇〇一年、九月十一日。百十階建、五二七メートルのビル。その中間の階に、飛行機が二機、第一と第二の間隔が二十分ぐらい。第二の飛行機が飛び込んだ五十六分後、たった十二秒で、巨大なビルが倒壊した。その原因は次のようなことだ。

巨大なビルを支えていた柱の数は新聞には出ていなかったが、それは必要最小限だったはずだ。最初の飛行機がぶち当たって何本かが折れ、次の飛行機が反対側からぶち当ってまた何本か折った。そうすると五十階分の重量を支えきれなくなり、すぐ下の階の上にのしかかり、瞬間に倒壊した。地上階の総ての階が倒壊するのに三十秒しかかからなかったということだ、

昔の建築物はこんなことにはならない……柱も梁もぶかっこうなほど太い。先に見た幽霊が昼寝にきた廃工場の古い本社ビルがそうだ。もちろんあんな構造で百階建てのビルは造れないが……。

現代の建築は機能一点張りである。その機能も、電気一つが止まったら停止し、たちまち使

いものにならなくなり、人が住めなくなり、たやすく廃墟になってしまうのを、現に今日、実感をもってしみじみ味わわされた。

現代の文明は、進めば進むほど廃墟と隣り合わせであるという、あやうさを担っている。

これは単に建築だけのことではないかもしれない。あらゆる価値が崩壊し、まだ新しい価値が築かれる前の、あの時代から六十年、果して新しい価値は創造されたのだろうか？　薄っぺらなお化粧をほどこされた、機能一点ばりの現代建築と同じく、新しい価値もそのようなうすっぺらなものしか作られてこなかったのではないか？　見渡す限り焼け跡と青空しかなかった時代、そこには何もなかったけれど、いっさいがあった、と邦夫が思うのは、このことのためではないだろうか……。

「御用聞きみたいに、いつも裏口からやなあ……」おふくろはこういっていつも笑うのである。実家に寄ったのは予定外の行動であった。

廃工場を出て、公衆電話から都合を聞くと、大阪へ買物に出てきた妹が寄ることになっているので、夕食の準備もできているからちょうど良い、とおふくろの明るい声が受話器の中で響いた。

クーラーの利いた茶の間に上がり、卓袱台《ちゃぶだい》に座った彼の方へ「会社大変やったなあ」とおふくろが、台所から声をかけてきた。ひまだからよくテレビを見ているようである。

「あれはなんや、放火か……」おやじも卓袱台の前に座り、口をもぐもぐさせた。歯がもう大部分無いのだが、入歯を嫌がって入れないのだ。だから流動食しか食べられない。

「喉、渇いているやろ、サイダー飲む？」こういいながら冷蔵庫の前でおふくろは息子の顔を見ている。

「からから天気続きで、喉もからからや、サイダーもらうわ」

「せやけど、今日は早いやないの」

「会社へ帰ってもどうしようもない。真暗やし、クーラーがないどころか、水も出えへんし、便所も使われへんのや」邦夫は、そういいながら、コップについでくれたサイダーを一気に飲み干し、新しくついでくれたのも一気に飲んだ。ゲップが何度も出てきて、おふくろに笑われた。


家が狭いせいもあって、郁子とは同じ布団で寝ていた。

妹は小さい時から寝相が悪く、太い妹の足がよく腹の上に載っていることがある。雷の夜には、彼の背中にしがみついて震えていた。いつから別の布団で寝るようになったのか憶えていないが、布団は別でも寝るのは同じ部屋である。タンスや机のある奥の六帖が二人の部屋で、そこしかなかった。昼間、タタミに寝ころんで本を読んでいる彼の上に、郁子はよく乗ってきた。胸や背中に押しつける顎が痛かった。女の身体のどたりと重い感じを知ったのは、妹によってであった。

何時間もかけて、もう生えないようにということで、まだそんなに濃くない彼の髭を、ピンセットで全部抜いてくれたことがある。どういうわけか髭はすぐ生えてきたが、この後、ひまな時に、爪で髭を抜く癖が身についてしまった。

邦夫がまだ高校生の頃だったと思う。妹は中学生になっていた。夏、郁子は彼の裸の二の腕にいっぱいキスマークをつけた。思い切り吸い込んで赤いアザをつけるのだ。右腕が終わると左にもいっぱいつけた。とにかく妹は、前からちょっと変わった女の子だった。

こんな個性的な女の子が身近にいたために、彼は初恋に失敗したと思っている。それから以後も女性関係がうまくいかず、結婚が遅れてしまったのである。かたや妹の方は、二十を過ぎるとさっさと結婚してしまった。


以下は久しぶりに会った郁子とのビールを呑みながらの会話の一部である。母は柳井の風呂屋に行っていて、父は隣の部屋でごろ寝をしている。

――柳井さん、そんなことをいいだしたんは、去年からやろ、と郁子はいった。今日、番台で、柳井が郁子のことをいってたのを話し、そのことはもう何度も聞かされたという、彼の言葉に対する、妹の返事である。

――かれ、去年の春に、奥さん、亡くさはってん……。

——それで、急に郁子のことが思い出されてきたわけか。——恋女房やったんよ、駆け落ちまでして、一緒にならはったんや。邦夫の言葉には乗ってこず、郁子は一方的に話した。

——へえ、駆け落ちしたんか。

——その恋女房て、誰やと思う？

——そんなん、知るわけないやろ。

——そうやろと思った。兄ちゃんはそんなとこ、鈍感やから。

——まあな、……で、おれの知ってる人？

——柳井さんの恋女房は、山崎さんの姉さんや、十三間堀の土手際の革屋の娘……。

——本当か……、邦夫はしばらく言葉が出なかった。

——柳井がねぇ。感慨無量の思いである。焼け跡の広場で、夜、カン蹴りをして邦夫の蹴ったカンが柳井の額に当り、その傷の手当てをした。あの山崎の姉。——彼、そんなこと一言も言わなかったぁ。……山崎の姉の方は播州へ帰ったやろ、あの頃は二人ともまだ中学生やった……。大人になってから、二人はどこで出会ったの？

——柳井さんが盲腸で入院して、山崎の姉さん、そこの看護婦さんしてはったの……衝撃的な出会い。妹はそのことがよほど心に残っているのか、そんなおおげさないい方をした。盲腸と恋愛では取り合わせがもう一つの感じである。

——手術で柳井の裸を見たわけや。

——そうや。毛も剃らはった。

——衝撃的な出会いやなあ。

妹は一息ついて別のことをいった。

——朴田さんのことは知ってる？

——在日朝鮮人ということ……。

——それいつ知ったの？　郁子は目をきらきらさせて、邦夫を見た。なんだか生き生きとしている。興味ある対象を見つめているような目の色だ。彼はまったく受け身になってしまった。

——いつか忘れたけれども、多分高校時代かな、……朴田のことではなく、同級生やった風呂屋の李を知ってるのがおって聞かされたという憶えがある。李がスポーツで活躍しとった。そんなこと知ってる、という顔をしたけどね、名前がそうやからな、しかし意識したのはその時がはじめてやった。……そういえば、朴田といつか会ったよ。

——へぇ、それどういうこと、その話聞かせて……。

かつて朴田がほのかな恋心を、彼女に寄せていたことを知っている郁子は、うれしそうに卓袱台の向こうから顔を寄せてきた。こういうところを、女はいつまで経っても失わないものらしい。

——現説……現場説明というのがあってね、入札する前に設計図を業者に渡して、図面の説明をして、あと現場を見せるわけや。官庁工事の場合は、図面の説明だけして、あとは業者が勝手に現場を見るというケースが多いわけやけど、役所の人が数人、設計事務所の人が二人ぐらい、前の方の机にこちらを向いて並んでいる。それと向かい合わせの机に建設業者が一社二人ぐらいで、五社教室のように座っていて、その説明を聞いて、質問したりする。……どこの学校か忘れたけれど、学校建設の現説の時、その設計事務所の係員の、四角い顔に見覚えがあって、朴田やったわけや、「パク」というように自己紹介しとったけどね。

邦夫はそこで言葉を切って思い出しながら――設計説明のとき、あいつぜんぜんどもらなかったなぁ……、もう二十年以上も前のことや、お互いにまだ三十代の半ばやったと思う。おれはまだ結婚してなかったからね。そこで話を切り、――朴田、中学生になってからも、ちょくちょく来とったやろ、と妹の顔をひやかすように見ていった。――あいつ、中学のあとどこに行ったのかなぁ……。

――工業高校、とそっけなく妹は返事する。

――なるほど……、彼はちょっと気圧《けお》される感じだ。

――柳井と、山崎の姉さんとがねぇ……と邦夫は思い、胸におちるものがあった。……同時に熱い思いが湧き上がってきた。柳井との、隣に住んでいた野上初子をめぐっての記憶が、一瞬それに重なった。しかしそれは線香花火のようにかすかで、長くは続かなかった。あれはあの時代に終わっているが、こちらの方は終わっていないのだ。

大人になった野上？　……ではなく、山崎の姉さんとは会ってみたかったなぁ。彼女の奥目にじっと見つめられた少年の頃を思い出した。今想像してみると、成人した山崎の姉はかなりの美人だったのではないか。猿顔の弟も男前になっていたような気がする。今までそんなことを思いもしなかったことが、不思議な感じである。

眠るような状況ではなかったのだが、いつの間にか寝てしまっていたらしい。電話がかかってきたのは、十時五分前であった。父に電車の時間を調べてもらったら、十時十四分があったので、あわてて飛び出してきた。支線から本線へ乗り換えるまでは起きていたし、本線からニュータウンへの分岐駅までかろうじて起きていた。そこからニュータウン方面行きの普通に乗った。ここからはもう乗り換えはない。乗り過ごしてもニュータウンの三つの駅のどれかだ。座席に腰かけたらたちまち眠ってしまったらしい。緊張感よりも疲れと酒の力が勝ったようである。

「警察が、お父さんに来てもらってくれて、いくら遅くてもかめへんから……」

風呂からとっくに帰って、イヤホーンをつけてテレビを見ていた母が目の前の電話を取り、替わって受話器を耳に当てた途端、女房のかん高い声が飛び込んできた。

「警察？　……」いささかアルコールのまわっている邦夫には、女房のいっている意味がよくわからない。しかし「警察」なんて、なんとも不吉な響きの言葉だ。酔っている時には聞きたくない言葉である。

「もしもし聞いている?」

「警察がなんでまた……なにがあったんや」

「それがようわかれへんの、駅前の交番から電話があったて、美由紀がつかまって……」

「美由紀がつかまった!」

「たいしたことやないねん、もうこっちへ帰ってきてるから、バスに乗って、まだ途中やけど……家に帰ってきたらわかると思うわ」

「なんでこんなに帰りが遅いのや」

「なんとかのライブいうてたけど……そんなこと今いってもしかたがないでしょ」

「なんで父親が呼びつけられるのか、その理由はいわなんだのか」

「だからそれは娘さんに聞いてくれ、というてるの……たいしたことやないけど、とにかく来てくれやて、どんなに遅くなってもかめへんから、警察は遅うまでやってるから、て」

「それやったら、たいしたことやない? ……たいしたこと、あるやないか、警察が父親を呼びつけるというんやから」

「とにかく今日中に、ということやの……できるだけ早い方がいいと思うわ」

「警察のどこへ行けばええのや」

「どこて……駅前の交番」

「交番? ……どういうことや」

彼が酔っているせいもあって、要領をえないことおびただしい。だいたいこんな場合、女房の話は今までからいつも要領をえないのだ。

邦夫が何度もいう警察という言葉に、父も起き出した。

「兄ちゃん、すぐ帰ったほうがええよ」という妹の言葉にうながされ、汗臭いワイシャツに着替え、父に電車の時間を聞いて、駅へ駆けつけたのだった。

とにかくニュータウンの駅へ着いたら、そこから電話することにした。とっくに娘が家に帰って、事情を女房に話し終わっているだろうからそれを聞けばいい。たいしたことでなければ、彼がその足で警察に行けば済む。こういう段取りにしてあったから、それ以上何も考え悩むことはないわけだ。出たとこ勝負でいいのだ。こうして邦夫は眠ってしまったのである。

しかし警察というこの消化の悪い言葉が、無意識の緊張を強いていたらしい。短時間にさまざまな夢を見ていたようだ。にもかかわらずそれが思い出せないほどぐったりと眠っていて、目が覚めた時には気分は最悪であった。短い眠りだが酔いの方はあらかた覚めていた。もともと量的にはたいして呑んだわけではないのだ。乗り越したのではないかと一瞬ひやっとしたが、電車は高架の上をまだ走っていて、ニュータウンにさしかかったところだった。暗い窓の外を眺め、邦夫は息をととのえた。

虫が鳴いていた。駅前のロータリーの向こうの公園からだ。彼の家があるのはこことは駅の反対側になる。バスに急ぐ人たちをやり過ごして、駅ビルの通路にある公衆電話から、さきほど家に電話して、事情を一通り聞いておいた。そうして商店の閉まった駅ビルを出て来たのだ。バスが次々と発車し、それを見送るかたちになった。バス乗場の時計が十一時十五分を指している。シャッターの降りている銀行の前で、煙草を取り出して火をつけた。バスがひとしきり発車してしまうと急に静かになった。

駅前の交番といっても交番のあるのは公園の入口の脇であった。ロータリーの左側のバス乗場になっている長い通路、そこは商店のアーケードにもなっているのだが、閉められた長々と続く店舗の前を、彼は歩いていった。

道路にひかれた白線の横断歩道を渡ると、公園の入口である。暗い公園の木々を背景に、そこだけ明るい公園が浮き上がっていた。

道路側の窓ぎわの机で、年取った巡査が書き物をしていて、もう一人若い巡査が、入口から奥へ向かって置かれた、カウンターがわりに二つ並べられた机の前の椅子に腰かけている。その側にも窓があって、それは公園の入口の幅広い階段に面していた。奥の部屋との関係か横に広い部屋だ。外も中もかなり古びた交番である。

「今晩は……」ドアを開け、なんとも間の抜けた挨拶になった。

初対面から、今夜呼びつけてある父親だと判ったようだが、「今村美由紀の父です」名乗って、クーラーの利いている交番の中に入り、ドアを閉めた。邦夫は公園側の窓を背にした折りたたみ椅子に座らされ、古いスチール机の反対側から、自分の息子ぐらいの巡査と向き合う形になった。入口を入った左側が年取った巡査の座る机、入口の正面が若い巡査の座る机であり、入口をかためられて退路を絶たれ、逃げられないような恰好の配置であるのが、なんとなく気に入らない。

年配の方の巡査が立ってきて、若い巡査の横の奥の方の机に腰かけた。

「わざわざお呼び立てして申しわけありませんなあ」と少しも申しわけなさそうな顔ではなく、しかしちょっと頭を下げて挨拶した。

「もうお聞きおよびやと思うが、実は娘さんの乗ってはった自転車のことで……、これどこで買ったのと聞いたら、お父さんが持ってきたと娘さんがいうんですね。……ところが、その自転車、盗難届けが出とりましてなぁ、それでお父さんにそのあたりの事情をうかがおうと思って、こうしてお越し願ったしだいですわ」言葉は丁寧だが、目つきはあまりよくない。こちらを品定めするような目つきである。

駅前の駐輪禁止のところに止めてあった娘の自転車が、なぜ警察に持っていかれたのか、そのところが分からなかった。電話で女房に聞いたが、例によって要領をえない。恐らく娘にも女房にも分からないのだろう。かといって目の前の巡査に聞くわけにもいかない。今更聞いてみても仕方のないことではあるが、この点が腑におちない。しかしこの際はそんなことは問題ではないので、邦夫はおとなしく頭を下げることにした。

「あの自転車は、どこから持ってきやはったんですか？」

「スーパーの裏の駐輪場です。こわれた自転車が隅の方にいっぱい積んでありますわなぁ……粗大ゴミみたいにして……その中からましなのを持って帰って、カゴやとかベルやとか鍵を買ってきて新しくつけ、パンク直して、錆落して磨いたんです。……ボロボロやったから」

彼は正直に答えることにしていたから、よけいなことまですらすらいった。

「それはいつのことですかいな」

「娘が今年高校に入って、電車通学になりましたんで、駅まで自転車で行くいうもんやから、新しく買うたんですわ……ところが一カ月で盗られてしもて。……仕方なしに、スーパーの裏から持って帰った。積んであるのを見ていつもモッタイナイなあ、と思って見てましたから、……だから五月頃です」

邦夫の言葉は自然に同情をひくような調子になった。

「娘さんもそんなことゆうたはったね。……あれは守口の方で盗難届けが出てましてなあ、三年前に……」

「守口？　えらい遠いところですね、……しかも三年も前、それやったらぼろぼろになるのは当り前や」

「盗られてから、いろんな人の手に渡ったんですなあ、その果てに三十キロも離れたスーパー裏に放置されてた」

「三年も経ってたら、当然新しい自転車買うてますわな、とっくにあきらめて、……今さら古い自転車もって行っても迷惑ちがうやろか」

彼はへりくだってばかりもいられなくて、一矢をむくいた。

「しかし盗難届けが出ている以上は、警察としては報告書を作らないかん、ということですわ」

年配の巡査はそんな皮肉になれているのかさばさばいってのけ、若いのに書類を持ってこさせて、「……頼むで」というと、自分の机に帰って書きものをはじめた。邦夫はいつも思うのだが、見かけによらず営業は書類が多いが、こうしてみると警察も書類が多いようである。そして両方とも無駄な仕事が多いのは共通している。生産に直結しないこういうどうでもよいことに手間をかける事務の非能率性は、他国並みではないだろうか。

それから二人は向き合い、まるで邦夫に見られたら困るかのように、若い巡査は書類にかがみこみ、彼は聞かれた通り、名前や住所生年月日、職業をいい、漢字を説明し、相手はいちいち確認し書類を埋めていった。自転車を持ってきた場所やその時の状況、それを必要とした事情、月、日、時間は、正確に記憶していないからおよそのところをいい、相手はそれなりに記載しているようだった。

若い巡査の背中の向こうの、かたい白髪まじりの年配の巡査は、陽に焼けた横顔を見せて机に向かったきり、二人のやりとりには関心を示していないように思われた。品定めも終わり、尋問（?）もすんだから、彼の役割は終わったということなのだろう。ところがスムーズに流れていたその進行が、あるとき急にストップしてしまった。

「会社？　……なんで会社の名前が必要なんです」

「一応お聞きしとこうと思って……」

「これは会社に関係のないことや、家庭で起こったことや、私的なことやないですか……」

「それでも参考のために、一応聞いとく必要があるもんやから」

若い巡査はなかなか引き下がらなかった。かなり負けん気の強そうな顔をしている。腕力もありそうだ。

「一応、一応て、会社の名前聞いて、どうするつもりなんです、二束三文にもならない、たかがボロ自転車のことで……」

二束三文という言葉の意味が解ったかどうかわからないが、邦夫はこの若い男の頑固さにしだいに腹が立ってきた。

「会社の名前は、まあええやないか……」向こうから年配の巡査が声をかけてきた。

「名前は、まぁええないか……」向こうから年配の巡査が声をかけてきた。

「建設会社の一級建築士や、ゆうたはるし、立派なもんや」

年を取っているだけあって、サラリーマンにとって、会社の名前を出すことがどういうことか解っているようだ。

「いや、やっぱり聞いとかなあきません」
若い方は目を三角にして言っている。融通のきかないヤツだ。年配の方はそれで黙ってしまった。邦夫と同じように定年が近いのだろう。よけいな斟酌《しんしゃく》して、点数を落したくないのであろう。邦夫はこうして、息子ぐらいの男と、一対一でにらみあう形になってしまった。

それ以後のことは秩序立っては憶えていない。争っていた時間が、長かったのか短かかったのか、その感覚もあいまいだ。邦夫が気がついた時には、交番の奥の和室で寝かされていて、妻と娘が心配そうに顔を覗き込んでいた。もう明け方に近い時間だった。窓の外の公園は見る間に明るくなっていった。押し倒されたのか投げつけられるかして、どこかで頭を強く打ち脳《のう》震盪《しんとう》を起こしたらしい。そして、もうすっかり拭かれていたが、どういう転び方をしたのか、大量の鼻血も出したらしかった。

会社の名前が報告書にどうしても必要なものなのかどうかは知らない。しかし言いたくないことは言わないでいい権利があるはずだ。彼はとうとう言わなかった。定年まであと二年である。会社の経歴に汚点を残したくない。粗大ゴミ同然のボロ自転車を持ち帰って、警察に捕まったと知られたら、第一恥ずかしいではないか。

会社の名前を言ったからといって、どうということはないのかもしれないとは思う。しかし仕事柄、会社には警察のＯＢの人間もいて、その気のいいノッポの禿頭の男は、彼のななめ後の席にすわっている。その男に知られる可能性はあるのだ。「えっ、あの今村部長が……」ということになり、定年後は「……ボロ自転車を盗んだ今村」ということになるかもしれない。一部上場の建設会社の部長が、今どきとんだ自転車泥棒だ。それが我慢ならない。いずれにしても、このことが心の琴線に触れたことは間違いない。

この若い警官に、会社大事で三十五年間も勤め上げたおとこの気持が理解できるはずがないのである。ちゃっかり警官の制服を着た、この男のサイヅチ頭が気に入らなかった。彼の少しどもるようなものの言い方が気にくわない。一応とか、参考にとか、……もっとはっきりものを言え、というのだ。……この融通のきかない若い男の脳ミソの中にはいったい何が入っとるのや。

そのうち、みじめさを通りこして、後ではとても自分を許せないことまで、言ってしまったし、してしまった。

「サドルやハンドルや前輪のないのやら、横倒しになったのやら、逆立ちになったりして、駐輪場の隅にどっさりほってあるわ、いっぺん見てきたらどうや。あれははっきり粗大ゴミやないか、どうせ粗大ゴミとして出すんや。スーパーでも迷惑しとるんや。それを再生するのが、どこが悪い。パンク修理して……カゴやベルやとか、あれはおれが買うたもんやから、返してもらおか……。おれが小学生の頃、どれだけ自分の自転車が欲しかったか。自転車持ってたら、どこへでも行けるんやぞ。自転車は貴重品なんやぞ。おまえら若いもんにわかるもんかー」

的外れなことを言いながら、邦夫は激して、涙がにじんできた。ぽろぽろ涙をこぼしていたかもしれなかった。そこが交番だということを忘れはじめていた。相手が警察だということもしだいにあいまいになってきた。とりみだして何を言っているのかだんだん分からなくなった。近頃ではめったにない怒りが吹き出してくるのが、自分でも判った。

「捨ててあるものを拾って、なんで犯罪になるんや」

「だから、誰も犯罪やなんて言うてないでしょうが」

向こうから年配の警官が声を張り上げた。

「そしたら、これはなんやねん」

邦夫は立ち上がった。

頭にしみいるように虫が鳴いていた。それがよく聞こえた。あるいは虫の音のせいだったかも知れない。壁に立てかけてあった折りたたみ椅子を、いつ振り上げたのか、それでもって背後の窓ガラスを、いつ叩き割ったのか、そのあたりの記憶があいまいである。それは怒りをぶっつけるというよりは、警官に追い詰められ、うしろの窓ガラスを割ることによって、無意識に逃げ道を確保しようとした可能性が強かった。席を立って帰ろうとしたのを、若い警官にさえぎられた記憶があるからだ。

アルミサッシの大きな窓ガラスが、すさまじい音を立てて、こなごなに砕け散った！ ……彼はその向こうに、深夜の公園の闇ではなく、——青空を、あの焼け跡の、一面のうねる夏草の上に乗っている突き抜けるような蒼空を、あざやかに見た。……邦夫が憶えているのはそこまでである。

旅日記

今手元に祖父の、キャビネ判の古い一枚の写真がある。黒っぽい手首まである上着と、分厚いだぶだぶのズボン姿で、目を閉じて冬の陽を浴びながら、焼け跡のコンクリートの台に腰かけている。右奥にぼくの育った家がぼんやりと写っている。これはぼくが写したものだ。ぼくの写した祖父の、最初で最後の写真である。カメラを手にして、写真をとろうといって、家の裏に広がる焼け跡に連れ出したものらしい。祖父は多分しぶしぶ腰を上げたのだと思う。孫の被写体になるのがうっとうしかったというより、何を今さら、という気があったのだろう。

岡山の農家の第何男坊かに生まれた祖父は、彼がよく語ったところによると、本来間引きされるところを、産婆さんの腰紐をつかんで離さなかった。それで元気な赤ん坊だということでかろうじて殺されずにすんだらしい。そこは岡山の瀬戸内海に面した水郷地帯で、首をしめられた赤ん坊は、菰《こも》にくるまれ川に流されるということが常時行われていたらしい。蘆《あし》の間に浮き沈みするその光景を祖父が語り、ぼくの記憶になっている。

彼の十何歳かの時に、農家の裏口で母から何十銭かを与えられ、母の涙に見送られながら、泣く泣く郷里を飛び出して大阪に向かった。瀬戸内海を船で行ったに違いない。明治三十年代ではないだろうか。大阪の靭《うつぼ》にある遠縁の肥料商に丁稚《でっち》入りした祖父は、そこで商売をたたきこまれた。大正時代、三十歳になったかならないかの頃に、祖父は独立して神戸に店を持った。その店は一時かなりの隆盛をきわめたらしい。神戸の鈴木商店と取り引きがあったというのが、祖父の自慢話の一つである。

ところが昭和の初めの大恐慌でその店はあっさり倒産してしまった。こうして大阪の西成の今のところに移って来たのである。戦時中の食糧増産の国策に乗った肥料工場は、昭和十年代、再び隆盛をきわめた。敗戦までのその七、八年間が祖父の絶頂期であったろう。日中戦争の始まった十二年に生まれたぼくは、祖父のそういう時期と重なっていた。堺に広壮な別荘を建て、そこでぼくは育った。なにかあるとそこへ親戚の人たちを呼び寄せた。

写真の祖父……広い額と太い山型の眉、両側に突っ立った大きな耳、両翼の張った鼻、結ばれた分厚い唇、それから皺の寄った顎、閉じられた目は笑っているようにも見える。

この時祖父はいったい何を考えていたのだろう。来し方、行く末……少なくとも彼は情緒的な人間でなかったことだけは確かである。

祖父の写真の他に、今ぼくの手元には茶色く変色した古い日記帳がある。高校一年から二年への春休み、祖父と一緒に岡山の郷里へ旅した時の「旅日記」である。昭和二十九年三月十四日から同年四月四日までの分が、終わりの方三分の一が空白のまま、一冊として使用されている。

これをぱらぱらめくっていて、最後のページの裏側に数行の誰かが書いたメモ書きを三十八年も経った今、発見した。この字は達筆な祖父の字だ。「岡山にて――北行」とサブタイトルのついたノートは、旅行の間中持ち歩いていたものだ。「北行」は「西行」をまねた当時のぼくのひそかな雅号であった。

「クローム鉄鉱、鉱床八メートル、其下十二メートル更に鉱床アリ

阿哲郡本郷村水晶山　親　新見町　真壁　富太郎所有」いささか推理小説めく記述である。間に入っている「親」という字の意味が分からない。

「現」という字の書き間違い？　「真壁」という文字も「新見町真壁」なのか「真壁富太郎」なのかも不明である。しかしクロームの鉱床という言葉が興味をそそる。それが「阿哲郡本郷町水晶山」にあるらしい。「水晶山」などといかにもそれらしい名前の山だ。今度新見《にいみ》周辺の地図を買って調べてみよう。

死ぬまで事業欲の旺盛だった祖父は、多分に山師的なところがあった。郷里でクローム鉱の話を聞き、熱心に聞き入っている祖父の姿が思い浮かぶ。覚え書きをぼくの日記に残し、しかしそのまま祖父は忘れてしまったのかもしれない。あるいは、岡山の祖父の生家に滞在中、祖父はよく出歩いていたから、その真偽を確かめに新見まで出向いた可能性もある。大阪に工場があり、北海道で手広く商売をしている実業家というような触れ込みで、鉱山の事業化を持ちかけられた、ということもありうる。あの祖父ならやりかねない話だと思う。そんな風に思える祖父が懐かしくもあり、うらやましくもある。

祖父は少しもロマンチックな要素を持っている男ではないが、彼の生き方はおおいにロマンをかきたてる。

この少しもロマンチックではない男は、案外そうではなかったのかもしれないと思ったりする。なぜならその間中、祖父のことが少しも気にならなかったからだ。今頃になって想像するのもおかしな話だが、ぼくらのことを祖父は何もいわなかったし、むしろそれとなく気をきかせていたらしいふしがあるのだ。日記を読み返し、今さら思い当ったりするのである。

「春の日に　カモメ鳴くなら　波静か」

この下手な俳句が旅日記の書き出しである。エンピツで灯台の絵が書かれ、カモメが二羽ばかり舞っている。

《三月十四日

弱い春の陽は、さあっと三等船室にふりそそいでいて、煙草の煙に層をなしてななめに横切り船室を明るく照らしている。

ヒューン、ヒューンと何かが鳴っている。船の悲鳴のように聞こえるこの音は、出航を知らせてでもいるのだろうか。まるで別れのための船自身の嗚咽《おえつ》のように聞こえる。

にぶい振動に頭が痛い。もうもうとした煙草の煙に吐気を催しそうだ。

甲板に出てみた。まだ大阪港を出ていなかった。灯台が見える。それを過ぎるともう何も見えなくなった。しかしよく見ると右手に六甲山が淡く連なっていていつまでも消えない。岡山までついて来る気かもしれない。そんな顔をしてすましている。

船の進み方はもどかしくてとてもやりきれない。とりたてて急ぐ理由もないが、もう少しぐらい早く進めないものか。汽車も遅くていけないが、船はなおさらである。動いているのかどうか、それすら判然としない。それでも船べりの波が後方へ流れていくから、とにかく前へ進んではいるらしい。

もどかしくてやりきれないので、船室へ戻ることにした。船の旅はどれほど快適かと思ったのに、ただ海の中に浮かんでいるだけじゃないか。喜んでいたのに本当に馬鹿にしている。おまけにそれが当然だという風に、この船は一人前の面《つら》を下げて、おさまり返って航行している。

三等船室の階段を降りて、船内を見渡した。一人も美人がいない。おたふくばかりだ。

つまらないことおびただしい。祖父の横の床にあお向けになった。どすんとおおげさな音がした。この船は実に安物だ。

天井に波の反射がゆらゆらと映って、それが急いで後の方へ移動して行く。見ていると愉快でないこともなかった。船内のマイクがガーガーと何の曲か音楽を流している。よく聞きとれないが、どうせつまらない曲だろう。眠くなってきた。眠ることにする》

中学生の終わり頃から、ぼくは夏目漱石を愛読していた。文章の調子だけでなく、ものの見方にまで影響を受けていた。まだものの見方などできていなかったそういう時期、自然や人間に対するものの見方に対する「窓」が漱石の小説であった。なるほどこういう風に見、感じ、考えるのかとぼくは納得した。

ぼくにとって祖父は、ひょっとして一番近い肉親であったのかもしれないと思う。父や母の身体の匂いを思い出せないのに、祖父の身体の匂いは思い出せる。それは例えば煙草の匂いだ。そうして新聞紙の匂いであったりする。祖父の膝に乗って、朝の空気にゆらめく煙草から立ち昇る煙や、鼻から出る煙を不思議がってよく眺めていた。祖父の見ている新聞紙を一緒になって覗《のぞ》き込んだ。それなりに面白い部分がある。堺の家の前裁《せんざい》に面した座敷……。新聞は朝日であったのか毎日であったのか、その題字のまわりの稲か波かの模様を憶えている。

ぼくが父母や妹たちと暮らしはじめたのは、小学校三年の冬からである。戦後も一年ほど、堺の焼け跡に建てられたバラックで祖父と暮らしていた。つまり父母とは肉体的な接触を必要としない時期に、一緒になったことになる。抱かれたり背負われたりすることが必要でなくなった頃に、父母がぼくの近くに現れたことになる。

これらはたいしたことではないが、肉親からの自立という意味では、父母とは違った形で祖父からの自立ということが、ぼくにはいささか意味を持っていたようだ。父母たちよりも、祖父の方がまずぼくを大人として扱ってくれたいくつかの思い出がある。北海道の祖父との手紙のやりとりで教えてもらい、焼け跡をたがやしてナスビやキュウリやトウモロコシの畑を作っていたのもその一つである。図解入りの祖父の手紙は、もともと百姓であった祖父がその知識を孫に伝えようとしたものであったろう。

ぼくが記憶している祖父と最初の、そして最後の旅はこうして始まった。

《驚くほど船内でも女の方ばかり気になる。もちろん皆赤の他人だ。僕も年頃かなぁ……

ちぇ！　こんな書き方はまずい。

「甲板で会った制服、変に顔ばかり成長し過ぎている」「子供連れの若い女、まあまあだが、おかめさんという感じ」「神戸から乗った人、これはきれいだったがすぐ忘れてしまった」

「連絡船には美しい人がいたが、アベックだったのがしゃくだ」「バスガールは子供くさい」

「バスで乗り合わせたのは田舎くさい」

そんなところだ。これというのには出会わなかった》

瀬戸内海を関西汽船で高松まで行き、宇高連絡船に乗りかえて、宇野に着き、バスに乗って児島半島の三宅家に向かった。三宅は祖父の一番親しいかなり下の妹の嫁ぎ先である。

よねさんといったと思う。ただこの地は祖父の母の出生地でもあるらしかった。しかもどういうわけか祖父は母の姓を名乗っている。だからわが家は本家とは苗字が違うのである。

祖父の氏名は高畠義盛《よしもり》といった。鎌倉時代の武士のような名前だ。三宅家とは単に妹の嫁ぎ先という以外に、古くからいろいろと関係があったらしい。児島半島の東側で、瀬戸内海に面した美しい山中に、それぞれ両家の墓があったが、それがどの程度離れていたのかは分からない。

祖父が本家の氏ではなく、母方の氏になったのには色々と理由があったらしい。その旅行の時にぼくは当然聞かされたと思う。しかし、日記の記述でも分かるように時期が悪かった。ぼくにはそんなことはどうでもよかった。そういうことにはあまり興味を感じなかった。わが家のルーツよりも、旅で出会う女性の方ばかり気になっていた。

肉親からの自立ということは、同時に異性に対する関心という形で始まるものらしい。それが十六歳というのはむしろ遅いくらいであっただろう。そういう時期に当っていたために、二十日ばかりのふるさとへの旅は、わが家の来歴よりも、女性への関心で占められていた様子である。高校生の孫を連れてふるさとを訪れた祖父に、そういう気持があったとすれば、これは完全に失敗であった。祖父も時期を考えるべきだった。

三宅の家には十四日から十九日まで滞在している。記憶にある家は、街道沿いに高い塀をめぐらせた、関所の建物のような感じの家だ。門を入ると内庭があり、広い暗い二階家がかぶさるように建っていた。しかもほとんど人の気配が感じられない。

よねさんの旦那さんには会っていると思うが記憶がない。よねさんの長男は海軍に召集され南方で戦死したらしかった。だから現在次男夫婦が跡を継いでいて、その娘のきくちゃんがぼくに大変なついた。次男夫婦もきさくな人だったという印象はあるが、ほとんど記憶がない。三宅の誰だかが有名なテニスの選手だという話は聞いたことがある。ウィンブルドンではないと思うが、海外へも試合に行ったらしかった。

祖父はよくどこかへ出かけていて、ぼくはその家の二階のかつての長男の部屋で、たいてい本を読んでいた。長男は読書家であったらしく、書棚には本がぎっしり背表紙を見せて並んでいる。そんな古い大きな机の椅子に腰かけているぼくの膝に、よくきくちゃんが乗ってきた。

《三月十五日

三宅の家の古い広い二階の、物音一つしない部屋で本を読んだ。森鷗外の『キタ・セクスアリス』という本だ。パンツをはいていない女の子を何度も縁側から飛ばせるところが面白かった。着物の中を覗いているところが面白かった。

きくちゃんが僕の膝に乗りに来た。まだ言葉もまともに話せない。森鷗外の本のせいか、きくちゃんのお尻のせいか、少し恥ずかしいことになった。折れ曲がったままで痛かった。

夕方山へ一人でハーモニカを吹いて遊びに行った。

山は黒くぶきみに連なる
そこは箱庭のはしだ
箱庭の上から誰かが覗いている
箱庭の電線のびゅうびゅう通っている道を
僕は一人で歩く

こんな詩を考えながら暗くなった道を走った。後の道は歩いた。三宅の家に帰って、風呂に入った。

十六日

朝、祖父と三宅の人と、じゅうたん工場を見学した。手間なことをすると思った。若い女の人に織られるじゅうたんは幸福だとも思った。女の人はもたれるようにして織っている。肉体派の女だ。顔はたいしたことはない。

昼から瀬戸内海の塩業を見に行った。とりたてて何とも感じない。ただ三宅の何とかさんに、つまりきくちゃんのお父さんに、にがりをなめさせられたのには閉口した。

きくちゃんは僕が本当に好きになったようだ。すぐに僕のところに来る。「あぁちゃん」と呼ぶ。お兄ちゃんといってるつもりらしい。よく抱いてやる。僕もきくちゃんが可愛くてしかたがない。

十七日

朝から高畠家の墓にまいる。この家と祖父との関係は色々とこんがらがっていてややこしい。下でみんなが話している間、一人山へ登った。そこから瀬戸内海が見える。この風景には感じ入った。女と自然はことのほか美しいことがあり、とまどってしまう。

瀬戸の波は青くおだやかに寄せる
釣り人は一日舟を浮かべて黙々と過す
ポンポン船の音が山肌にこだまする

目をやると四国の山々があわく連なる

この辺で日光に頭が痛くなり、山を下った。登りは自然に来たのに、降りるのは道に迷い気がせいて難儀した。

帰りは山越えの道だった。きくちゃんは途中、牛乳とラムネを三宅の何とかさん、つまりお母さんにせびった。

十八日

朝半日墓まいり。今日は三宅の方の墓だ。

「日の本の　男の児と我も　唄われん
　いづこの波と　砕け散るとも
　　　　　　　　　　　　三宅邦彦」

この短歌の彫られた新しい立派な墓だ。

いくら立派な墓でも、死んだらしまいだと思う。何が御国のためだ。馬鹿らしい。結局死んだらおしまいじゃないか。しかし邦彦さんの母のよねさんは何か感じているらしい。

長い間拝んでいた。

帰って、一休さんの本を読んだ。この人は死ぬ間際まで冗談をいっている。

「我死ねど　どこへも往かぬ　ここに居る

尋ねはするな　物は云わぬぞ」

きくちゃんを前に乗せて、自転車で薬を買いに行った。きくちゃんは僕になついて、山田まで行っても、少しも怖がらなかった》

こういう日記の記述があっても、憶えていないことは憶えていない。四十年近く前の記憶は深い混沌に沈んだままである。その後で過ごす祖父の生家での日々の記憶がイメージとして広がるのと珍しい対照をなしている。そこには明子さんがいたからだ。つまり生きている過去と死んでしまった過去があるらしい。

たった一つ残っている記憶は、カブトガニの話である。三宅のなんとかさんにおどかされ、ぼくは怖かった。カブトガニは泳いでいる人を海へ沈めてしまうというのだ。人に張りついて血を吸って殺してしまう。いかにもそんな形をしている。そこにはカブトガニの大きな剝製があった。木造の小さな村の博物館？　瀬戸内のきれいな海が急に違ったものに見えはじめた。

十八日の日付の日記の後に、エンピツで書いた風景画のスケッチがある。三宅の二階の窓から見た風景だと思われる。

山が低く連なって描かれ、山の麓に遠く集落が黒くかたまって見える。電柱と電線の走る街道が一本ななめに横切っていて、その道を自転車に乗った人が向こうへ行く。前景は畑ばかりで、その道沿いに手前と向こうに家が一軒ずつ。手前の家は生垣と木々におおわれていて、向こうの家の脇からは畑の中を通る道が直角に伸びているらしい。畑の作物で道そのものは見えない。ねんねこで子供をおぶっている女とその先に犬が、ゆっくりと畑の中の道を左から右へ歩いて行く。上空にトンビが二羽……そして上空にはこんな詩が書いてある。

雲雀の声は天から降ってくる
トンビがゆうゆうと下を見て
油あげをねらっている
山が近くに見える
明日はきっと雨だろう
牛がのどかに春を告げた

北行

《三月十九日
今日四幡《しばん》の祖父の生まれた家に行くことになった。
バスは困難な山道を巧みに越えて行く。老運転手は白髪のまじった頭を、右に傾けたり左に傾けたりして、忙しくハンドルを切る。迫る崖や切り立って下る崖をものともせず、ゆうゆうとバスを廻して行く。
判断力より、ちゃんと身体が覚えているのだからたいしたものだ。この曲りはハンドルを三十度に切って、この坂はブレーキを二千三百八十ダインに踏んで下る。手足が勝手に動くのだから、何も考えることはない。

乗っている人間も、この急な細い坂道から落ちることは金輪際ないと信じている。世間話に興じて、いともほがらかなものだ。だからぼくも、心配するのは早々にやめたが、少し目が回った。

バスを降り、児島湾を渡し船で渡った。この渡し船はちゃんと料金を取る。こちらもたいしたものだ。そこからずいぶん歩いて、やっと着いた。

この日はどういうわけか女学生を大勢見た。田んぼの道を歩いている時だ。話しながら数人で歩いているのや自転車に乗っているのや色々。みんな美しかった。

瀬戸内海に面した山ふところにある三宅の家から、児島半島の山を越えると、児島湾が入江になっていて、その湾の向こうに祖父の郷里があった。四幡《しばん》というのは地名であるが、祖父の生家の呼び名にもなっていた。

祖父の生家は、旭川下流の田園地帯、江戸時代から開拓され続けている、児島湾の入江のような河口近くにあった。湾から続く堤防の道と、田んぼの中の低い川に挟まれるようにして建っていた。祖父の家だけではなく、遠まわりして橋を渡って行くよりも、田んぼと同じ高さの水草を浮かべてゆっくり流れる川を、舟で行った方が早い。水路を利用した舟が、畑仕事への行き帰りや、農作物の運搬に主として利用されていた。昔から川で洗濯をし食器を洗い、風呂などは川から桶で水を汲んだ。

川には浮巣があって、おかずはしばしば川魚である。ナマズの料理をぼくは初めて食べた。しこしことした歯ざわりの、あっさりした味で、結構おいしかった。そしてその蘆の生えた川

は、なによりも祖父が赤子の時に流されようとした川であった

広い敷地の北側に建つ、茅葺《かやぶき》屋根のかぶさった暗い大きな農家は、その前面に四方をかこまれた広い庭と、東側の一部座敷の前に前栽《せんざい》を持っていた。西側は灌木《かんぼく》が密生して、その根元までひたひたと水が押し寄せる、蛇行したかなりの幅の川が迫っている。庭の南側は塀を兼ねた長屋と呼ばれる、汽車のように長い農作業小屋及び倉庫と鶏舎がある。東の方は南寄りに、堤防から下った道から入る門があり、北寄りに前栽、その背後は林で家の裏の藪《やぶ》とまざり合っている。

これが記憶にある岡山の祖父の実家の、つまりわが家の本家の見取図である。二週間も滞在していたのにスケッチが一つもない。しかし憶えているものは憶えているのだ。四十年近い昔のことでも。明子さんとのことも同様である。彼女は二つ上の十八歳、その春高校を卒業したばかりだ。そしてぼくは十六歳、日記に残っているのは、どういうわけか標準語の会話だ。ぼくは生まれて初めて、男と女の溜息のような会話を交わしたのであった。

朝起きて廊下や暗い台所の土間で顔を合わせると、明子さんはにこっと笑う。僕もつられてにこっと笑う。これが二人のお早うだ。川で顔を洗う。農家の人は朝が早い。祖父も朝早くからどこかへ出かけている。明子さんによそってもらって朝御飯を食べる。卵が丸のまま入っていたり、大根や菜っぱのどっさり入った具の多いみそ汁を飲む。それから縁側の近くの明るい

畳に新聞を広げて、覗き込むようにして二人で読みながら話す。姿を消していた「冗談音楽」の三木トリローがエノケン宅に現れたとか、春の高校選抜野球とか、そんな記事だ。

明子さんは朝の掃除をする。ぼくは縁側に腰かけハーモニカを吹く。時々手を止めて聞いている。メロディーだけからは題名が思いつかないのだ。それなんという曲？　と尋ねる。

「ラ・スパニョウラ」あぁそうか、という。縁側は僕も尻を立てて雑巾がけの手伝いをする。広い縁側を尻を立てた二人が何度もすれ違う。昼は、明子さんの下の弟の進《しん》ちゃんやぼくの祖父がたいてい一緒だ。昼からは居間の、四角い木の側の内側に鉄板を貼った大きな箱火鉢の横で話をする。何を話したのか、話す尻から忘れてしまうようなことだ。

夕方、川から汲んで風呂へ水を入れる。前棒を明子さんがかついだ。ひょろひょろしている。そのくせ桶が一つだったら軽いと負け惜しみをいう。あげくに「案外力があるのね」と僕のことをひやかした。「どうせ沸かし過ぎるから、もう一杯余分に汲んでおこう」といったら笑っていた。それが済むと明子さんは夕食の支度をした。ぼくは舟に乗って棹《さお》をあやつり沖に出た。

夕食後、一番先にぼくが風呂に入った。

「どう、予想どおり熱い？」

「それが、ちょうどいい湯加減」

ガラス窓の内と外でいい合う。

「上手でしょう」

「はは、奇蹟だ」

「奇蹟はそう簡単には起こりません」

ぼくはちょっと首をひねった。話が飛躍していてうまくいい返せない。それで湯に身体を沈めて大きな声で歌を唄った。その調子っ外れの寮歌がおかしいらしくて、明子さんの笑う声が聞こえた。

年が二つ上なのでいつも精神的にリードされていた。でもそれが快い。たいていこんな一日を送っていた。岡山、四幡、水郷……なつかしいところだ。

これは大阪の家に帰ってから書いたものだ。日付は四月四日となっている。岡山を発ったのは四月二日であるから、明子さんと別れて二日目である。その二日間に水郷で過ごした日々のことを思い出すままに書いていて、約半分ほどのボリュームが大阪へ帰ってから書いたものになっている。ここに記した、後に出てくる日付のないエピソードは家に帰ってから書いたものだ。

火鉢は憶えている。畳半帖分ぐらいの大きなものだ。居間の中央にあり、寒い地方のいろりと同じ役割のものだろう。そこが家族の団欒《だんらん》の中心になっていた。三月の末だから、もう火は入っていなかったと思うが、夜は炭火がおこっていて鉄ビンの湯がいつも沸いていたのかもしれない。なんだかこうばしい匂いを憶えている。古い土蔵のしっくいの匂いのようだ。

偶然明子さんと手が触れていた。黒光りした火鉢の木の縁の上だ。ぼくは裸電線に直接さわったようにぴくっと感じて手を引いた。本当に身体中電流が駆け抜けたようなじんとしたショックを感じた。しかしそれは快いショックだった。この鮮烈な記憶がある。顔を見合わせ、赤くなるより先に、ひどく緊迫した空気になった。

馬鹿みたいな話だが、これがぼくの最初の感覚としての女性体験である。それ以降、例えば大学一年になってその年はまだ赤線が廃止されていなくて、初めて性体験というものを持ったわけだが、実をいうと何も感じなかった。相手にいわれてようやく終わったことが分かる始末である。あれだけ長い間、その行為を熱望し、勇気を出して行ったのに、これこそ本当に馬鹿みたいな体験だった。元気つけるためにビールを飲んでいったのがいけなかったのかもしれない。

十八歳の明子さんのやわらかくあたたかい手に、知らずに触れていて感じた、この電流のような快感は、だから今も鮮明に憶えている。その後も、彼女は無意識にか、面白がってか、ぼくの手の近くに手を持ってきて、ぼくはびくっとしてその度に手を引いていた。

天井の高い暗くてがらんとした、二人の他には誰も居ない、昼間の農家の居間である。

《三月二十日(四幡に着いた翌日)
あきこちゃんという女の人や、みんな出かけてしまって祖父と二人ぽつんとお客さんだけが残された。(明子さんは卒業式か?)なんだかつらい感じだ。孤独をいやすため、舟遊びをした。舟に乗るのは嫌いではないが、まるで誰にも相手にされないので、一人で楽しみを見つけているような感じになった。

午後、祖父と氏子の神社の神主さんの所へ行って、歓迎された。すすめられるまま初めて酒を飲んだ。出てきた料理は全部たいらげた。残すのは無礼と考えて片っぱしから喰うことに決めている。あいさつや礼もいわないように心がけている。もくもくと食べ、すすめられると酒も遠慮なく杯をあけることにしたが、すこしも酔わなかった。

その後墓まいりに行った。四幡の方の墓だ。祖父の両親や早く死んだ兄弟が眠っている。しかし墓まいりのお供ばかりで、本当に閉口する。見たこともない知らない人の墓なんかまいってもなんの面白味もない。墓の方でもそう思っているだろう。だから絶対に頭は下げない。知らん顔をしていてやる。墓が倒れていたので直してやった。

しかし午前中のつらかった気持ちは、酒を飲み、墓まいりをしてすっかり忘れることができた。

三月二十一日
今日は一日、本ばかり読んでいた。

武者小路実篤の作品だ。『友情』『愛と死』『幸福な家族』を読んだ。今度この人の本を買い集めようと思うほど感動した。

それから今日はいろんなことを考えた。

神、快感、人間の技巧、女性、真実。

感じたことは後で書く。今日はもう寝る。

四幡での日々はこうして始まったが、祖父の生家に到着した日の歓迎にくらべ、祭りが終わった後のような翌日の閑散さが、ぼくをやりきれない気持にさせた。ことに前の日初めて出会った明子さんの華やかさが、がらんと暗い農家から消えうせていることがぼくには応えたようだ。

着いた日、忘れがたい光景をぼくは目にした。鶏の首が切られたのだ。夕方、広い庭をばたばた逃げ廻っていた鶏は、明子さんのお父さんに捕まえられ、ナタのようなもので首を落された。頭のない鶏は、それでも首からどくどく血を流しながら、庭を少しの間よたよた走っていたように思う。その後足首をしばられて、夕陽をあび木に逆さに吊られていた。血を出しきるらしかった。もちろんその場に明子さんはいなかった。ぼくは勇気のないやつだと思われるのがしゃくで、とうとう最後まで見てしまった。

祖父の兄は農作業の時に足の骨を折って横になっていたが、ぼくの記憶では夕食の時か夕食の後、布団に身体を起こして、久しぶりに会った弟とさかんに喋った。百万円の発動機がどうのこうのと、農家の近代化みたいなことを大声でまくしたてた。「いけん」「おえん」「きょうてい（恐ろしい）」というような岡山弁が言葉のしめくくりに出てきて、その後声を立てて笑うのだ。

いつの間にか話は孫の自慢になっていた。祖父の兄は明子さんがよほど可愛《かわい》らしく、学校の成績から、料理から、当然容姿などを自慢した。ぼくの祖父も負けてはいない。ぼくの日記を持ち出して読み上げるのだ。「二千三百八十ダイン」などというむつかしい言葉を知ってい

ると自慢する。ぼくは恥ずかしくて、日記の内容はともかく、字の下手なのが恥ずかしくて身を小さくしていた》

ぼくと祖父は客間で寝ることになった。かなり豪華な布団だったのを憶えているが、その客間がどの位置にあったのかぜんぜん記憶にないのだ。しかもその部屋に本箱と座り机があり、武者小路の本などを読んだというのも憶えていない。明子さんたちの部屋は二階にあった。上の弟の章《あきら》君の部屋には何度か入った。

《三月二十六日に記す。
二十二日　レコードを聞いた。魚を取りに行った。
二十三日　将棋、碁、野球、いろんなことをして遊んだ。
二十四日　競馬を見に行った。その後舟遊び。
二十五日　今日は明子さんと一日中二人きりになった。もっとも奥の座敷では彼女の祖父さんが寝ているけれど》

日記はひどく簡潔に、その日にやったことだけが書き並べてある。そうしてここでも憶えていることは憶えているが、憶えていないことは憶えていない。当然の話だが、この当然のことがぼくにはとても奇妙に思えるのだ。癖のあるへたなエンピツの文字、これを書いていた高校生のぼく。

しかもこの後の日記のページに、一面、馬鹿、ばか、バカという文字が合計百三十書いてある。数えたわけではないが、最後に「バカ百三十」とわざわざ明記している。三月二十六日に何があったのだろう。高校生のぼくに帰れないから、古い日記はまるで推理小説のようだ。

この頃までには明子さんとかなり親しくなっていたから、これは彼女とのことが原因だと思われるが、この解明は先に延ばし、とにかく憶えていることから書くしか手がかりはない。

章君は中学の三年生だった。百姓を通した彼の祖父似の大柄な身体で、野球部に入っていた。ぼくには弟がいなかったので、彼の雰囲気は新鮮だった。男の子というのはあまりものをいわないものだということがよく分かった。

ゴモク並べをしていても、明子さんは一喜一憂するのに、章君は黙って、三、四を作る。明子さんが「ずっこい、ずっこい」というと、彼はにやっと笑うのだ。彼と魚を取りに行ったのに、こんな調子だったから、この様子を少しも憶えていないのだろう。

章君とは何度かキャッチボールをした。すごいボールを投げてくる。ぼくも野球は下手な方ではなく、高校に入ってからも昼休みはいつもソフトボールをしていた。しかし彼の投げるボールは正直少し怖かった。スピードがあって、しかも重いのだ。手元へ来てぐんと伸び、びしっとグローブに入ってくる。町の子に負けてたまるかというような感じで投げ込んでくる。

「競馬を見に行った」という日記の記載があるが、これは全く思い出せない。それからさらに少し後に書いているのだが、「木下サーカス」が岡山に来ていて、それも見に行ったらしいが、これも全然記憶がない。

裏の藪《やぶ》の方で鶯《うぐいす》が鳴いていた。

明子さんが生花の残りの小枝を川の岸辺の柔らかい土に差している。梅の木だったと思うがよく分からない。

「そんなことして根がつくの？」

「ううん」

「そんならなぜ植えるの……」

ぼくがなおいうと、せっかく植えた木を抜いて、川へほうってしまった。

「舟に乗ろうか？」

「いや、ひっくり返るから」

「ひっくり返らないよ、ひっくり返っても、泳げるんだろう」

「でも、寒いわ」

「それはそうだけど、……じゃぼく一人で乗るよ」

「どうぞ」

桟橋から舟に乗り、川の中程に出た。セーター姿の明子さんは岸辺に立ってこちらを見ていたが、「アキコ」とお母さんに呼ばれて、スカートをひるがえし家へ入ってしまった。

食器を洗いにきて立話をしていたことに、やっと気がついた。川では鯉が跳ねていた。川の向こうの畑では、雲雀の声が天から降ってくる。しかし中空に鳥の姿は見えない。

三月二十七日に、明子さんは高校卒業の記念に、友達と宝塚へ一泊の旅行に発った。前の晩、つまり三月二十六日に明子さんからそのことを聞かされ、ぼくはよほどせつなそうな顔をしたのだろう。旅行の準備をしていた二階の部屋から降りて来て階段の下にたたずんでいたぼくに、

「連れてってあげましょうか……」と明子さんはいった。

この彼女の言葉が、大阪に帰ってからの日記に残っている。

そして三月二十六日の当日の日記には「バカ百三十」が書かれている。明子さんのその言葉を聞いた後、客間である自分の部屋に入り、馬鹿、ばか、バカと限りなく書きなぐったものらしい。

推理小説の事件は手がかりさえあれば解決するものだ。高校生の頃の古い日記の中に、ぼくは帰ることができた。しかし明子さんはどうして、あんな大胆なことをいったのだろう。その時の口調は冗談ではなかった。暗い階段の下にいるぼくの顔を覗き込むようにして、その言葉をいった。ぼくはどぎまぎしてしまった。

明子さんの頭の中にちらっと浮かんだこの思いつきは、実現不可能なものだ。彼女だってそれぐらいのことは分かっているはずだ。しかしなんともせつなかった。ぼくは明子さんと一緒に宝塚へ行きたかった？　……いやそうではない。ぼくのことを気にかけてくれ、そんな風に大胆に声をかけてくれた明子さんがたまらなかったのだ。ばか、ばか、ばかと書くしか、表現のしようがなかったらしい。

明子さんが宝塚へ旅行に行っている間の二日間、ぼくは章君の部屋で、彼のぽろんぽろんとひくギターを聞いた。ぼくの方はハーモニカを吹いた。

章君の部屋の窓は、北側の竹藪に面していて、その先に祠《ほこら》のある小さな森が見えた。その向こう右手は湾のように広い河の土手だ。腰の低い窓にもたれ、彼はギターをあぐらかいた膝に載せ、音楽の本と弦を交互に見ながら、音を一つ一つ弾いた。机のまわりにグローブやバットの投げ出された、男の汗臭い雑然とした部屋だった。当然、明子さんの匂いのする隣の部屋には、ぼくは入れなかった。

章君の買ってきたレコードの「駅馬車」の裏面を聞きながら、腹ばいになって、ぼくはこんな散文を日記に書きつけた。

《月はこうこうと荒野の上に輝く。馬に乗った旅人の影は黒く、サボテンの林を過ぎて行く。ぽくぽくと馬が歩む。彼の弾くバンジョウの音だけが平原にこだまする。それが淋しい。しかし旅人は無心にバンジョウを鳴らす。馬も無心に歩む。月が無心にさえる。しかし西部への道

はまだはるかだ》

「柔道の先生が来たわ、八段だって、見てきてごらん」

「八段？　ふうん八段は嘘だろう、八段なんてそうざらにはいないよ」

「でも八段ていったわ」

「接骨の位かなんかと違うか」

「知らないわ、でも大きな身体してるよ」

「柔道をしている人は初段や二段ぐらいでも、立派な体格してるよ」

中学から柔道をやっていて、まだ初段になれないぼくはそのことにこだわった。

「まあそう文句をいわないで見てきてごらんなさい」

明子さんに背中を押されて、彼女の祖父が寝ている座敷まで見に行った。彼女の祖父は腰のすぐ下の大腿骨を折って、半年も寝ているが、元気なものだ。僕の祖父の長兄だから、十歳近く離れているはずで、七十を過ぎていたと思う。僕の祖父は小柄だが、この兄は大きな身体をしていて、それが横になっているからずいぶん長く見えた。

一つ手前の部屋の暗がりから見ていたら、いつのまにか横に明子さんが座っていた。

「あの先生、頭に毛があるからまだ若いよ」

年配の判断に髪の毛を引き合いに出したので、明子さんは口に手を当てて大変に笑った。

彼女の祖父は見事な禿頭だった。

「あんたとこのおじいさん、頭に毛があるじゃないの」

「そのかわり、白髪だよ」

おさまりかけていた笑いが、この言葉でまたぶり返した。ぼくはすっかり明子さんの方に向いて、膝をつつきながら笑いを必死で止めさせなければならなかった。

その後祖父さんが、痛い、痛い、と大声でいうからおかしいわよ、と明子さんは何度もいった。八段の先生が力を入れるに伴って、果してあの大きな本家の頑固おやじが（成長してからは、今度初めてあった僕には優しかったが）「痛い、痛い、筋肉が切れる、おえりゃせん」と子供のような悲鳴を上げた。部屋にいた人も笑い出し、暗がりで見ていたぼくたちもくすくす笑った。明子さんはぼくの膝を何度もつついて、それごらんといった。


四月二日、とうとう別れの日がやってきた。

村バスと呼ばれていたバスの停留場まで、下の弟の小学生の進ちゃんをまず自転車に乗せて運び、引き返して赤いスーツの明子さんを乗せた。二人はぼくらを見送りがてら買い物に出るのだ。高い土手道で、明子さんはこわいこわいと言った。横座りするからだというと、わざと腰を揺らしたりする。進ちゃんにくらべ、ひどくかさ高い感じだった。しばらくして歩いて祖父も来たが、バスはなかなかやって来なかった。

バスを待っている間、一人の男が明子さんの顔をじろじろ見て、ぼくらの前を行ったり来たりした。「こわい顔ね」といってくすくす笑った。「そんな失礼なことをいわない方がいい」とぼくは気が気ではなかった。ぼくの真剣な顔を見て、明子さんは電信柱の陰でよけいに笑った。魅力的な美しい女の人の顔だった。

バスは大変に混んでいて、明子さんとぼくはぎゅうぎゅう押された。

吊り革にぶら下がって、

「あれが明子さんの卒業した高校？」

「ええあれがそう……」

そっと顔を寄せてきて、

「ぼろ学校だといいたいんでしょ」

「ぼくの学校より立派だよ」というと、

「またあ」

と言ってよけい押してきた。

明子さんと進ちゃんは天満屋で降りた。

進ちゃんは大きく手を振り、赤いスーツの明子さんは小さく手を振った。

岡山を発つ汽車の中で、ぼくは泣いた。恥ずかしかったので、窓の外を見るふりをして、腕の中に顔を埋《うず》めて泣いた。あまい涙がとめどなくこぼれた。

家に帰って、自分の部屋で彼女にもらった土産のコケシを見て泣いた。夜、布団の中で泣いた。朝目がさめてまた泣いた。枕がぐしょぐしょになってしまった。そうして明子さんとの思い出をつづった。もう一度顔を見て話がしたい、ただそれだけを願った。

デパートに行って、お礼に何かを送ったが何を送ったのかは忘れてしまった。


中学一年の夏休み、二昼夜汽車に乗って父に連れられ祖父の住む北海道の網走《あばしり》へ、ぼくは遊びに行った。一夏オホーツクの海で泳ぎ暮し、八月の末祖父に見送られ、再び二昼夜日本海沿いを汽車に揺られて大阪へ帰るため、北の果ての駅を発った。

迎えに来た父と共に、北の果ての小さな港町に祖父を残して帰ることの悲しさに、ぼくは泣いた。朝もやの網走湖をカーブしながら走る汽車の中で、リンゴをかじりながら、ぼくは泣きじゃくっていた。恥ずかしかったが涙が止まらなかった。

人との別れで泣いたのは、そのとき以来である。ぼくの五十有余年の人生で、別れが悲しくて泣いたのは、考えてみればこの二度ぐらいではないだろうか。その二度ともに祖父がかかわっていたことになる。

祖父のふるさとは、考えてみればぼくのふるさとでもある。あの時、明子さんはぼくと別れて、ほんの一雫《ひとしずく》でも涙をこぼしてくれただろうか。現在五十の半ばを過ぎているはずの彼女に、もし会えれば聞いてみたい気がするのだが。……明子さんもあの時泣いていてくれたら、ぼくにとってもあの水郷は、間違いなく涙と共にあるぼくのふるさとだ、という気がするのである。

白鳥の歌

「白鳥の歌」(Schwanengesang)(ドイツ)伝説で、白鳥が死に瀕して歌うという歌。白鳥の鳴き声は美しいのか? 動物図鑑の「鳥」を買って調べて見たが、鳴き声までは分からなかった。だからあの美しい、チャイコフスキーの「白鳥の湖」を白鳥の歌にしよう。誰も文句はないはずだ。

邦夫はかつて『蒼空との契約』という小説を書いた。焼け跡の上に広がっていた突き抜けるような蒼空をモチーフにした作品である。工場の煙突から吹き上がる煙が上空をおおっていた、大阪。かつて東洋のマンチェスターといわれ、煙の都といわれた大阪。関東大震災があった時、日本を支えた大阪。その翌々年つまり一九二五年、人口、面積とも当時の東京市を抜いて日本最大の都市となった。大大阪といわれた時代。イギリスが産業革命で大工場が生まれ、煙が大空を奪い、水質が汚染され、テムズ川が悪臭で、ロンドンなどは人が住めないような環境になった。それの大阪版である。

一九四五年の三月十三日の大空襲と、それに続く何度かの空襲により、大阪の市街地の八〇パーセントは焼け野原になった。そうして気がついてみると、今まで見たこともないような蒼空が、一面の焼け跡の上にどっかりと載っていたのである。その蒼空と少年の邦夫は契約を結んだのだ。この後蒼空はどうなったのか。

一九六〇年から七〇年、八〇年にかけて、日本中は公害だらけになった。自然破壊、大気汚染、水質汚染、地盤沈下、土壌汚染、騒音、振動、悪臭、いたるところで問題になっていて、今も続いている。これは公害ではない。企業害である。とてもこんな列島には住んでいられないのだが、かといって他に行くところがない。

こうして日本の国内総生産（GDP）はアメリカに次いで、世界第二番目になった。資源のない、小さな列島の、こんな小さな国がである。国土の面積はアメリカの二十五分の一、中国の二十五分の一である。人口はアメリカの半分以下、中国の十分の一である。国土が公害だらけになるのもやむえないかと思えるのである。

前回の『蒼空との契約』は実をいうと今から二十年前に書いたものである。その当時は日本列島は公害だらけであり、つまりないものねだりであった。後半の「地層」は本社ビルが火災に遭遇した一日の物語で、主人公の邦夫の年齢は、五十八歳であった。つまり一九九五年ということになる。定年の二年前である。こう考えてくると、前半の「夏草」はいいとして、後半の「地層」はかなり書き直す必要がある。すでに蒼空は侵食されていたのであった。交番の窓ガラスを、パイプ椅子でたたき割った向こうに見えた蒼空は結局幻想で終わってしまっている。

その年一九九五年の一月十七日に、阪神淡路大震災が襲った。二〇一一年三月十一日に東日本大震災が起こった。なにしろ細長い列島だからあちらこちらに無理がくる。あまりにも工業化されたこの人口の多い島は、最早限界に来ていて、太古の昔に帰ろうとしているのかもしれない。それはまあそれで仕方のないことだと思う。誰にも止めることはできないのだから。考えてみれば島は少しも悪くない。みんな人間が悪いのだ。持ち過ぎているいろんな物を、今さら捨てる気も起こらないことだし。

今、地球の上空を温暖化ガスが覆っている。中国とアメリカがとびきり多い。最近はインドも大変らしい。インドは国土の面積では、中国の三分の一だが、人口では追いつき、追い越す勢いである。

このため氷河が溶けて、南太平洋の島々の一部は海水の中に没しはじめている。北極の氷が溶けても海面は上昇しないが、（北極の氷は八〇パーセント溶けて、冬には北極の寒気がじかに吹いてきて、例年より寒さがきびしい。）グリーンランドと南極大陸の氷が全部溶けると、計算上世界の海面は十数メートル上昇することになる。つまりマンションの四階が水びたしになる。しかもこれが東日本大震災のように一時ではないのだ。大河の三角州に発達した日本の大都市は壊滅するだろう。

邦夫は一九六五年に大阪文学学校に入り、その二年後、講師になり、今年二〇一五年、トータル五十年間文学をやってきた。一九六〇年、一部上場の不動建設に勤め、一九九七年定年退職をむかえた。会社に在籍していたのは三十七年間である。

なぜそんなことを書くかというと、定年後十八年経ったというのに、いまだに夢に出てくる場面はいつも会社なのである。それだからどうというわけではないが、邦夫の小説には、思い返してみれば、大小さまざまな会社でのエピソードが多い。一方五十年間身を置いてきた文学学校のことは、夢に出てこないし、彼の小説にもほとんど出てこない。これはどういう理由によるものなのか、と今考え込んでしまっている。

まず第一の理由は、会社は邦夫にとって限界状況をなしていたということだろう。その壁から外へ出ることはできない。出たところで、家族を養うためには、またどこかの会社に勤める外はない。その壁は限界状況なのである。自営業でもあまり変わらない。その壁の外へは行けない。そこで生きていくしかない。

邦夫は不動建設が好きであった。これは幸せなことである。この後、大阪文学学校に入るのだが、彼はそこも好きであって、八十歳の定年まで勤めるつもりである。不動建設では、ふた所帯（これは彼の勝手な都合だが）、養えるだけの給料、（邦夫は四十四歳で部長になった）をもらっていた。彼の見る夢は自分の机がなくなる夢が多かった。定年で会社を辞めて十八年、退職の夢が今も迫力を持って迫ってくるのだ。

現在彼の勤めていた会社が、土木と建築の二つの会社に分裂して、御堂筋《みどうすじ》と平野《ひらの》町との角の大阪ガスの隣にあった本社ビルを明け渡し、堺筋と阿波座《あわざ》の別々のビルに移った。その頃から彼はOB会に参加しなくなり、OB会の囲碁会にも行かなくなった。

会社では大きなイベント（出来事や事件）があった。それは小説になるようなものである。その最初のものは、オイルショックであった。一九七三年、建設材料が払底して工事ができなくなった。無理して手配した資材は、目をむくような値段である。どの現場も工期が遅れ、そしてどの仕事も大変な赤字。

建設工事は、請負工事といって、最初に契約した以上、どんな理由があっても、その請負金で仕上げなければならない。そうでなくては請負失格である。こんな制度は日本にしかない。アメリカなどには請負などというものはない。だから請負できるような建設業者はいない。

日本の超大手の五社（大林・竹中・鹿島・大成・清水）は、世界の超大手でもあった。不動建設は中堅であって、その五社が年間の売り上げが一兆を超えていた時、年商は約三千億である。そして従業員は三千五百人。これでもその年商と社員の数は、講談社や集英社等、出版業界の大手は千五百億円程度であり、不動建設の年商はそれら出版業界の大手の約倍である。芥川賞や直木賞を主催している文藝春秋などは年商三百億円程度であり、十分の一ぐらいである。

邦夫がプロの書き手に魅力を感じなかった理由でもある。金とは縁のないところで文学をやりたかったのだ。

そのことから文学を金もうけの手段と考えるのは適当ではないという考えが根付いた。文校で同年代の飯塚、岡、奥野さんらはちゃんとした仕事を持ちながら、小説を書き、講師（チューター）をしていた。

建設業界は、出版業界に比べマンモスなのである。これを支えていたのは、下請制度であった。それは富士山の裾野のように広がっていて、大勢の人を養っている。日本の経済の大きな部分を形成していた。


次の部分は、『あるかいど56号』の「夏」（オムニバス）の、「初夏の朝の夢」の前半部分である。

――一九九二年、K(六一)、H(四四)、T女（四一）、M（五二）、彼（五五）――

どうやら文学学校の事務局らしい。

ボロ家である。がらんとしていて、真ん中に細長い折りたたみ式のテーブルがいくつかくっつけて置いてある。壁も床も古びた板張り。昭和三十年頃の、邦夫が在学していた大学の部室のような感じ。立ったり、パイプ椅子に座ったりしている五、六人の中年の男女。木の桟が外れそうなガラス窓を、滝のように雨がつたい流れる。強い風に枝が引きちぎられそうになっている樹木が、ひずんで見えた。

「早いことしましょ、しましょ、板を当ててぱっぱっと釘を打って、そうしかしょうがないでしょ」とH氏。

「これはやね、板を当てて釘うってもあかん、そんな応急処置してもやね、解決にはなれへん」とK氏。

「ほんだら、どないしたらええの、あたしはこんなとこに居たいことないのよ。ほんま、逃げて帰りたいわ」とこれはT女史。

それからぶすっとしてすねたように、一言も発しないM氏。その横で彼（邦夫）も黙って聞いている。風と雨の音が激しくなり､嵐が近づいてきた。このままでは本当につぶれてしまう。


おやじが入って来て、ライフル二丁と拳銃三丁をテーブルの上にどさっと置き、その間に実弾の箱を並べ何発かをばらまく。ライフルは長い棒の手元に、銃把のような握る部分がついただけのもの、拳銃は大型のライターの上部に、トーチランプがついたような感じのもの。

「俺はライフルにするわ」

と手に取り、邦夫は実弾を十発ほどポケットに入れた。ライフルの銃身は切りたての生木の幹のように濡れていた。

荒野に風が吹いている。よく見ると荒野というほどのものではなく、玉石のごろごろした殺風景な河原のようなところである。

彼は銃を構えていた。彼のまわりにヤクザが四、五人、つまらない顔をして大きな石に腰掛けたり、腰に手を当てて立っていたり、中の一人などはしゃがみ込んで、膝の上に頬杖を立てて顎を支えて、物珍しそうに彼を見上げている。本当に失礼な奴だ。

「撃つぞ、ほんとうに撃つぞ」

彼は一人に銃を向け、引き金を引いた。音もしないし、弾の発射された反動もない。彼は銃身を逆さにして、弾を手の平で受けた。弾を調べてみると、不発弾ではないらしい。尻の方が黒くこげている。二発目も駄目だ。弾を取り出してみると、やはり尻が黒い。

彼はあせってきた。三発目は、確かに発射した感覚があった。ところが胸をぶち抜かれたはずの男は、平然として立っているのである。

「ヤクザはもう行ったんか」

邦夫は妻に聞いている。

「嵐みたいなもんや、通り過ぎただけや」

「少なくとも三人は殺したはずや、俺も一人殺した」

「そんなん関係ないの違う」妻はつまらなそうに言った。

彼は残った弾をポケットから取り出して捨てた。ポケットの袋を引っ張りだし、ほこりをはたく。日本は銃の所持はうるさい。警官に調べられたらやっかいだ。

「被害はなかったか」

「アキが連れて行かれた」

「えっ！」邦夫がショックを受けているのに、妻は平気な顔をしている。

「えらいこっちゃないか」

「だいじょうぶや、どこへ行ったか分っているし、あの子、今、血や」

「血？　……」彼はたちまち了解した。アキに初めてのメンスが始まったのだ。そんな子に乱暴しないだろうという意味だ。

「タクマは？」

「どこへ行ったかわからん、今夜は帰ってきぇへん、いつものこっちゃ」


娘を背負って彼は土手道を見上げた。広い土手道でヤクザがパレードをしている。御堂筋パレードのように、ハチ巻きをしめてハッピを着た人が、阿波踊りをしながら行くのである。モーニング姿で社交ダンスをしながら行く男女もいれば、一人でダンスをしながら行く男もいる。いろいろだが、だらだらとただ歩いているだけの者も多かった。

娘は尻のあたりが血でなまあたたかく、足は両方とも血がつたい落ちていた。最初の時からこんなに血が出るものかな、と彼は思った。これなら誰だって、なんとかしようという気にはならないだろう……。娘は浴衣姿である。土手下の道を、ヤクザに見つからないように、子供を背負って、彼は背を低くしてすばやく横に歩いた。

道はしだいに山道になり、雑草の原の中に背の低い柿の木が赤い実をつけていたりする。確か今は初夏のはずだが、と邦夫は夢の中で考えている。峠道から下を見ると、土手道のヤクザのパレードはもう通り過ぎたようだ。ほこりっぽい広い土道が、山の下へ大きくカーブして消えている。


向うの丘で、ゴザを広げて妻が弁当を開けていた。そこは一面の若草だ。手前の丘に立って、邦夫はしきりに妻の名を呼んだ。二つの丘の間には深い谷があった。向こうの丘では妻のすぐ近くで、一升瓶を転がしたりして、ヤクザが酒盛りしているのだ。こちらから見ても分るのに、妻は気づいているのかいないのか、平気な顔である。何度呼んでも聞こえているのかいないのか、知らん顔である。

「何を考えているんや、あいつは！」

そこへ老婆が現われた。高橋留美子の『めぞん一刻』に出てくる、出っ歯のしわくちゃのちんちくりんのばあさんである。

「わてが呼んできまひょ」

そのばあさんは大阪弁を喋り、とことこ山の方の小屋の後の道を行く。なるほどそこから向こうの丘につながっているのか。彼は小屋の日陰になっているところにゴザを敷いた。これでよしっ……と。

ところが、いつまで待っても誰もやってこない。迎えに行ったばあさんも帰ってこない。彼はいらいらして煙草ばかりを吸った。すぱすぱ吸うものだから、煙草は二分ともたなかった。

彼が小屋を廻って山道を辿り、向こうの丘の上にやって来ると、妻の敷いたゴザの上で、妻に日傘を差し掛けられ、一人のヤクザがあぐらを組み、あろうことか妻の持参した弁当を、おいしそうにぱくついているのだ。彼は声を荒げた。

「どないしたんや」

「あんたこそ、どこへ行ってたの、もう三時やで」

「俺はやなぁ……」

ふと見ると、ヤクザが妻の尻を撫ぜている。彼はかっとなり、そこに落ちていた軽い枝でヤクザの背中を殴った。男は「ぎゃっ」とおおげさな悲鳴を上げ、這って逃げた。ヤクザは真っ黒なマンボズボンをはいていた。

近くで宴会をしていたヤクザが総立ちになった。彼は木刀を振りかぶり、気が狂ったようにぶるぶる震える。その時、木刀は本物のずしりと重いものになっていた。

「野郎！　一人二人の頭はかち割ってやる。あとはどうなってもかまわんのじゃ」

ヤクザたちは叫んでいる彼の方は見ずに、声を低め、

「気違いと喧嘩して、ケガしたら損や、帰ろ、帰ろ」

と仲間同士でいって、

「気違いと目を合わすなよ」

とささやき合い、手早く片づけ終わると、あっという間に引きあげてしまった。

まだ血走った目で妻の方を振り返ると、彼女は弁当を谷底へ投げ捨てているのだ。

「私の作った弁当なんか、食べられへんのやろ、どうせよそで食べてきたんやろ」

とふてくされた態度で、白い目をむいていった。

「お前なぁ、俺がヤクザと死にものぐるいになってやり合っているのにやで……」

彼がしいて怒りを押し殺していっているのに、それに押しかぶせるようにして言いつのるのだ。

「もう三時やで、いつも時間にうるさいくせに、自分はなんやの」

「お前なぁ……」

とうとうぷつんと切れてしまった。

「もうやめや……やめた、やめた」

彼はこう言いながら、木刀を谷底に投げ捨てた。からんからんと落ちていく。

「もう、ようつき合いせんよ、君とは……」

邦夫が言うのを、ぶすっとした顔で妻が見ている。いつまでたっても何も言わない。いよいよ腹が立ってきた。

この夢うつつの話を書いたのは、これが珍しく文学学校関連の夢だからだ。前理事が北川荘平の呼びかけで総辞職したのは、一九九二年であり、翌年、新しい理事を中心に再スタートした。新理事は小説が四人、詩が四人でスタートしたが、詩の方の三人は比較的早く辞めて、この「初夏の夢」に出てくる、K（六二）、H（四四）、T女（四一）、M（五二）彼（五五）が、すべてであった。ただし彼の年齢が、五十五歳だとすると、それは一九九二年であり、この時はまだ詩の方の人は辞めていないから、その三人の理事が辞めた直後に書いたものだろう。その心細さもこの夢の中には感じられる。

文学学校の歴史の中で、このイベントは大きなものであったし、邦夫の中でも大きなものであって、その夢が残ったものであろう。

夢の始めの文校の事務局らしいボロ家は、その時の文校の状況そのものだ。嵐に吹かれ、今にもぼろぼろに壊れそうな運営状態であった。Hが言うように「板を当ててぱっぱっと釘を打っても」どうにもならない。K氏の言うように「そんな応急処置では」文校の建て直しはできない。根本的な体質改善をはからなければならない。そのためにはヤクザと取り組まなければならないのである。

ここに出てくる「ヤクザ」はいったい何を象徴しているのか。フロイトの「夢判断」を待つまでもなく、文校再建の阻害要因であることは明らかである。そのヤクザを一つずつつぶしていくと、阻害要因の一つずつが明らかになるのかというと、そういう訳のものでもない。それらはさまざまなイベント（出来事や事件）であるが、それほど具体的なものではないのである。

文校の財政をおびやかしていた最大の要因は、入学生の減少であった。邦夫たち新理事が文校の運営にかかわった一九九二年、九三年頃は在校生の数は三百人を大幅に切っていたのである。これでは文校は大変な赤字である。その後の経験の中から、邦夫は四百人を割ったら文校は赤字になると知ったのだが、それを更に百以上切っているのだ。これでは固定費も出てこない。固定費の最大のものは、谷町六丁目に買った、ビルの二階の、五十坪の教室の共益費の支払いである。人件費、チューター（講師）料にしても、事務局員の給料にしても払えない。現に未払いチューター料と、その他の借金を含めて赤字は三百万円を超えていた。ここらがヤクザの登場した深層心理だろう。

文学学校は、人間の集団である。それ以外の何物でもない。五十坪のフロア（社団法人のため担保として使えない）を除いて、何の資産もなければ、パトロンもいない。

こういう文化事業は、たいていバックに新聞社とか、百貨店とか、県や市がついていた。文学学校はきれいさっぱりそういうパトロン的なものはなく、それをいさぎよしとしていた。文校は、チューターと在校生の人間関係で成り立っていた。その柱が、実作主義にあり、それを指導するチューターの情熱にあった。邦夫の夢の中でうなされたヤクザとの闘いは代表理事であった彼が、いつも恐れていた人間関係の齟齬《そご》であったようだ。

邦夫の人生で、もう一つ大きなイベントは「定年」であった。定年は「会社人間」の死である。二十三歳（四月生まれの彼はすぐ一歳年上になる）から六十歳の三十七年間、睡眠時間を除いて、家庭にいるより、会社にいる時間の方が長い。一般サラリーマンでも、建設関係は残業が多いし、現場勤務になったりするから、よけいである。

邦夫の場合は、積算勤務で採用されて約二十年間、営業（技術営業）に変わって約十二年間、再び積算に帰って三年間（不動建設に入る前に、第一建設という会社で二年間現場勤務）であり、転勤なしで本社勤務で過ごした。

一九九七年の四月に定年になり、その年の十月に、会社のＯＢ会に邦夫は出席した。会場は天満橋のビルの最上階の中華料理屋であった。広い会場に六十人ほどの人が集まっていた。六人掛けの丸いテーブルが十脚ある。案内状では、定年退職者の大阪ＯＢ会に入っているメンバーは百二十人ほどだったので、半分方出席していることになる。

二〇〇〇年に出版した『蒼空との契約』の本を送った時には、大阪ＯＢ会のメンバーは二百五十人にふくれ上がっていたから、三年の間で倍増していた。邦夫が入社した時は、新しく東京支社ができた年であり、それを含めて会社員は五百人であった。一九六二年のことである。それがオイルショックの一九七三年には三千五百人に増えていた。十一年間で六倍以上になっているのだ。大変な高度成長である。

受付で会費を払うと、テーブル・ナンバーの紙が手渡された。席につき、見渡した。同じテーブルの六名の顔はすべて見知っているが、親しい人はいなかった。

活動報告や会計報告の後、最初に新しく０Ｂ会に加入した邦夫たち八人が紹介され、それぞれが挨拶した。八人はまだ退職して日が浅く、挨拶の言葉もしっかりしたものだった。邦夫は定年後をどう生きるか、ということにとまどっている、というようなことをいった。ひき続き、東京０Ｂ会の来賓挨拶があった。

その後、副社長をはじめ、現役の役員が三人ほど、会社の現状を話した。建設会社は不況に突入してすでに長く、先が見えない、いい時に皆さんは退職された、という皮肉な話もあった。四月まで現役だった彼は、会社の業績は知り尽くしていて、いささか退屈だったが、そこまでは別にどうということはなかった。

邦夫をうんざりさせ、ショックを受けたのは、宴会の後半のちょっとした二、三の出来事である。席が乱れはじめ、席を替わり、親しい者同士が集まって、声高な話し声や、大きな笑い声がいたるところで起こっていた。彼の背後のテーブルで、声を張り上げているのがいる。どうやら会社の時の、うっぷんを晴らしている様子である。

「あれ、管理の０さんと違うか？」

邦夫は席隣の、同じく今年退職した土木の人間に声をかけた。

「０さん、朝の十時に、必ず大便の定期便やった。便所が長い、と毎日のように文句言われて、０さん便秘になってしもたやろ……」

と言う邦夫の言葉に、

「あのこと、……広島の時の話や、すると相手はその時の支店長のNか……声が聞こえへんなぁ」

後ろをふりむいた土木の男は「Nは横を向いたままや」とつまらなそうに言った。

聞く気で聞くと、あっちこっちの話の内容がわかってくる。どの話も少しばかり異常だ。会社をまだ引きずっていて、なんだか幽霊の会話のようである。ところが本人たちはそれに気づいていない。

邦夫や隣の土木の男は、退職して時間が経っていないから、その異常さがよくわかる。話の内容に実体がない。幻の会社の中に、ここに集まった人たちは身を置いているらしい。ＯＢ会の意味がわかる気がした。

ここは、会社の墓場で、死んだ人がお盆に帰って来るように、会社人間の幽霊がここへ集ってくるのだ。そういう仕掛けになっているらしい。彼らの話は、会社で現役だった頃の話しかない。現在も未来もない。あってもほんのちょっぴりで話題が続かない。過去しかないのだ。現役時代が三十年から四十年、過去は語りつくせないほどあるのだ。彼らはその中で今も生きている。

「あっ、こいつ、小便しとるで……臭っさ」

これは彼の隣のテーブルである。立ち上がった男が身を引き、テーブルにうつ伏している男を見降ろしている。ここに出席している男はみなスーツ姿の中で、うつ伏している男は黒のスーツだ。別に黒が悪いというわけではないが、少し場違いな感じではある。ＯＢ会を冠婚葬祭に準じる儀式と心得ているのだろう。

白っぽい顔をテーブルに押しつけている禿頭の小柄な男は、子会社に出向になって退職したＮであり、立ち上がっているのは彼より大学が数年先輩のＫである。

「喋っておかしいと思うたんや……どっかつじつまがあわんのやなあ。酒どんどん呑ませたのが悪かったのかなぁ……こんな酒の弱いやつやなかったんや。前は頭こんなに禿げてなかったし、様子がぜんぜん変わっとるのや、呑んだら目の焦点がどっかへ行ってしもて……」

隣のテーブルの邦夫たちの方を向いて喋っているが、邦夫も土木の男もあいづちを打たないので、独り言のような具合になっている。こちらの方からテーブルの下は見えないが、隣のテーブルのこちら側の男も立ち上がったところを見ると、床のジュータンはそれとわかるほど濡れているのだろう。あきれたのか、土木の男は、彼にちょっと手を上げ、先に帰ってしまった。

その日、ＯＢ会の会場から邦夫も早々に退散したが、その後送られてきた写真を眺め、それが幽霊の同窓会であることを確認したのだった。会社から何年かにわたって消えていった人たちが、こんな所に溜っていた。写真の上に六十人の名前の書いたハトロン紙がかぶせてある。名前が墓標のようだ。その下の人間たち……。

宴会の始まる前に写したもので、正面に四段になって十五人ずつ顔をそろえていた。なんだかみんな影が薄い。まだ生きている、ということは事実だが、どんな風に生きているのか、まるで見当がつかないのだ。どこかに隠れていて、ふらりと出てきたような感じである。
……そしてそこに彼もいた。数年のうちに、彼も幽霊になるだろう、とその時思った。

二〇一二年、十月十五日、軽尾たか子さんが亡くなった。白浜の三段壁《さんだんべき》から飛び降り自殺をはかったのである。
翌年「あるかいど」51号に、「滅び」の美学、というタイトルで、追悼文を書いた。以下は軽尾たか子追悼特集の巻頭言である。

――作家、軽尾たか子が、昨年の十月十五日に白浜の三段壁から飛び降りた。彼女の死を、ある女性作家の死として、悼みたいのである。『樹林』で今までに、北川荘平、高村三郎、木辺弘児、滝本明等の追悼特集を組んだ。軽尾たか子は私と文校の同期である。北川荘平は小説クラスの私の最初のチューターで、当時詩のクラスだった彼女も知っている。高村三郎と滝本明も同年入学であり（一九六五年）、木辺弘児は『セル』の同人であった。しかし、いずれも自然死で、自殺ではない。この違いが大きい。単に死を悼むだけではすまない。その前に、なぜ死を選んだのか、という巨大な壁が立ちはだかる。そしてそこから向こうが見えない。夫の飯塚さんを始め、これは一生残る宿題である。《存在とは記憶である》。こうして写真の軽尾たか子さんは存在し続けるのだ。その彼女と馴れ合ったり、皮肉を聞いたり、笑い合ったりして、追悼号の原稿を書いた。《もって瞑すべし》か。——左上に、笑っている、長い髪の、スタイルのいい、彼女の写真、背景には生駒山が見える家の近く、飯塚さんが撮った幸せそうな若い彼女がいる。

——今村邦夫様
ながい間、つき合って頂いて、ありがとうございました。
酔うと、心中の相手に選んでもらったり、光栄です。まあおちゃらけだったりしても。

軽尾たか子

「滅び」の美学というのは、邦夫にとっては「自殺」のことであった。自然死などというのは考えられなかった。ぎりぎりになったら、彼は自殺するだろうと思っていた。ぎりぎりというのは、その場面にならないと分からない。ということは、その場面になったら分かるだろうということである。現に軽尾たか子は、ぎりぎりの場面で自殺を選んだのだから。今考えてそう思う。

だから憶えていないが、その時は一緒に死のうと言ったらしい……。その面で共鳴するところがあって、そう言ったのだろう。だから「おちゃらけ」ではなかったと思う。

彼女の自殺はショックであったが、このことで彼の羅針盤は狂わなかった。彼の目差す人生の方向は従来通り、人生の決着は自殺であった。自分の手で自分を終わらせること……。日本の自殺は年に三万人……こう考える人がいてもおかしくはない。

言っておくが、これは武士道ではない。自分の腹を刀でかきまわすなど、ぞっとする。補陀《ふだ》落渡海《らくとかい》を真似て、手こぎの小さな舟で沖に出て、好きなブランデーを呑み、へべれけに酔って、海に飛び込むのがいい。四分間、息ができなかったら、人間は死ぬらしい。死ぬことはたやすいのだ。

軽尾さんが死んでから四年、邦夫はこの四月、七十九歳になった。そして今年、彼の羅針盤は狂ってきた。あまりにも長生きしてきて、死ぬということが分からなくなってしまったのだ。それでこの作品を書きはじめたのである。

今年の秋、十一冊目の本が出る。十二冊目の本はぜひ長編を書きたいと思い、『蒼空との契約』を読み返したが、あれを書いた時、すでに日本の空は公害だらけで、日本の空には焼け跡の上に広がっていたような蒼空は、山奥にでも行かない限りなかった。……これでは契約は果たせない。一から書くしかない、ということで、脈絡のないことになってしまった。

こうして、自分の作品で、自分の人生を辿り、「滅び」の美学に辿りついた。羅針盤だけはかろうじて保っていたのだが、その示す方角が狂いだしたのである。死ぬということが、どういうことか分からなくなってしまったのだ。

――死は向こうからやってくる。なにもこちらから迎えに行くことはない――、と考えるようになった。

「金がない」が一日中家でごろごろしている父の口癖であり、子供たちにかかる必要経費が父から満足にもらえなくて、母はコンクリートの流しにアルミのひしゃくをたたきつけ、とうとう一本パアにしてしまった。せっつく母に、ある時、酒を呑んで父は怒りだし、台所の土間の隅に頭をかかえて丸くなっている母に、茶ワンや皿を投げつけた。後で母は、お父さんはわざと当らんように投げた、と言っていた。

それまでの稼ぎの蓄えを、遊び暮らしてこの三年間で食いつぶしたわけだが、食費については母はきちんともらっていたらしくて、飢えるということはなく、これは敗戦直後の状況とは違っていた。母は料理が上手なのである。安い材料で工夫しておいしい食事を作ってくれた。母を中心に二人の妹たちも明るく、三人とも歌が好きで、家庭ではミュージカルのように歌が絶えることがなかった。

貸家の工事がまだ続いている、大学二年から三年へかけての春休みのことであった。大工の棟梁は、もと隣に住んでいた芦田さんである。天下茶屋《てんがちゃや》の方から通ってきて、平屋の貸家、南北に二列三棟と、アパートは東西に一棟、一年半がかりで建てたのだが、最後のアパートの着工は、入居者の保証金をあてにして、借金で建てたらしい。芦田さんの奥さんはこれが心配でたまらない。天下茶屋からひょっこりひょっこりと度々催促にやってくる。

ある時、そんなことは初めてだが、母が芦田さんの奥さんと話していて、突然泣き出した。邦夫は、目の小さい、いかにもにぶそうなこの女に、かねてから腹を立てていた。きちっと契約を結んで工事が進んでいて、彼女がどうこう言うことではないのだ。彼は奥の六帖からのっそりと出て来て、台所の上り框に腰かけている芦田の女房に、「帰ってくれ……さっさと帰れ」と言い、声をひそめて「帰れと言うのがわからんのか」と少しすごみをきかせて耳もとで言った。

母は驚いてしまい、「兄ちゃん、そんなことゆうたらあかん」と彼を止めたが、芦田の女房は顔色を変えて勝手口から飛び出し、あたふたと逃げて帰った。

ずっと後で下の妹から聞いたところによると、芦田の奥さんは、目の前にあった新品の電気洗濯機を見て、こんなん買う金があったら、貸金を返してくれと言ったらしく、それが母の琴線に触れたらしかった。もとは隣同士で仲良くしていた相手に、そんなことを言われ、母はとうとう堪えきれなくなったのだ。母のあんな悲痛な泣き声を聞いたのはこれ一回きりであった。

こういう変遷はあったが、父と母と彼の三人の関係は、世間一般と取り立てて変わったものではなかったと思う。父親が頼りない分、息子に期待する母親は多いだろう。彼と二人の妹の関係も、わりあいよくあるパターンだと思う。一つ違いの上の妹に対しては、小さい時から邦夫には被害者意識があった。彼女は、生まれた時からずっと母と暮らしているが、彼はそうではなかったからである。しかしこれはそんなに強いものではなかった。戦中戦後の幼年期、邦夫は祖父母の堺の浜寺の家で大きくなったが、その暮らしが嫌いではなかったからである。

家族全員が一緒に住みはじめた頃には、彼は年子のこの妹を苦手にした。彼が一言いう間に、三倍も四倍もいい返すのだ。すばやくて、何をしても彼は後れをとった。だからすぐにこつんとやり、よく泣かせた。これがわあわあとよく泣くのである。妹が彼につけたアダ名は暴力団というものであった。

六つ下の妹は末っ子であり可愛かった。父はこの妹の言うことだけはよく聞いた。ねだり方がうまいのだ。六つ違いだから、小学校で一緒になることがなく、彼女が中学生になる頃まで意識したことがない。妹が中学一年になった時、邦夫は大学一年になっていた。しかも東京の下宿暮らしである。夏休み、冬休み、春休みの三カ月ごとに会うから、いつも新鮮でしかもその度に妹は成長している。下の妹とはそういう出会いであった。

上の妹は高校を卒業して保険会社に勤めたから、普段は家にはいない。夏休みなど暑い夏の一日を、海へ泳ぎに行ったり、夕方犬を連れて散歩したり、下の妹と過ごす時間が多い。上の妹は寝相の悪い下の妹と寝るのを嫌がり、東京から帰ると、下の妹は彼と一緒に寝た。狭い家で、四帖半には父と母が寝て、六帖にはタンスや洋服ダンスや大きな戦前の古い電蓄があったりして、布団を三つも敷けない。邦夫は寝つきは悪いが、いったん寝入ってしまうと、十文字になって腹の上に二本の青大将が載っていても、目が覚めなかった。

上の妹は家の中で彼女一人社会人であったから、別の世界を持っていて、こういう三人の兄妹の関係にそれほど疎外感を持たなかったのではないか。

このことよりも、両親に対して上の妹は、いつの頃からか、自分だけが差別されたという被害者意識を持ちはじめた。こういう家族構成の中で、自分だけがはみ出していたと、後年必要以上にそのことを言うようになった。兄だけが大学へやらしてもらった（当時大学へ行く女性はめったにいなかった）。両親は妹にはなんでも聞いてやった（彼女はサラリーが全部自分のものになるので、服でもいっぱい持っていた）……。今さらそんなことを言っても始まらないと、彼は思うのだが、積年の恨みはおりのように溜まるものらしく、静かに流れ去ってはくれなかった。


邦夫が糖尿で日赤病院へ教育入院して、二週目の火曜日、おふくろが見舞いにきた。

夕食後の散歩に行こうと、いつものように六時四十五分にロビーを通り抜けて玄関に出る寸前、ロビーの脇の観葉植物の蔭の四人がけの椅子の端っこに、横に荷物を置いてちょこんと座っている、おふくろに気がついた。

「あっ、おかあちゃん、来てくれたんか」

もう少しで見落すところであり、邦夫は思わず大きな声を上げた。

「病室に来てくれたらよかったのに……」

「そこの受付の人に聞いたら、もうすぐ散歩に行かはるさかい、ここで待った方が、行き違いにならんで、その方がよろしよ、いうてくれはったんや……」

彼が受付の方を振り返ると、きれいなかわいい女の子が、ちょっと頭を下げ、笑いかけてきた。これだからこの病院が好きなのだ。年取った男が、「おかあちゃん」などと大声を出し、母親に甘えているように見えたのだろう。彼は荷物をもう一つ脇にやり、おふくろの隣に腰かけた。

「ほんで、どうやの？」

「どうもこうも、どこも悪うないのに、入れられてしもて、手もちぶさたで、困ってるんや」

「ぜいたくな入院患者やねぇ」

「お母ちゃんは、入院したことある？」

「いっぺんもないなぁ、あんたも郁子も家で産んだし……」

「そんなものや、入院する時は死ぬ時だけや……せやからなんか勝手が違うねん」

「……あんた、散歩に行くのやろ」

「十分や二十分遅れても、どういうことはない」

「せやけど、ここ七時までやろ……タクシー待たせてあるんやわ」

「そんなん帰らせたらええのや、いうてこうか」

「それがそうはいかんのや」

「日赤は見舞いは七時までやけど、ロビーでやったら、別に遅くなってもかめへんよ」

邦夫がくどくど言っている時に、タイミング良く……悪く、お見舞いは七時までだから、うんぬん、という放送が吹き抜けの天井から降ってきた。

「あんたの顔、見られたらそれでええねん、……帰るわ」

とおふくろは言い、立ち上がって私の脇の荷物を取り寄せた。

「もう帰るんか……」

彼は不満たらたらの声を出した。めったに会えないのに、どういうこっちゃ。

「あんたの顔、見られたら、と……それだけや」

おふくろは同じ言葉を繰返し、まだ開いている玄関に向かった。すっきりした立ち姿である。

彼は仕方なくおふくろを送り、玄関を出た。向こうの方で止まっていたタクシーが、車寄せを大まわりしてやって来て、彼女の前で止まった。おふくろは用心深く開かれたドアをくぐり、座席にこぢんまり座り、こちらを向いて笑った。顔のつやもいいようであった。

おふくろの車が病院を出て、まだ明るいカーブの向こうに消えて行くのを見送り、彼はポーチの反対の方へ歩き、歩道に垂れたスモモの枝を持ち上げ、定例の夕方の散歩に向かった。


下の妹が見舞いに来たのは、それから三日後の金曜日であった。ロビーの受付から四階のナースステーションに電話があり、看護師が知らせてくれた。本を読んでいる四時半頃である。今週に入ってからは病室にいる時もパジャマ姿ではなかった。講習を受けているか、血糖測定室にいるか、机で本を読んでいるか、病院の界隈を散歩しているかであり、昼間からベッドで寝ることはなかった。そんなことすれば、本当に病気になってしまいそうな気がしたのである。

人でにぎわっているロビーへ降り、玄関の方を見ると、おふくろが座っていた観葉植物の葉蔭のベンチに、今度は妹が座っている。邦夫より六つ下の妹はもういい年だが、年よりうんと若く見える。

「なんや、来てくれたんか」

「そうやんか、あんな手紙くれるから、びっくりして遠いところから出て来たんよ」

「あんな手紙?」

「そうやんか……お母ちゃん、死んでるやんか、十二年前の一月一日……喜寿になる五日前に」

「へぇ……」

私は唖然とした。

「知らんかったん」

「そんなこと……知ってるよ。おれの手を握って死んだんや」

「そしたら、あの手紙はなんやのん」

「手紙ねぇ」

「お母ちゃん、ここへ見舞いに来たて、生きてるみたいに書いてあったやないの」

「そうやなぁ、生きてるみたいに、見舞いに来てくれたもんなぁ」

「あの世から見舞いに来たんよ」

「ちっともそんな気配なかったもんなぁ、タクシーで来たし……泰然としていたもん」

「タクシー？」

「そういえば、タクシー待たせてるというから、そんなタクシー帰らしたらええいうたら、それがあかんのや……というてたね」

「きっとあの世へ帰る、専属のタクシーやったんやわ」

といって妹は面白そうに笑うのだ。まったく冗談ではないのである。

「兄ちゃんを呼びに来たんよ。あの世て、淋しいもんねぇ」

「淋しいて、おやじ十年前に死んでるやないか」

「お父ちゃんではあかんのや……分かってるやろ。お母ちゃん、嫌いぬいてたわ」


――お母ちゃんの晩年、五年ぐらい……兄ちゃん知らんかったと思うけど、すさまじかったんやよ。お父ちゃんと口もきけへんかった。お父ちゃんの料理作れへんの、あの人うるさかったやろ、だから一切……お父ちゃんの洗濯ものは手もつけへん、汚いものやから、お父ちゃんは、ぼそぼそと自分で洗濯していた。

――おれが行った時は料理作ってくれたけど。――兄ちゃんは特別や。ころっと変わるの、徹底してたわ。――五年ぐらいか、いろいろあって年に四、五回しか行かなんだ。……おれが話しかけても、おやじはいつも生返事やった。おふくろをうちに引き取ろうと思ったけど、うちも妻が癌でごたごたしてたし、おやじ一人置いといたら、危ないしねぇ……まさかそこまでなってるとは、知らなかった。——そういえば兄ちゃんの嫁さん癌になって、お父ちゃんの死んだ年に死んだんやねえ。……貸家の家賃、お母ちゃんが集めてた。お母ちゃんはよう面倒を見てたし、貸家の人はお母ちゃんのいうことしか聞けへん。お父ちゃんは、太刀打ちでけへん。年末にお母ちゃんの倒れた時は、貸家の人たちが面倒を見てくれた。お父ちゃんはうろうろするだけで、なんの役にもたてへん……。

「売店で何か飲むもの、買うてこようか」

そういって私は腰を浮かしかけた。

「やめとき、兄ちゃんは、教育入院やから、よけいなものを飲んだり食べたりしたらあかんのやろ」

「一日四回も血を採って、血糖値測るから、すぐ出てくるんや。玄関出たところにスモモの木があって、ちょうどうれどころで、一口二口かじったら、とたんに血糖値が上がった」

「玄関の左側にある木やろ、いっぱい実つけた……あれスモモか？」

「違うか？」

「知らん……知らんけど違うと思うわ」

「ちょっとすっぱいけど、桃の味やったで」

「全部食べたん？　わけのわからんもん食べたら、病気になるで」

「その点、病院にいるから大丈夫やけどな」

郁子とは、大人になる前は仲が良かったのだが、それが大人になってからは、彼女が早く結婚したこともあって、ずいぶん長い間、疎遠であった。母が死んでから、また昔の関係に戻っていた。

「お母ちゃんは、兄ちゃん一筋やったからねぇ。五歳年下の夫がぜんぜん働かん、家の財産食いつぶした……まあいうたら能なしやったからなぁ。兄ちゃんに望みかけてたんや、御母堂になりたかった……」

「あれ、冗談や思てたけどねぇ、御母堂なんてそんなんめったになられへん……」

「そやから、あの世から出てきたんやないの……こんなんめったにないことやで」

そう言って妹はあたりを見廻した。そういえば受付の女の子は、あの日きりであった。今は大きなマスクをしていて目しか見えないが、違う女の子が座っている。

「ひょっとしたらこの椅子？」

妹はお尻の下に手をやった。

「そうや……親子やねぇ、同じ椅子に座るんや」

「そう、この椅子……これがお母ちゃんのぬくもりか」

「ぬくもり感じるか」

「本当は、わたしがお母ちゃんとのつきあい、一番長いからね……結婚してからも、ずっとやから。お父ちゃんの不満、聞かされっぱなしで」

「おれは九歳まで、堺の浜寺で、祖父母に育てられたから、母親のぬくもりは知らないんや……男の子にとっては、もう母親が必要ではない時に、引き取られた。郁子はまだ三歳。おれの小学校三年生の終わりの冬や。あの北津守小学校、戦災でぼろぼろになっていて、ガラスが割れていて板張ってあるんや、鉄筋コンクリートやからよけい寒い、ろくなもの食べてへんしねぇ……それでも母親に甘えた、という記憶はない」

「じゃ、いつから、その……母子関係というのができたの」

「高校三年の時ぐらいかなぁ……おやじと本格的に喧嘩して……働かないで一日中狭い家の中でごろごろしているおやじが、がまんならなくなって、殴り合いにはならなかったけれど……おれは柔道やっていたし、投げ飛ばしていたかもしれんなぁ……何日も夜の町を一晩中歩いていた。

おふくろが小さい窓から顔を覗かせて、おれの帰るのを待ってたんや。……おれは布団の中で、よく泣いていた。おれの死んだ後のおふくろのことを想像して……あの時、本当に、死は身近やった。……それでおれは東京へ逃げていった、そしたら、おやじは、東京の下宿へ、二十通も手紙よこして……」

「死は身近て、……今も身近と違う……死んだお母ちゃんが、見舞いに来るんやから。それを兄ちゃんは、ぜんぜん不思議に思えへんのやからねぇ、あきれるわ」

「おふくろのところへやったら、いつ行ってもええのやけど……今はちょっとあかんねん。孫が生まれたから……。

それがまたかわいい女の子や、頬っぺたふくらませて、ぷうとかいうて……おふくろには悪いけど、ちょっと行かれへんねん」

ロビーでなにやかやと、一時間ほど話して、夕方の血糖検査の時間の前に、妹は帰って行った。住まいは琵琶湖の北の奥の方で、とんでもなく遠いのである。

……二キロ、三十分というのは、足腰の弱った今、やはり少しきつい。ここに入院している時も、いろいろ考えながら歩いていたが、一カ月目の検診に来た今夜も、いろいろ考えながら歩いた。だからともすれば、スピードが落ちるのである。

母親には、おれに対しての罪の意識があった。子供にとって、母親が一番大切な時期に、自分は母親ではなかった、という反省である。

頼りない若旦那のところに嫁いだ五歳年上の嫁は、ワンマン社長の祖父と喧嘩しながら、大勢の職人たちの面倒を見たのである。堺の祖父母の家に、ひっそりと息づいている長男に会いにいくのは、長男が病気になった時ぐらいである。

父は五年間、中国の戦場にいた。しかしこういう親子関係は、当時はそれほど珍しいことではなかった。だから邦夫は母をうらんでいるわけではない。うらむも何も、気がついた時から居ない人間は、うらみようがない。

一方で邦夫の方にも罪の意識があった。それまでふた月に一度は訪ねていた里の家へ、年に三、四回しか行かなくなっていた。自分とよく似た顔形の、おやじの顔を見るのが嫌だった。世捨て人のような感じになっていて、彼には笑わなくなっていた。その頃から、母とはほとんど対話がなくなっていたらしいが、彼は気がつかなかった。母親に対してはどうか、というと、長年の夫婦だから、母も同罪ではないかと思っていた。

……こんなことを考えながら歩いていたので、入院中のように、スモモの木の下で、立ち止るということはなかった。枝も垂れていなかったし、歩道に白い実がころがっていなかったので、気がつかなかった。

一カ月の間にすっかり実は落ちつくしていて、木にはもう実は残っていなかった。入院中、散歩の時も、病室でも、ほのかな香りをただよわせていた、少し桃色がかった白い実は、完全に姿を消していた。

今夜は六時四十五分から七時までロビーで待ったが、おふくろは現れなかった。こちらから連絡する方法はないのである。来月の検診の時も、やはりここでおふくろを待つだろう。一度現われたのだから、もう一度現われないことはないのである。たとえ幽霊であろうと……。心の中でつぶやき、五周散歩し終わった病院の敷地を出て、地下鉄の鶴橋へ向かう外灯の下の広い道を下って行った。

年末、前日には風呂屋へ行き（家には風呂がなかったし、流しはコンクリート。ガスコンロは古い「へっつい」の台の上に置かれ、台所はいまだに土間である。母のためにステンレスの流しをそなえ、台所を使いやすくしてやろうとか、家を住みやすくしようというような意識は父にはなかった）、当日は朝から家の掃除をしていて倒れ、そのまま救急車で運ばれ、邦夫が病院にかけつけた時にはすでに意識はなく、意識は後で少し戻ったのだが、深夜に彼に手を握らせて息を引きとった。父には手を握らせなくて、邦夫に手を握らせてそのまま死んだ。このことの意味は大きいと思っている。これは単なる思わくではなく、事実としてあるのだから……。

大晦日ということでもあり、朝から病院につめていた家族や、昼前後に来てくれた親戚の人たちに、父を含めて夕方には一旦帰ってもらった。一番遠い親戚でも二時間あれば来られるのだ。冬は四時半にはもう日が暮れる。窓の外が真暗な病室に、彼は一人で残った。

それまでに母の意識は少し戻っていて、孫が近づいて声をかけると笑い、父が近づくと、きっとにらむのである。邦夫はその間もずっと母の手を握っていた。母は酸素吸入器をつけられていて、何度も邦夫の顔を確認した。

ものいわぬ母の枕元に座り、彼に甦えるのは高校時代のことである。母が気さくだったので彼の家へ友達がよく集った。主に文芸部の連中である。母は話のツボを捕えるのがうまく話をそらさなかったから、遊びに来た友達はまず母と話をしてから、彼の方にやって来た。狭い家だからまる聞こえである。母の言葉や笑い声が今でも聞こえてくる。

お嬢さん育ちの母はきれいな大阪弁を喋り、それも邦夫の自慢だった。それから彼がいえば自慢話になるが、母は美人だった。父と一緒になる時、旧家と新興の、家同士の価値観の対立の中で、さまざまな抵抗があった。しかも父はまだ十九歳である。父が死を覚悟の駆け落ちしたほど、母には魅力があったらしい。その流れを下の妹がひいていた。少しおでこが大きく、横顔がそっくりである。

邦夫は暗い窓から、母の顔に目を戻した。目が開いていたらまだしも、ここにはその面影はないが、八十七年間生きてきた顔だ。母が年を取る経緯を、彼が見続けてきた顔だ。そのいずれもが彼には好きな顔だ。ここには淀みなく流れている人生がある。母の人生と邦夫の人生もここには刻まれている。彼のことを自分のことのように心配してくれた顔なのだ。そのために増えたシワも多いはずであった。

医者に言われ、十時頃再集合の電話を次々にかけた。彼の家族を含め、予定通りの人々が集まった深夜の零時頃、母は別室に移された。邦夫たちは外に出され、次々に大きな機械が持ち込まれた。もう機械でしか生かし続けることができなくなっていた。

一九九九年一月一日になった午前二時三十七分に、母の心臓が止まった。八十七年間、動き続けてきた心臓が、今停止した。戦中戦後を生きぬいてきた、長い旅路の果ての終着駅に着いて、機関車が停止した感じに似ている。

彼には一つのイメージがある。それは秋の野だ。屋根のない長いプラットホームを埋めつくすようにコスモスが一面である。田舎の駅に機関車は激しく蒸気を吐いて止まった。

コスモスから見れば、黒々とした機関車の油にまみれて光る車輪は、ずいぶん大きなものだろう。機関車の吐き出す蒸気は、コスモスをちぎれそうになるくらい震わせたであろう。この機関車は八十七年間も走り続けてきたのだ。今ようやく停止したのであり、もう二度と動くことはない。しばらくするとすべてはもとの静けさに戻り、常に変わらないコスモスが野にある。白い雲の浮く秋空の下、乱れ咲くコスモスにかこまれ、機関車は安らいでいる。

……彼の思いとは関わりなく、心電図を止め、呼吸器を外し、医者と看護婦はそそくさと病室を出ていった。

　コスモスに　機関車の車輪　来て止る

という俳句を作った。これは白鳥の歌であった。

邦夫の望んでいるのは、母のようなそんな死だ。彼の母親が死んだ時、悲しくなかったのは、この作品でも分かるように、色濃い記憶が彼の中にあったからである。彼が生き続ける限り、母も生き続ける。もう一度書く『存在とは記憶である』そして死ぬ真際、「おかあちゃん、そっちへ行くで」と邦夫は言うのではないかと思う。

母の死から三年後の一月五日、彼の父は、病院のベッドの手摺につかまって身を起こして、「死にたくない」「死ぬのは怖い」と泣きさけびながら死んでいった。父のようなぶざまなことにはなりたくないのである。白鳥の歌を歌えるような死を迎えたい。

雨降りかぐや姫

プロローグ

一九六二年、東京ではオリンピックの準備がすすめられている年、大阪では四人の男どもが、よからぬ相談にうつつをぬかしていた。

庇《ひさし》の下に燕《つばめ》が巣をつくり、子燕が巣から顔を出して鳴き、親燕は軒先をかすめて飛ぶ。日の長くなった夕方の明りで、豚の蚊遣《かや》りをして、団扇《うちわ》片手に、床几で将棋を差すおとっつぁんたち。その横では浴衣の子供たちが、線香花火をする。台所から魚の焼ける匂いがして、もうすぐ晩御飯である。

電車道をチンチン電車が走る。ラッシュアワーを過ぎた車内はガラガラである。都市交通はまだ路面電車が中心で、のんびりした懐かしい時代であった。

……半世紀近い昔の、これはそんな時代の話である。ちなみに、物価は現在の十分の一ぐらいか。

第一章

俄雨《にわかあめ》だ。

俄雨ってやつは、これがいつ来ても、雨特有のあの陰気臭さはなく、からっとさっぱりした肌ざわりで、かえって人々を元気づかせ、また時にはご愛嬌でさえある。――五月の下旬、このグッドアイディアが実を結んだのは、いたずらものの俄雨のせいだろうか。

山形《やまがた》の下宿である。しきりに降る雨を眺めながら、周旋屋の都《みやこ》が来て縁側で話し込んでいる。母屋の台所からは、夕食の準備の流しの水音や、食器の触れ合う音が聞こえてくる。母屋と離れとは、小さな庭で隔てられていて、離れの方は敗戦直後に建て増しされた、石綿板とセメント瓦の安普請である。それが古くなって一層見苦しい。

周旋屋の都は小男である。頭の真ん中が禿げていて、こせこせ動く……というのは精力的なということだが、人の気持を素早く読みとる……というのは、抜け目のないということだが、商売人であった。身体も顔も貧相な作りだが、鼻だけは大きく、これがよく芝居をする。時によっては、大きな涙の粒が、これ見よがしに赤い鼻の横をすべり落ちていくのだ。こんな芝居がかった男はそうざらに居るものではない。結論的にいうと、遣りての不動産屋であるということだ。

高校教師の山形が、都と親しくしているのは、この男の芝居を愛するからかも知れない。山形にはとうていそんな真似はできそうにない。都の方で山形を尊敬する理由はよく分らない。単にインテリだからというのではないと思う。可愛がったり、尊敬したり、愛したり、恋したりする理由はいつもいい加減なものでそんなことを論理的に説明などできない。

「奥さんのことは、今でも思い出さはりまっか」

都が、ガラにないことをいう。しかし都はツボを心得ているつもりだ。

「そうだね……」

即答しないで、山形はふと黙り込む。結婚の一カ月前、都の店へ新居を探しに行った頃のことを思い出している。もう十年になる。

「嫁さんのことはあまり思い出さないが、君に世話になった、文化住宅のことは思い出している」

五年ほど暮らしたが、とりたてて特徴のない女で、子供ができなかったせいもあって、印象は薄かった。

「あぁ我孫子《あびこ》道の……、あのあとまたすぐ新婚さんがつきよりましたで」

「またなんのかの言って、押しつけたんだろう」

「山形さんにはかないまへんわ」

都はさらりとかわす。今日は何かたくらみがあるようだ。

「いつ見ても新婚さんはええもんや」

都はそういって山形の顔をのぞきこんだ。

「おいおい、なにをそそのかすつもりだ」

「なにもそそのかせしまへん、新婚てええもんやいうてまんねん。そうだっしゃろ」

「そうかね」

山形は生まじめに答えた。都はまだ顔を見ている。彼の鼻が怪物じみて見えてきた。

「ええ話がおまんねけどな」

「嫁さんでも世話しようというのかい」

都はふくみ笑いをしながら、

「ちょっと違いまんね」

と即座に言ってのけた。山形はひどくあてのはずれた顔になった。

「ちょっと違う、て」

山形は結構あおられている。

「へへ……」

笑ってばかりしてなかなか切り出さない。

「実は二号さんの話や」

「一人ものの俺にかい？」

山形は都の言うことがよく分らない。

「そこがこの話のミソだんが」

都はいやにもったいぶるのだ。都と話しているのが嫌になってきた。山形は沈黙して霧のように小粒になった雨脚を眺めている。都は煙草を取り出して山形にも勧めた。二人の吐き出す煙が雨の中へ流れていく。

「こんなこと言うたらなんやけど、今の山形はんは二号さんゆうても、まあ無理だすわ」

「まあ、そうだね」

山形は浮かない顔で答えた。

「そこでこの話や。名案のことを英語でなんたらいいまんな」

「グッドアイディアか？」

「そうだ、それがおまんね。どうだっしゃろな」

都はいきごんで膝をにじりよせて来た。

「どうだっしゃろ、三人か四ったりで共同の二号さんを囲うというのは……ゆんべ、寝間の中でふっとそんなことを考えましてん、こらこの手に限る、こいつや！」

「はは、都さんの考えそうなこっちゃ」

山形は思わず笑った。

「笑いなはるけどな、今日び二号さんを囲うゆたら、最低のもので月三万円だっせ、ちょっとしたものやったら五万円は出さんならん。それを一万かそこらの負担でいこ思たら、ちっとは辛抱せな……よろしおまっせ、……えぇ、たまりまへんで、山形はん」

都は欲望丸出しで山形の顔をうかがう。

「まるで共同便所だね」

「そない言わはるけど、遊郭のこと思たら天と地の開きがおまっせ。誰に遠慮することもないし、格段の違いや。……家の方はもう段取りついてまんね」

「商売柄とはいえ、手廻しがよすぎるね」

「女の周旋の方はまだでっけどな」

都はにたにたした。

「どうだっしゃろなこの話？」

どうやら少しは心が動いたらしい山形は、彼らしい慎重さで切り出した。

「もう少しくわしく話してみないか」

「くわしい話も何もおまへん。三人か四ったりでめかけを持つ、ただそれだけのことでんが。早い話、一カ月のあてがいぶち四万円なら四万円という金を、頭割りで負担しまんね。四人やったら一万円ずつの共同出資でんな。そのかわりめかけの家へ行く日も割り当てや、あらかじめ学校のように時間表こさえて、自分の割り当ての日に行く、と……その日だけはめかけは自分のものや、こんなやり方でんが、すっきりしてて合理的でよろしで……一口乗りまへんか」

得意な感情を、都は言葉のはしばしに漂わせていた。大きい鼻がいきっている。都のような男は、自分の欲望を満たすのに巧妙だ。

「グッドアイディアはグッドアイディアだが……」

山形の言葉に、都がすぐ受ける。

「わてらと一緒に女を持つのが嫌だんねやろ……」

「そんなことはない、唯《ただ》考えてもみなかったことなのでね。今のところ必要も感じていないし」

山形はしきりに力んで見せる。

「必要を感じないやなんて、強がり言いなはんな。奥さん死んでから何年になりまんね。わかってま、わてと一緒やったら不潔や言いたいのでっしゃろ、はっきり言いなはれ」

都がすねてみせる。都と山形の間には妙ななれあいが生まれている。

「えらいきついこと言うんね、都さんは……」

「どないだっしゃろ先生、悪い話やおまへんで……」

「そうだな、……まあ考えてみよう」

山形という男は、そんなに物事にこだわる程人生に執着してはいない。人並みの性欲は持っている。その証拠に、二カ月に一度ぐらいは飛田《とびた》の遊郭に通っているのだ。もちろんこれは誰も知らない。教師だから、知られると困るのである。それはそれだけであって、モラルなどというものとは縁遠い存在である。ところがこういうことに対しては、都とは違って、変なこだわり方をして、すっきり割り切れないところがある。彼自身、不幸なタイプの男なのだ。とっくに食指は動いているのにである。

「とにかく少し考えさせてくれ」

山形はいつわりのないところを答えた。

「ええ返事を頼んまっせ。……わてはこれからまた心当りあたってみまっさ」

都は大阪人特有のあの不断の実行力を持った男だった。

雨はほとんど止んでいた。都は生垣のきわへ寄って、腰を振ると、気持良さそうに立小便をした。その後ろ姿を見ながら、山形はまた煙草に火をつけた。

「ほんまに山形はん、この話頼んまっせ」

「あぁ……」

山形の心は決ったようだ。都は、腰を振って今度は小便を切っている、てっぺんの禿げた、妙に子供っぽい都の姿に、いい知れぬくつろぎを感じているのだった。

泉屋《いずみや》というのは、大阪の下町によく見かける、薬屋兼化粧品屋兼雑貨屋、その他荒物があり、書籍、文房具、煙草も置いているというなんでも屋である。最近店の二階を建て増し、下着や簡単な婦人服、子供服の売り場を新設し、ここへ来ればなんでもそろう、小百貨店のようなおもむきを備えてきた。

泉屋の主人は大学出のインテリで、いやむしろインテリくずれで、愛想はいたっていいが、無類の皮肉屋だ。商売の時にはそんなことは言わなくて、それを女客相手の愛嬌に変えてしまうのだが、客相手以外は歯に衣を着せないどころか、毒舌になる。それを浴びせられたものは、相手の人間性に対して疑問を抱いてしまう。この男の精神構造はいったいどうなっているのだろう。一夕この男の人生観をしみじみ聞いてみたいものだと誰しも感じさせられる。

都はこの十歳も年下の泉屋に相当影響されているフシがある。売手や買手に馬鹿にされた時、この哀れな周旋屋は泉屋の顔を心に浮かべ、じっと堪えていることがよくあった。そんな時、彼はいつも後ではきっと見返してやれる算段が、胸の内に沸き起こるのだ。当然、彼の芝居は一流周旋屋のサエを見せてくる。

――夕暮、都がこの店に姿を見せたのは、泉屋が手拭いを首に巻いて、石鹸をポケットに入れ、風呂屋へ出かけようとしている時であった。そのまま都も一緒することになった。

「風呂はな、冬は家で焚いたら損や、風呂屋でも冬は赤字や。その分を夏に儲けよる。風呂屋に儲けさせんように、夏は家で焚いて、冬は風呂屋に来るのや……今日は特別やけどな」

服を脱ぎながら泉屋は講釈して、番台を振り返る。

「なぁおっさん、俺が来るのは冬だけやな」と風呂屋の親父に声をかけた。親父は狭い枡の中で恐縮してへらへら笑っている。

四十に手が届く泉屋は、もう腹がぷっくりとせり出している。ごっつい躰《からだ》のくせに、肌は女のように真っ白で、つやつやして脂ぎっていた。湯舟に片足を入れながら、

「おまえの持ってきたええ話ちゅうのはなんや」

と小柄な都の裸を振り返った。

都が山形に話したことを繰返すと、

「そら成る程おまえの言うようにグッドアイディアや、ちょっとみみっちいけどな。時々そんなうまい話を思いつきよる。それだけがおまえの取り柄や」

「泉屋はん、そんな殺生な、これでも五人の家族を養うてまんねんで」

「そんなこと、鳥でもしよる。なにも今さら大言壮語することやあらへん」

泉屋は温もって赤くなった顔を、つまらなさそうに都に向けた。都はたたんだ手拭いを頭に載せふくれっ面をした。

「そんで〝軽ろきに泣きて〟はどう言いよった」

都はあわてて聞き返した。

「軽ろきに泣きて、ちゅうのはなんでんの？」

「月給取りのことや、軽《か》ろきに泣きて三歩あゆまず、言うのや、月給袋もろた日にはな」

「山形はんのことでっかいな。そんなもって廻った言い方しやはらんでも……山形はんは面白い話やけど、ちょっと考えてみる、言わはりました」

「あいつは蜂の頭でも豚の尻尾でも、なんでも考えてみるやな。そら面白いやないか。相乗りタクシーみたいで、みみっちいけど、そこが面白い」

「今度は相乗りタクシーでっか」

「せやないか、夜中の一時頃に難波へ行ってみい。奈良や和歌山方面へ帰る客が一人五百円ずつぐらい出し合うて相乗りしよる。それと同じや」

「そら相乗りタクシーでもかめしまへんけど、他にもうお客さんおまへんやろか」

「おまえそこで和歌山行きはこっちやで、もう和歌山方面へ帰るお客さんおまへんか、二号さんの相乗り客おまへんか、と言うてみ。誰か来よるやろ」

都は湯舟の中を見廻して、

「泉屋はん、かっこうの悪い、顔が赤なりまんが」

「なに言うてんね、猿みたいな顔は生まれつきやないか」

泉屋は愉快そうに笑った。

「かないまへんわ、……ほんまにつぶしやで」

都は話をかきまわされて、仕方なしに苦笑いした。

「ほんだらこうしょ、二階の大学院生に一口乗せたろ」

「学生にそんな金おまへんやろ」

「なに言うてんね。あいつ株で一山当てよったんやで」

「株で……」

都はとても泉屋のように長湯はできない。都は湯舟のへりに腰かけ、黒々している泉屋の頭を見下ろした。

「開発機械というボロ株で三十万円儲けよった」

「三十万円も！　わても今から株やろ」

都はとっぴょうしもない大きな声を出した。泉屋は上目遣いに薄笑いして、

「元手は三万円やで、六十円の株五百や、その資本も観光事業をやるという船株で儲けた。せやよって元は只《ただ》みたいなもんや」

「そんなうまい手がおましたんか、わても株やろ」

都の声音は本気のようである。

「そら頭のええ人のやるこっちゃ、あの学生でも、朝から晩まで株式の勉強やっとる」

「わてなんか十万円もうけよう思たら、百万遍頭下げて、涙三升流さんならん」

「こんな話聞いたら泣くに泣けんやろ」

と言いながら泉屋は上がってきた。

「ほんまにそうだんな」

まだ株の話に未練のありそうな都も、椅子を下げて蛇口の方へついていった。

「その蛇口出えへんやろ。この風呂屋で湯のよう出るのはここだけや。今度来る時、憶えときや」

「いっぺんその学生紹介しとくなはれ」

都はまだこだわっている。

「おまえも、阿呆《あほ》みたいに欲深いな」

泉屋は振り返りながら吐き捨てるように言った。が、つぎの瞬間には頭を蛇口の下に入れたかと思うと、石鹸をつけ、もう何もかも忘れたように、泡を飛ばして一心不乱に洗いはじめた。湯はいやに長いが、洗うのはいやに早い。

ふと泡の中で手を止め「あいつと話はなんぼでもできるがな、相乗り客や」と言うが早いか、再び猛烈に頭をひっかいたり、もんだりして洗っている。頭が終わると今度は躰だ。

泡の合間を縫ってまた声がした。

「女はおまえが世話すんねんな」

「泉屋はんの好みに合う子がいるやどうやわかりまへんけどな」

「なに言うとんね。客の好みを見るのはおまえの商売やないか」

言うだけ言うと、泉屋は忙しそうに湯音を立てて、躰の泡を流す。

「そんで、顔合わせはいつやんねん」

「顔合わせ？　さぁ、まだそこまで考えてしまへん」

「考えとかんとあっかえ」

「せやけど、山形はんがどういわはるか……そんなん嫌がらはんのと違いまっしゃろか」

都の言葉を最後まで聞かず、泉屋は剃刀を持って鏡の方へ顔を当りに行った。都の今の言葉が多少泉屋の気分を害したようだ。が、そんなことよりも、不断の実行家の都が、泉屋の前では、はるかに影の薄い存在であることには驚かされる。

鏡の中で、泉屋はしきりにひょっとこを作ったり、頬をふくらませておかめを作ったりしていた。これがまた都には際限なく続くように思われるのだった。

咲子《さきこ》は雨が好きだ。子供の頃、雨が降るとはしゃぎ、裸足のまま表をぴちゃぴちゃ歩き廻り、母親の手を焼かせたものだ。咲子の育った京都の家の表は、面格子の続く砂地の路地だった。川のように流れる雨水と、裸足にふれる砂の感触が快かったのかもしれない。しかしある時、足の裏からドジョウが逃げていって、死ぬほどびっくりしたことがある。

子供心にその気味悪さは、深く印象づけられ、以来母親を困らせることは少なくなったが、それでも赤い長靴とピンク色のレインコートで、髪を濡らしながら、雨の中を歩く快さは、彼女を捕えて離さなかった。両手をポケットにつっこみ、ハミングしながら、雨の本願寺や御所の広場を彷徨《ほうこう》して、咲子は成長していった。

咲子は友達によく雨女といわれた。普通、雨女というのは、何かしようとすると雨が降るという意味なのだが、まだそんなことわざを知らない年頃のことで、雨が降ると機嫌がよくなり、雨の中で何かするのが好きな彼女の性癖をいったものだった。雨と縁が深く、だから雨の思い出が多かった。

母親は大阪の商人のめかけで、そんな家庭で育てられた咲子は変に迷信深かった。朝食で湯呑みに茶柱が立ったりすると、本気で今日は何かいいことがあると信じてしまう。その上どうしたことか彼女の迷信は不思議なくらい的中するのだ。「ほんまにきしょくの悪い子やわ」と母親に何度も溜息をつかせた。母親自身、運と男の気まぐれの「情」の中で生きてきて、川の流れの浮き草のような生活を送っていたから、よけい気になったのだろう。

こんな咲子も年頃になると、割合平凡な娘におさまってしまった。ただ取り立てていえば、彼女のまき散らす体臭が、何か透明で無臭な粘液性を感じさせるといった程度のことだ。つまり女に有り勝ちな、生理的なあくの強さがないのだ。どんな男とも合わせていかなければならない、宿命のための準備かもしれない。男にこびを売ることをいつの間にか心得るようになったのは、彼女のそんな個性によるものなのか、習性によるものなのか、それとも女の本能によるものなのか、見分けることはできない。

――こういう山本咲子を用意したのは、都にしては上できだった。妾宅は、戦前のおもかげを残している、戦災で焼けなかった、大阪西成区の天下茶屋《てんがちゃや》のごみごみした路地の奥に設けられた。ふと京都の町を連想させる、格子戸のはまった軒の低い二階建ての長屋だった。二間続きの二階が、咲子に開放された。

六月初め、咲子はさっそく軒端に風鈴を吊るし、そのあと、都が新しく買ってきて、鴨居に打ちつけた神棚へ、踏台に登り、下のおばさんからもらってきた御飯をそなえ、柏手を打った。不思議に衣類や世帯道具の持ち合わせは少なく、引越し荷物は部屋の隅に置き忘れられたままである。

——その夕方、初顔合わせは、新世界の通天閣ななめ下の、てっちりが専門の大衆料亭の座敷で行われていた。

「現代版かぐや姫の開幕開幕」

はしゃいだ声で入って来たのは、マネービルの竹田だ。

料亭にはすでに都が来て、部屋の入口に座っていた。

「都さんですか……僕は竹田です」

「へぇ、こっちゃこそ」

都は立ち上がって、てっぺんの禿げた頭をぴょこんと下げた。

「かぐや姫のおこし入れはまだですか」

「……なんでかぐや姫だんね?」

「だって一人の姫と、四人の男でしょ、あれは五人だったかな?」

「成る程うまいこと言わはる。かぐや姫は今日、新居の方へおこし入れだす」

都もつられてひょうきんに答えた。

「新居ね。今日は尊顔を拝見できないわけですか」

竹田はおおげさに肩を落としてみせた。

「それが恥ずかしがって出て来よらしまへんねん」

「成る程いい傾向だ」

何がいい傾向か分らないが、都はうなずくことにした。

ところで、「かぐや姫と四人の男」という竹田のこの発想は、この後来た泉屋と山形の二人にも大層気に入られた。高校の国語の先生である山形は、平安時代の貴族は、一人の女のところへ四人や五人ぐらいの男が通うのが普通だ、などと弁じ、なにやら高貴な気分になり、竹田の最初の言葉が、この会の隠されたポリシーになってしまったのであった。

当の竹田という男は、丹波の篠山《ささやま》の出身で、貴族としても田舎貴族である。早口の短気で、極度に喜怒哀楽を身につけている男だった。ただその喜怒哀楽がどんな機会に発生するものか、とんと見当がつかない。変なところで何時もはしゃぎ出し、そうかと思うと急に腹を立て、何時の間にかふさぎこんでいたりした。神経ばかりが先走っているようにも見えるが、その実、感情の急激な変化とは裏腹にかなりの記憶力の持主だ。この記憶力があるいは彼を大成させるかもしれない。

竹田の次に現れたのが泉屋だ。

「病気を持っている奴はおらんやろな」

泉屋の第一声はこうだ。とても「かぐや姫と四人の貴族」という具合にはいかない。最初意味が分からず、都と竹田はとんまな顔をしたが、意味が分ると陽気な雰囲気が急に鼻白んだ。都はそわそわして弁解がましいことをいいかけ、それより早くすっとんきょうな声で、竹田が鼻歌をうたいだした。

「医者の証明書をつけて申し込むべきやで」

泉屋は都と竹田の顔を順に見渡した。

「病気がそんなに怖いかな」

言うだけ言うと、竹田はまた鼻歌だ。

「そんな堅う考えんでもよろしまっしゃろ」

「信用でけへん」

泉屋は鼻をふくらませた。

「泉屋さんらしゅうもおまへんな」

「僕もそう思うな」

竹田は鼻歌をやめた。

山形が「やあ」と言って入ってきたのは、そんな時だった。

「みんな病気の方は大丈夫だろうね」

山形も同じことを考えてきたようだ。これを聞くと、泉屋は大きな目玉をぎょろりと動かし、竹田の方はあきれた顔をした。

「なんだ女を囲おうというのに弱気だな」

しかし都は実際家だ。

「よろしおま、こうしまひょ、わてがあとで取りに廻りますよって、医者の証明書取っといてとくなはれ」

「その方がいいよ、後でごたごた起こすのは嫌だからね」

山形はそういうと泉屋に会釈して、竹田の隣にあぐらをかいた。竹田の方はまだ不服そうだ。泉屋はというと都の豹変ぶりに、にがりきっていた。

「そうしまひょ、泉屋はん」

都の言葉に、泉屋はむくれかえって返事をしない。山形はちらっと泉屋の方を眺めた。

都の呼んだ女中が、廊下で朋輩と声高に話しながら、籠に入れたビールと酒、それからテッサを持って入ってきた。

廊下を遠ざかる足音に、

「ほんまにけっさくやわ」

と、まだ声をかけ、あらためてこちらを向いた。

泉屋はわざと吹き出した顔をつくり、

「ほんまにお前の顔はけっさくや」

と言って口に手を当て、横を向いた。

世なれた料亭の女も出鼻をくじかれつんつんとした。つんつんしながら、すでに用意してあったチリ鍋にかかったものだから、汁が周囲に飛び散った。汁が膝に跳ねて、竹田は癇を立てた。

「実に行儀の悪い女中だ。だから大衆料亭は嫌いなんだ」

と声を荒げた。

「えらいすんまへん！」

女はすごい剣幕で答えた。山形は一人にやにやしている。

「これから大事な話があるよって、席をはずしてんか、チリ鍋はわてがするさかい」

都の言葉を聞くと、女中は泉屋をふりかえり、何か合点顔でうなずいて、それから出て行った。まだ女中が襖《ふすま》を閉め切らない前に、彼女がもう一度顔をのぞかせるほど、泉屋は大きな笑い声を立てた。

「出て行く時、俺の顔を見よったで、なんで俺の顔を見たんやろ。おまけに何やしら、うなずきよった、あほな女や」

泉屋の大声に、都も笑い出した。

「泉屋はんがあんまり男前やよってに」

「あほいえ」

泉屋の言葉を聞き流し、竹田は反対側に座っている山形に、ビールのビンを持ち上げ、

「竹田です、よろしくお願いします」

とまともな挨拶をした。ビールを受け、ついでに竹田にビールをつぎかえし、

「山形です、こちらこそよろしく。……ところで、竹田さんはどこで標準語を……」

と国語の先生らしい質問をした。

「大学院は大阪ですけど、大学の四年間は東京でした」

鍋の向い側で、泉屋と日本酒のやりとりをしていた都は、二人の会話をにこにこして聞き、ちょっと声を高めていった。

「ところで、お金の方はわてが廻った時にかたがついてますよって、あとは二号さんの割り当て日でっけど」

と、いきなり大阪人らしい実務的な話を切り出し、三人は同時に吹き出してしまった。

「都さんもうちょっと言い方がないかな」

正面から、まず、竹田の声がかかった。

「割り当て日、結構」

これは山形だ。

「わても結構」

これは泉屋。

「みんなしょうがないな」

竹田はあきらめたような声を出した。

……ビールと酒の差しつ差されつ、チリ鍋をつつきながら、話が弾んでいくのだが……。

――さて、ここで決められたことは

一、愛情費。二、割り当て日。三、交遊規定。四、例会。五、協定確認。

の以上だが、「税金」「配給日」等の通称がたちまち生まれてしまった。

交遊規定の中には「待遇は女の自由意志にまかせる。したがって女からの待遇に対して苦情をいうことは許されない。また、女に対する贈与の大小は問わない。必要がないと認めれば、与えなくてもよい」という一文が入れられた。なおこれらは必要のない限り、公式には文章化しない。つまり非文のまとされ、「紳士協定」とすることになった。

……

ところで、竹田は「かぐや姫と四人の貴族」の話をしたが、高校の国語の先生である山形が、別の機会に平安貴族の重複婚の話をした。和泉式部は、四人の男から通われて、どの男からもとくに独占されていなかった。「源氏物語」を書いた紫式部が一人の男しか経験しなかったのは、むしろ特異な部類である。男性に好かれるような要素を持っていなかったと考えられている、と山形は言った。

それぞれ個性のある三人も四人も男がいて、いずれも親切でやさしくかまってくれ、仲良くつくしてくれるなんて、女にとって幸せのいたりではないだろうかと続けた。ところで皮肉なことに、後になってこの面で、山形は苦しむことになるのであった。

……

これも紳士協定のうちだが、咲子の家へ行く時間と帰る時間が決められた。これはホテル入室、退室の時間になぞらえたもので、入室は午後四時、退室は翌日の午前十時。これは咲子を連れ出す時にも準用された。

ここで咲子は、男たちを喜ばせる心づかいを見せた。最初の日から四時までに風呂に入って、身を清めて待つということであった。

これにこたえるように、男たちも紳士協定として、彼女に会う前には風呂に入って身体をよく洗うということが身についた。互いに相手を思いやるこうした気持が、かぐや姫をめぐる、この会のポリシーを支えたといえるだろう。

……

「ところで初湯は誰がつかうんや」

泉屋は上機嫌で目玉をぐりぐり動かした。

「あの子はもう生娘じゃないだろう」

山形もいいかげん酔いがまわっていた。

「高校時代に、早くも恋人がおったということでっさかいな」

都は調査の報告をした。

「あんた一番最初に抱きとまんねやろ」

都はいうと、泉屋は即座に答えた。

「それはそうや、誰でもやろ」

「ほんまに吸いつくような、ええ肌してまっせ」

「おまえ、あんまり喜ばすなよ」

泉屋はひどく嬉しそうな顔をした。山形は都の言葉にひそかにうなずいている。

「ジャンケンで決めるのはどうだろう」

竹田がはしゃいで言った。

「それやったらいただきや」

泉屋も子供っぽい声を出す。

「そうしまひょか」

都は山形の顔を覗いた。

「三回勝負にしようよ」

竹田がいよいよ無邪気なことをいう。

「よっしゃ」

泉屋は腕まくりした。

「ジャン・ケン・ポン」

四人は声を合わせた。こうして、夜はいよいよその深さを増していった。
ねんのために書いておくと、この勝負に勝ったのは竹田だった。

第二章

梅雨が明け、真夏の太陽が照り映える頃、この約束事は快適に軌道を走り始め、それぞれがそれぞれの個性を発揮し、一夏を迎えるのだった。

なかでも山形には驚かされる。彼は配給日をためて、伊豆へ二泊三日の旅に咲子を誘った。長いやもめ暮しの、彼のどこにこんな気力がひそんでいたのか知らないが、咲子を得て一番若返ったのはほかならぬ山形のようである。車中、咲子はよく食べ、山形はよく喋った。海辺の旅館では水着の二人は新婚旅行客に間違われ、三十半ば過ぎの山形は気をよくしたものだ。咲子もそういわれ、心得たもので、恥ずかしそうなういういしいしなを作ってみせた。修善寺《しゅぜんじ》では、山形の職業柄、二十五歳の咲子が山形の教え子に見られ、先生と生徒の逃避行ではないかと怪しまれた。ここでは咲子の生娘ぶった演技が逆効果だった。

山形は、そんな待遇にくさってしまい、咲子は大笑いだった。

そんなことはあったが、夏の明るい伊豆の風物は、二人にことのほかよい印象を残したようだ。だから帰りの特急では、さすがにくたびれた山形だったが、心地よい振動を味わった。京都育ちで、東の方はこんなに遠くまで旅行に来たことのない咲子は、列車の窓からいつまでも富士山の方を見やっていた。そのうち二人は、浜松のあたりからだと思うが、終点の大阪までぐっすり眠ってしまったのである。

山形は、都などとは違って、咲子をむしろ恋人のように遇していた。男関係の少しばかり多い恋人？　だから折につけ、咲子を普通の恋人のように彼の下宿へ呼んだし、通いのお手伝いさんに紹介し、母屋にも通じていた。これは多分に、教師稼業の有難い夏休みの役得でもあった。山形はあるいはそんな思惑をもって、この紳士協定に参加したのかもしれない。だから山形が、咲子の家で泊ることを嫌悪しているのもうなずける。おそらく彼の秩序の中では……インテリには往々にしてこんな秩序があるのだが……彼女を恋人とすることで、納得ができていたのだろう。

泉屋の方は、もっと軽い気持だった。山形には何か不自然な要素が隠されているのにくらべ、こちらは遊び一方だ。だから誰に見られてもよく、平気で、咲子をどこでも連れ廻った。

ところで泉屋の妻の方だが、早くから子供を産むことを諦めたこの人は、もともと影の薄い存在だった。店へは必要なとき以外は顔を出さないが、彼女は薬剤師であった。泉屋の店は最初、薬屋として出発したのはこのためだ。いつも病気勝ちで……薬剤師が病気であってもおかしくないのだが、そのために店へはあまり顔を出さないということもあったと思う。彼女は熱心なキリスト信者で、礼拝だけは欠かしたことはないが、ほとんどそれ以外のことは……家事は女中まかせであり、……夫とのセックスも含め、何もしなかった。

むしろ関心を示さなかった。泉屋という怪物と連れそうには、それがもっとも賢明な方法と悟ったのだろうか。

一方泉屋は発展家だから、どんな場所でも顔が売れていた。小ぎれいなバーから、ガード下の飲屋まで、そしてゴルフクラブから裏街の玉つき屋まで、例の毒舌をまきちらし、そのくせ人に嫌われるということがあまりなかった。気前がよくて、人におごるのが好きだったからかもしれない。こうしてどんなところでも彼は女友達を作った。その上女友達を気軽に、どこへでも連れ歩くのだ。たとえ、それがどこかの令嬢とよばれる種類の女であっても、気軽に夜鳴きソバを止めて首をつっこませた。しかし、どんな女とも、子供を作ることだけは慎重に避けていた。これが唯一の女房孝行といえばいえた。

彼の女房は、泉屋を知っているつもりで、彼のこんな生活を、実は知らないのではないかと思われるふしがある。夕べの礼拝の帰りネオンまたたくバス停で、泉屋が女と話し合っているのをかいま見た彼女は、その夜、泉屋にとりすがって泣いたものだ。以来彼女は時々、ネオンの光があたりの光景を変える情景と、そんな中に立っている赤い服を着た悪魔のような女の姿に苦しめられ、夫の罪の許しをキリストに請い願い、あわただしく祈るのだった。こうして一層信仰を深くするのである。

そんな泉屋が、何を考えてか、咲子を母校へ伴った。彼が大学の庭を踏んだのは、日本が無条件降伏をして以後、これが初めてだ。無条件降伏と書いたのは、その校庭から出征した彼は、鹿児島の知覧《ちらん》の特攻隊の生き残りであったからだ。しかしこんな話は咲子にはしなかった。

阪急の甲東園《こうとうえん》からバスに揺られて大学前で降り、校門をくぐった時には、蟬の声が高い梢《こずえ》からうるさく降ってきた。閑散とした教室を、咲子はものめずらしげに眺めて歩いた。

何がそんなに興味があるのか、彼女はいちいち泉屋にたずねるのだ。そんな咲子が可愛くないことはなかった。柔道部の道場まで来ると、そこだけにぎやかに合宿をしている。彼を教えた先輩が、まだ若いものを相手に、乱取りをしているのには驚いた。大学時代から彼の名前は売れていたらしく、この先輩は泉屋の名前を呼んだ。今はこの大学の先生らしい先輩の話には、さすがの泉屋もおとなしく、時々「はい、はい」と相槌を打ち、かしこまって聞いている。咲子は横でくすくす笑った。

「しかし君はまた若い美しい奥さんをもらったものだ」

とうらやましがられ、泉屋はしきりに首筋に手をやって恐縮していた。柔道着から見える骨ばった、かなりの年の先輩らしい（都と同じくらいか）先生の胸には汗の玉が光っていて、彼の風雪が、泉屋を圧倒したのかもしれなかった。

こうして夏の間、咲子を連れて歩くことが流行ったわけでもないだろうが、竹田は竹田で、盆休み、彼が国へ帰るのに咲子を伴った。竹田の国は丹波の篠山で、近いせいか、彼はたいてい一泊すると大阪へ帰る。今度は帰る前に、母親に「婚約したから相手を連れて帰る」と電話しておいた。竹田という男は、こんなことを平気でする男だ。

そのお蔭で、彼の故郷では親戚が集まり、咲子は下にもおかないもてなしを受けた。最初咲子も共犯者気取りに竹田と目くばせをしたりして面白がっていたが、老夫婦の喜びように、後では気がめいってしかたがなかった。竹田の方でも、いつの間にか、これが正真正銘のものであったら、大いばりなのにと、本気で思う始末であった。

行きの車中ではふざけあっていた二人だが、帰りはしょんぼりと、車窓から夜の景色を眺めて、向かい合った席に互いのもの思いをうずくまらせていた。ふと見ると、窓ガラスに映った自分の顔と、竹田はしきりに、にらめっこしている。こんなことで、彼は悲しみをまぎらわせているのだろう。ずいぶん大人っぽいところもあるが、二つ下の竹田をやはり子供だな、と咲子はひそかに微笑んだ。

咲子と竹田の間には、どうかすると、姉と弟のような雰囲気が流れた。この意味で、じかに一番咲子が好意を示したのは竹田だった。こびを売る必要もなかったし、しいたげられた被害者意識も咲子には無縁であって、のびのびと、そして、二人できゃっきゃっと小犬のようにふざけ合うことが多かった。

そうした咲子も、都の前では、また違った一面をのぞかせた。商売人のはすっぱな、若い二号さんぶりを発揮したものだ。都は商売の忙しさもあって、それともう一つには自分の家の近所の人に見られるのを恐れて、咲子のところへ来る日は家から一歩も出なかった。天下茶屋の路地の奥というのは、実はそこはもう天下茶屋ではなく、番地は天神の森であって、阿部野《あべの》神社の下の、一度や二度では道順が憶えられない袋小路の中である。「おまえも、ええ加減にさらせよ、なんべん行っても迷うやないけ」と泉屋にぼやかせたものである。

都は最初の頃、下町の天下茶屋ではなく、上町《うえまち》台地の阿倍野《あべの》の方の王子《おうじ》神社の夏祭りに咲子を誘って、帰りがけ近くのお好み焼屋へ入ったのが、唯一の遠出といえばいえた。そこで咲子は、日本酒を呑まされ、五十の坂を越えた、いわば長老としての都から、二号の心得のようなものを聞かされた。咲子は、ひどく恥ずかしい気持だったが、都の方でもそんな咲子の気持を察してか、後は戦前の下町の夏祭りの話などをしてお茶をにごした。

……一夏の間、こんな風にして、彼等の紳士協定は面目を発揮し、忘れられない思い出を残した。最初心配された、お互いの腹のさぐり合いは、咲子に対するそれぞれの接し方の相違と、多分に遊び気分の、泉屋と竹田がまじっていることで、あらかたは解消されているようだった。依然泉屋は辛辣だったし、山形はくよくよ思いわずらっていたが、大勢に影響はなかった。

……朝夕、むし暑い熱気の中に、ふと秋の風が吹き抜け、窓を開け放して寝ると、朝、咲子は足の先が冷たくなっていることがある。……そういえば、夏も、もう終わりに近づいていた。泉屋と竹田と咲子の三人は、そんな一日、夏の名残にドライブへ出かけた。

「おっさん十リットルほど入れてくれへんか」

店の宣伝を書き並べた、中型の運搬車の高い運転席から、泉屋が首を出した。

「よっしゃ、切符や」

今度は高い窓から、紙切れをひらひらさせる。背の低い老人が、見上げるようにして何か喋っているが、エンジンにかき消されて聞こえない。

「ちょっと静かにせんかえ」

泉屋は尻の方で、手をぱたつかせた。竹田と咲子が座席で、どっと笑う声がする。

「べっぴんさん連れて、ドライブはよろしまんな」

「なんやそんなことか」

泉屋は、車をスタートさせると、ハンドルを大きく切った。

堺へ向かう国道を出ると、車はどうにも身動きがとれなくなった。コンクリートの路面に照り返されながら、排気ガスを吐いて、車が長蛇の列を作っている。車内は蒸し風呂のようだ。

「にっちもさっちもいかんわい」

泉屋が舌打ちした。

「ぼちぼち行きましょうや」

竹田は他人事のような顔をしている。

「ほんまに暑いわ」

真ん中の咲子は、胸の谷間に汗の玉をためている。

「咲ちゃん、向こうへついたら泳ぐのかいな」

泉屋はハンドルを離してしまって、煙草に火をつけながら、目玉をぐるりと動かした。

「嘘やわ」

「なんだ、泳がないのか」

「いややわ、竹田さんまで……暑いけど八月も終わりやよ、クラゲ出るし」

煙を吐き出して、泉屋がまた口をはさんだ。

「咲ちゃんの泳ぐのは、寝間の中だけやな」

「いや、すかん人！」

泉屋は背中をたたかれる。歩道を歩く人がこちらを振返ったので、咲子は首をすくめた。

玉出《たまで》の交差点である。このあたりは彼等の生活圏であり、顔見知りも多かった。車は何度目かに交差点を渡った。

「竹田さんね、真夜中に歌をうたうの、びっくりしたわ」

「おいおいこんなところでかたき、とるなよ」

竹田があわてだす。

「こいつ寝言いいよんのか」

ハンドルを握りながら、泉屋は振り向いた。

「それが違うの、おおまじめやわ。窓にもたれてロシア民謡なんか」

咲子はくすくす笑いながら、反対側の竹田を横目で見た。

「気分のいい晩だったな」

竹田はとぼけたことを言っている。

「ギターぼろんぼろんやりおんねやろ」

ようやく車はスピードが出ていて、泉屋は正面を見たままだ。咲子は膝で、竹田の膝を押した。

「目をつぶって、首を振って、ええ気なもんやわ」

竹田は、咲子の足を踏んだ。咲子は竹田をにらむ。

「おれとこも、あれで甚大な被害を受けとる。……なぁ竹田」

泉屋は機嫌のいい顔を振り向ける。

「だけど、びっくりして起きてきた咲ちゃんの顔も傑作だったよ」

「誰かて、あんな音がしたら地震やと思うわ」

「地震か」

泉屋は大笑いした。

「おまえ、そんなものすごい音出したのか」

今度は咲子が笑った。

「まあ、そんな大きな音やなかったけど」

「こら、ガチョウのできそこない」

竹田は咲子に訳の分からない言葉を投げつけた。咲子は一瞬とんまな顔になる。最後に、竹田が笑い出した。

住吉公園の交差点で、また長い停止だ。この国道は、大阪のミナミから、堺、岸和田、貝塚等を経て、和歌山に達する大動脈である。泉州の魚や野菜や紡績製品を荷台に載せ、大阪市内へピストン運搬する、中小企業のトラックのひしめきあう国道である。

「あ、都さん、都さんと違う？」

咲子がめざとく見つけて指差した。

「都や都や、呼んだろか」

窓から泉屋が首を出したが、車が前の方につかえていて、泉屋が躊躇《ちゅうちょ》している間に、スクーターの都は、交差点を横切って、高燈籠《たかどうろう》の方へ姿を消してしまった。

「あいつ、大きなスクーターに乗りやがって、サドルの上にとまっとるがな」

窓から首を出したまま、泉屋がいう。

「ほんまにえらいすましたはったわ」

咲子は笑いながら、まだ都の消えた方に目をやっている。

「いい気なもんだね」

竹田は窓から首をひっこめた。車はようやく動きだす。

「あいつこの頃ちょっとええ気や」

車のスピードを上げながら、泉屋は一人ごとのようにいった。

「道で会うても、泉屋はんご機嫌さん、いうなりそそくさ逃げよる」

「ご機嫌さん、言わはんの」

咲子は、都の口調でいった。

「ちょっとおかしいで」

片手を離すと、すばやく泉屋は頭の上で輪を描く。

「そいつはおかしい」

竹田はまじめにいい、咲子を見る。二十代の二人は、顔を見合わせ、吹き出した。

坂を登りつめると、車は大和川大橋に差しかかった。見降ろすと、銀の波をまき散らしながら、子供たちが川面でたわむれている。さわやかな風が車内を吹き抜けていった。

「わぁ、ええ気持やわ」

咲子は髪の毛を押さえた。狭い車内で、竹田は首をまわして、それから伸びをする。

堺を過ぎると、混雑も緩和され、アクセルを踏む泉屋の足にも力が入る。たんたんと横たわるコンクリートの道を、派手な原色の服を着た女を乗せた単車や、自動車が並んで走る。

「みんな、まだ泳ぐのやろか」

咲子はそんな色彩が行くのを、きょろきょろ見ている。風は、すでに潮の香を匂わせていた。

「泳ぎたいな」

竹田も浮き浮きして同じことを何度もつぶやく。

「竹田さん一人泳ぎ、見てたげる」

「だけど一人じゃね」

「水着持ってきてへんもん」

「竹田やったら、きれいな女の子がすぐに友達になりたがるやろ」

泉屋もはしゃいだように、軽くクラクションを入れる。

「なら泳ごうか」

竹田は決心したようにいう。

「まあ……」

咲子はちょっとやきもちをやいたような声をだす。

「そこで、こっちは新和歌まで直行といくか」

「ほんま、わぁすごい！　竹田さんかんにんどっせ」

咲子は、竹田の手に手を重ねた。

「しかたがないや、今日は泉屋さんの配給日だもんな」

竹田はあきらめたような声を出した。

コンクリートの道を折れると、海辺のどよめきが伝わってくる。二色《にしき》の浜《はま》海水浴場の歓迎のアーチの前で、泉屋は車を止めた。竹田は焼けつくような砂原に降り立つと、

「そうだ、来月分の税金」

といって、ポケットをごそごそとさぐった。

「おおきに」

咲子は窓から受け取り、ぴょこんと頭を下げ、それから竹田に手を振った。

……まばゆい砂原の上に竹田を残して、泉屋の車は、アーチの前でターンすると、砂煙を上げて、晩夏の中を遠ざかって行った。


さて、初秋の頃である。

車中でうわさされた都が、にこにこしながら、大きな包みをかかえて階段を上ってきた。夏の最後のドライブの日から数週間経った九月の下旬……素晴しい日本晴が、路地の上に広がっているすがすがしい昼下りだ。

部屋へ入るなり、

「そこの空地で、ボールをぶっつけやがって、どこもへこんでへんか、ちょっと見てんか」

と言いながら、背中を見せた。

咲子はその背中を力いっぱいたたき、

「こんな躰、殺しても死ねへんわ」

とはすっぱに笑った。

「痛いな、今日はふんだりけったりや」

都は小さい躰をゆすって、咲子の前に座り込んだ。それがいかにも楽しそうだ。

「そんな冷たい人に、これはやれまへんわ」

都は包みを後へ隠しかけたが、咲子の腕がすばやく伸びて、胸にしっかり抱き上げてしまった。

「へへ」

咲子がにこにこしている。

「それ返してんか」

いとも惜しげに都が手を出す。

「いややわ」

包みを抱いたまま咲子が躰を振る。

「しゃない子やな」

口とは逆に、都はなんとも愛《いと》しげに目を細めた。

「おおきに」

赤い舌をぺろりと出して、くるりと都に丸い尻を向けると、咲子は包みを解きにかかった。

都は、咲子のもとへ通う日はいつも買物をしてきた。包装する店員の手さばきを眺めながら、「えらいはりこみや」といつもひとりごちて、都は悦にいっていた。咲子の家が近くなってくると、もうどうにもこうにもこらえきれぬ嬉しさが、ひとりでに都の口もとをほころばせる。だから今日のように、ボールに当ったりするのだ。ベテランの周旋屋の都であるから、客の欲しがりそうなものを選ぶのはうまかった。家具などはデパートから直送した。今に咲子の部屋は、都の贈り物で、埋めつくされそうな、彼の買いっぷりだった。

「わあ！　着物の生地や」

咲子は歓声を上げて、彼の首っ玉にかじりついてきた。

「ほんまに、都さんはやさしい人やわ」

都は都で、目をしばたき、大きな鼻をひくひく動かしている。

「ちょっと大きな物件、成約してな、懐があたたかいんや。帯は仕立ての時に選んだ方がええやろ」

大事そうに着物の生地をかかえて、咲子は鏡の前に立った。都は、咲子の喜ぶ顔を見たいがために、仕事に精を出しているような気が、この頃はしている。

「この前持ってきたコーヒー、まだ残ってるかいな」

都は禿頭を廻していった。

「はい」

咲子がこっくりして、着物の生地を置こうとすると、

「かめへんかめへん、わてが入れたるさかい、お姫さんはじっとしてなはれ」

都は咲子の肩を押さえ、気軽に立ち上がった。やがて、廊下の突き当たりに作られた炊事場

から、とっぴょうしもない都の歌が聞こえる。咲子はくすくす笑った。

近所の家から、マラソンの中継らしいラジオのざわめきが風に乗ってきた。どこから飛んできたのか、街中にはめずらしいヤンマが一匹、ゆうゆうと路地の軒端を旋回している。

「咲子、月見はいつやったかいな?」

鼻歌がとぎれて都の声がした。

「もう先週終わりましたわ」

咲子は障子越しに答えた。

「そうやったか……ちょっと、小便」

と言って、とんとんと足音がして、階段下の便所へ向かったようだ。咲子は着物の生地を躰に当ててあきなかった。

五十にして女の味を知る、と竹田がひやかした都は、誰よりも咲子を大切にしていた。そして彼自身、一番有頂天だった。同時にこの張りは、仕事の上でも効果を上げていた。「脂が乗り切ってるてこのことや」彼は同じ言葉を、咲子に何度も言い聞かせずにいられなかった。今、いささか彼のふところにも余裕が出てきた。この余裕が、一度ならず、彼にある思惑を描かせるのだ。それは彼一人で咲子を囲うことだ。現状では、まだ金銭的に都にはそれだけの余裕はないが、この調子でいくと、近い将来は、……と彼は胸をふくらませるのだった。

小さい躰をゆすりながら、バンドを締め直し、都は仕事にかけずり廻った。できれば、咲子名義で不動産を買ってやりたかった。現在堺の海岸線はずんずん埋め立てられ、臨海工業地帯が夜に日についで造成されていた。そうなれば、内陸に社宅や寮が必要となり、関連産業の建設地も要求される。それを当てこんで土地を買っておくのだ。これは暴騰するに違いない。咲子にとっていい財産が確保されるだろう。都の夢はふくらむ一方だった。

……こうして、この周旋屋はいよいよあくどく稼ぎまくった。

……夕風が立ちはじめた頃、こんな路地にも赤トンボが舞うようだった。あるいはそれは都の夢の中のことだったかもしれない。咲子が夕食の買物に出かけた後、掛けていった夏蒲団にくるまって、都はうたた寝をしていた。満足気な彼の寝顔には、鼻が偉容を呈している。その鼻が時々いかにも嬉し気に笑うのだ。路地に再び聞き慣れた足音が響くまで、都の幸福な夢は破れることがないだろう。

……都に引きくらべ、みじめなのは山形だった。

山形は妻に先立たれた、三十半ば過ぎの中途半端な中年男の激しさで、咲子にひかれていた。その癖、どうこうしてやろうという算段は、都のように明確な形では立たないのだ。嫉妬やら、競争心やら、そして自己嫌悪や、劣等感がもやもやと渦巻いて、山形はうつうつと楽しまなかった。これが咲子と会っている山形に、時としては滑稽な芝居を、しかし時としては若々しい恋愛遊戯を演じさせていた。

そんな山形にも幸福な時があった。それは彼女と別れた日の夜だった。しかもその日は、彼女の空き日（二日おきに空き日、つまり誰も咲子を抱かない日が設定されていた。その日を利用すると、次の自分の割り当て日を、彼女の空き日とする決まりになっている。また山形が咲子を伊豆へ伴ったように、その逆もありなのだ）である必要があった。その夜は彼にとって、前夜の咲子の感触がおとろえぬ新鮮度を示す、密度の高い、充実した夜だった。が幸福はそんなに長くは続かなかった。眠れぬ長い夜がそのあと何日も続くのだ。山形は錯乱した、果てしのない一人相撲に夜を明かした。

思いあまって咲子に「君はいつまでこんな生活を続ける気だ」と度々詰問した。実はこれは彼自身に発しなければならない問いだったが。「今はじめたばっかりやないの」咲子は笑って言った。山形が、もしそれ以上のことを追及したとしても、結局は「なんのことかさっぱり分れへんわ」という咲子の答しか引き出せないだろう。こんな生活を始めたのは、山形の方だったのだから。こうして中途半端な心を抱いて、山形はずるずると深みに落ち込んでいくのだった。

……山形が果てしのない一人相撲を取り、都が幸福な夢をむさぼっている間に、さらに一カ月ほど流れ、気づかない程のすばやさで御堂筋の銀杏の葉が色づき、やがて晩秋だ。

なぜそんなことを言い出したのか分らないが、山形は咲子にバス停で待ち合わせようと言い、そこで落ち合って、町中をたっぷりバスに乗り、途中一回バスを乗り換え、桜ノ宮の橋詰めで降りた。まだ日の高い内から、温泉マークに彼女を連れ込んだ。時間はずれの旅館は閑散としている。

——山形は近頃そうだが、今日もさっぱり感興が湧かなかった。荒い息をしながら、咲子の傍らに身を横たえた山形には、少しも満足感がない。ベッドは真ん中ばかりがへこんでいて、二人はそこへ落ち込んだまま、しばらく互いのもの思いに沈んでいた。咲子が裸のまま立ち上がり、窓のカーテンを開く。窓の外がひどく暗い。

「雨か……」

山形はぼそりとつぶやいた。

もそもそと服を着て、旅館の玄関まで来ると、外は土砂降りだ。玄関口で、二人は雨を眺めて、所在なく佇《たたず》んだ。

「こんな傘でよかったら持って帰っておくれやす」

京育ちらしい女中が、番傘を出してくれた。山形が躊躇している間に、咲子は同じ京言葉で応じた。

「おおきに、ほんまにお借りしてよろしおすか？」

じんわりと京言葉が二人の間を往復して、傘は咲子の手に移った。

番傘を開くと、たちまち番傘特有の防水引きの匂いが雨に流れた。山形が心配していた旅館の名前は、傘には書かれていなかった。

「おおきに、助かりますわ」

咲子は腰をかがめ、山形は傘を持ったまま頭を下げた。

玄関の植込みから、公園通りに出ると、雨が山形の腕にじかに感じるほど、傘にしぶいた。

さっき降りたバス停には雨やどりするところはなく、いつ来るとも分らないバスを待つわけにはいかない。こうなったら桜ノ宮公園を歩き、省線の桜ノ宮にでるしかない。多分十五分ぐらいだろう。

「京言葉もなかなか堂に入ったものだ」

山形は愉快な気分になって咲子を見直した。

「もう古い京言葉やわ」

咲子はかみしめるように言った。彼女には心に帰ってくる何かがあるのだろう。ハンドバッグを肩にかけ、両手をポケットに突っ込んだまま、山形の差し掛ける大きな番傘の下で咲子は無言で歩いた。晩秋の雨の日の大川沿いの公園は、道のふところにいっぱいの枯葉を溜め、静かに息づいていた。

「母が死んだ日もこんな土砂降りの日やったわ。お父さんはとうとう来やはれへんかったけど……」

山形は黙って歩を運んだ。

「寒かったわ、……あたしと同じおめかけさんの子が親切にしてくれたの、その子と二人玄関に立って、お父さんを待ったの」

咲子のかぼそい声が、たえだえに雨に流れていった。ふと咲子は雨の飛沫を含んだ髪の毛をかき上げ、山形の腕に頭をもたせかけてきた。山形は傘を持ちかえて、咲子の肩を抱く。

「それから、どうしたの？」

山形の声も、雨の飛沫を含んでいる。

「それから……お父さんの援助で、高校を卒業したの」

咲子の言葉がぽつんと切れた。後は番傘を打つ雨の音だけだ。

「それから？」

山形の言葉が雨に漂う。咲子は答えない。そのかわり、山形の知らない歌を、低い声でハミングした。その歌が終わるのを待って、

「それからどうしたの？」

山形が言葉を重ねた。

「高校を卒業して、独立したわ……それだけ」

咲子は冷たく言って、またハミングを続けた。

「なぜ、こんな生活に踏み込んだの？」

歌はやんだが、やはり答える気がない。やがて、細い低い笑いが咲子の口もとからもれた。

「あたしのことが、そんなに気にかかるの？」

咲子は強く頭を押しつけてきた。

「おおいにね」

山形は力を込めて言った。山形はもっと咲子の話が聞きたかった。どんなに聞いても心行くということがないほど……自分にこんな純粋な願望が生まれようとは意外だった。夏休みが終わり、学校が始まってからの、時間が自由にならなくなった、二カ月ほどの煩悩の意味は、このことだったのだとはっきり分った。が、咲子は一度口を閉じてしまうと、金輪際話しそうになかった。それが残念でならなかった。

……雨の晩秋の夕暮は、人知れぬ悲しみを秘めている。重い咲子の頭だけが、歩を運ぶ度に、ある違和感を感じさせた。

……公園の道から上り、そこだけ明るい果物屋で、咲子はリンゴを二つ求めた。彼女は番傘の中に戻ってくると、彼の手にリンゴを一つ落とし込み、あでやかに微笑んだ。この微笑は、この時の山形には貴重だった。意外に重いリンゴは、彼の手の中で甘ずっぱい匂いを放った。二人は皮のままのリンゴに、がぶりと歯を立てた。

第三章

土曜日、泉屋が訪れたのもやはり雨の中であった。

……再び山形の下宿である。半年前に都が座り込んでいた縁側に、今、泉屋が居る。やはり母屋からは、夕食の準備のための色んなもの音が聞こえてきた。いつも遅い山形のお手伝いさんは、買物からまだ戻ってこない。時雨が、こやみなく、冷たく降りつづいている。日が暮れたのか、あたりは急に暗くなってきた。

「誰がこんなへまやりおったんやろ？　都ががっかりしよるで」

泉屋が珍しく気落ちしている。

「しかしその話は確かかね？」

気がかりらしく、山形が早口に聞いた。

「俺の見るところでは、百に一つも間違いなさそうや」

泉屋は大きな目玉をぐりぐり動かした。近くで見ると、彼の脂ぎった顔の皮膚もだいぶたるみを見せている。

「それが本当だとすると……ちょっと困る」

「ちょっと困るどころやないよ。えらいこっちゃ」

つまらなそうに泉屋は頬をふくらませた。

「まだ誰も知らないんだね」

山形がまた、きがかりそうに聞く。

「そうや、まだ誰とも話してへん」

ポケットから煙草を取り出して、泉屋は火をつけた。

「咲子に聞いたわけじゃないんだな」

「間違いないよ」

泉屋がまずそうに煙を吐き出した。雨を眺めながら、しばらく二人は黙っている。

「おろすという手もある」

これは山形の言葉だ。

「とにかく、こっちの態度を決めて、それからや、咲子に聞くのは」

泉屋は山形の言葉を無視して、原則論を述べた。

「当然そうだ、俺も異論はない」

山形がまじめくさって言った。十月に四十一になった泉屋と、十一月に三十九になった山形（さっき確認しあった）。四人の中で一番年の近い中年男二人が、かび臭い縁側で討論した。

「都を呼ぼうか？」

母屋の電話を借りようと立ち上がりかけた山形に、手を振り、

「都の考えは聞かんでも分ってる」

と泉屋は落着いたものだ。山形は浮かしかけた腰を下ろした。夏の初め生垣の端で立小便をした都の後ろ姿が、ふと山形の心を去来した。丸い禿頭にしぶいていた雨が印象的だった。

「あいつはおろそういうに決ってる」

泉屋の言葉に、山形は無言でうなずいた。

「せやけど、できることやったら、そんなことはしとない。……咲子が可哀そうや。父親は誰か分らんけど、咲子の子供には違いないんやから……」

泉屋らしくない悲痛さがこもっていた。

「困ったなあ」

山形のつぶやきに、泉屋はじろりと彼の顔を見た。山形は暗い表情で生垣に目をおとしている。汗臭い丹前に両手をつっこんだ彼の恰好は、いかにも無気力そうである。泉屋は煙草をもみ消した。

「まず、あんたに腹を決めてもらいたいんや」

「俺にか」

意外な顔を山形はした。風向きがこちらに向かってきたのでは、対岸の火事を眺めて困って

ばかりもいられない。……山形は貧乏ゆすりをはじめた。

「そうだな、俺も子供をおろすのは気が進まない。そうかといって今のところ思案もない。……話が突然なので……」

山形はふと泉屋を見る。彼は山形の話を聞いているのかいないのか、しきりに目を細めて雨を眺めているのだ。

「だいたいそんなところだ」

馬鹿らしくなったのか、山形は口をつぐんでしまった。山形の言葉が終わってからも、泉屋は同じ姿勢のままだ。何を考えているのだろう？ ……山形は泉屋が、気味悪くなってきた。

「古いな俺たちは……」

泉屋がぽつりと言った。思いなしか彼の目が笑っている。

泉屋の言葉を聞いて、どういう風の吹き廻しか、山形の気持が急にほぐれてきた。貧乏ゆすりをやめて、山形は電灯をつけに立ち上がる。

「汚い部屋だが上がって話さないか。寒くなってきた……もらいものだけど、ウイスキーがあるよ」

山形は声をかけた。

「ここで結構や……。おろせへんと決めたら話は簡単や、妊娠した咲子を引き取るか、産んでから子供を引きとるか、しかあれへん。子供だけ引き取る方はちょっと問題があるやろけどな

「……、ところで厠《かわや》はどこや？」

特攻隊生き残りの泉屋は、軍隊用語で突拍子もないことを聞く。山形は離れの玄関になっている方に案内した。便所と台所が一緒になっている。いやに長いのをみると大きい方らしい。その間、何を思ったのか、山形がそそくさと丹前を脱いで、背広に着がえた。四畳半の座卓に、「ちょっと出かけます。できた食事はこの上に置いておいて下さい」というメモを残した。

ハンカチで手を拭きながら、泉屋は晴々とした顔で戻って来た。縁側に腰を下ろしていると、背広の山形が顔を出した。泉屋は不審そうに目を上げる。

「咲子は俺が引きとろう」

そういいながら、山形はもう一度腰を下ろした。なるほど、そういえば電灯の光を受けた彼の顔には、生気がよみがえっている。

「そうか……実はおれも、あんたがことわったら子供だけでも引き取ろ思てたんや。竹田はねんねやし、都はめかけの旦那気取りや、とても話にならへん。せやよって山形はんが頼りやった。最悪の場合は女房を説得して、捨て子やいうて、子供を育てるつもりやった。

俺たち夫婦には子供がいないよってに」

泉屋はいつもの弁舌を取り戻した。

「どうせ、自分たちの蒔いた種だからね。それにこんなことをいうのもなんだが、咲子の子供なら、たとえ自分の子供でなくっても、愛せると思うんだ」

こう言って山形はちょっと顔を赤らめた。泉屋はそんな山形が不意に好ましいものに思えてきた。二人同時に煙草を出して、一本のマッチで火をつけ合っている。

煙を吐き出すと、

「ほな、咲子の家へ行こか」

泉屋の言葉の調子が軽くなっていた。

「あんた、傘は？」

「持ってないんや、ここまでタクシーで来たさかいに」

「男やもめだから予備がないんだ。相合傘といくか……、それとも俺では役不足かな？」

「気に入らぬ、風もあろうに、柳かな……。ちゅうとこや」

泉屋が首を振りながら、もったいぶっていう。

電気を消して、山形は玄関の方へ出てきた。傘を開くと、二人は同期の桜のように仲良く肩を並べ合う。並ぶと、細身の山形の方が少し高いようだ。

「紳士協定も、半年足らずで、めでたく幕といくか」

泉屋がつぶやき残して、二人は住宅街の暗闇の中へ出ていった。……依然時雨はこやみなく冷たく降り続いている。

暮の例会は、ガスビル裏のうどんスキ屋で行われた。今回の幹事は泉屋である。議題は「咲子の妊娠」に関する件であった。

銀杏の枯葉が散り始めた御堂筋の歩道を急ぎながら、山形はさまざまに思いわずらっていた。

あの日、山形の下宿で合意に達した二人は、その足で天下茶屋の咲子の家に向かったものである。

道すがら、

「咲ちゃん、おろす言うの違うかいな」

と泉屋は、気にかかることをいい、彼にそういわれると、山形もなんだかそんな気がしてくるのだ。

「咲ちゃんは、現代娘らしい、割り切ったところがあるよってなあ」

雨の中にただよう泉屋の言葉に、高校教師の山形は、学校での最近の女子高生の傾向を思い出し、思い当たることがあって、がっかりした。今さっき、咲子を引き取ると言ったことが、ずいぶん一人合点な、いい気なものに思われてきた。

「こっちがその気になっても、咲子は俺のところへ来てくれるかな」

山形は暗い雨の中で心細く言った。

「そらわからんよ。相手のあるこっちゃ……なんせ、十五も年下の女の子の気持はようわからん」

泉屋は、普段の辛辣な調子ではなく、柔らかく言った。

チンチン電車の、住吉の停留所の小さな待合室で、二人はそんな会話を続けた。

光をまきちらした明るい電車が、細い雨の中を近づいてきて、彼らの前に止まった。

「都や竹田の意見も聞かなあかんしね」

「咲子の……咲ちゃんの意志が第一だ」

山形はぶっきらぼうに言って、電車に乗り込んだ。車内の温度が高いためか、窓ガラスがくもっていて、家の形がぼんやりとしか見えない。

「それはそうやが、咲ちゃんがどう言おうと、受け入れられる準備だけはしておきたいからねぇ」

この泉屋の言葉は、山形を少なからず驚かせた。咲子のような立場の女性を、泉屋は精いっぱい、思いやっている。山形は一人相撲をして、思いわずらっている自分が、急に恥ずかしくなってきた。

チンチン電車を、天神ノ森で降り、

「ちょっと何か買うて行こか……」

プラットホームを、咲子の家と反対の方に出て、すし屋でにぎりを三人前作らせた。すし折りをぶら下げて、二人は再び相合傘で歩きだす。

「今日は、空き日やったなぁ」

空き日は、誰も咲子の家を訪問しないし、連れ出さないという日であり、紳士協定により厳格に守られていた。二人、空き日、二人、空き日、二人の繰返しで、彼らが咲子に会えるのは六日に一度である。チェックインは四時、チェックアウトは十時と定められていた。(平日、朝そんなにゆっくりできない勤め人である山形だけは、九月以降、チェックアウトの早い分、チェックインが一時間早くてもよかった)。このカレンダーは、月初めの例会の時に更新された。

「いるかなぁ?」

泉屋は言い、山形も実はそのことが気にかかっていた。空き日に咲子がなにをしているのか、誰にも分らなかったのだ。

そこから咲子の部屋はそんなに遠くない。露地の向こうに、雨にけぶった咲子の二階の明りが見えてきた。

「あ、いるいる……」

泉屋もこんなうれしそうな声を出すんだ、と山形は思った。そんな泉屋が、山形はなんだかうらやましくなってきた。

国道二六号線を、泉屋は店の車で北に向かっていた。彼がものを考えるのは車の中であった。泉屋も、あの夜のことを思い出していて、こちらの方はどういうわけか、一人にやにやしている。

「咲ちゃんもやるなぁ……せやけど、ほんまやろか、まあ、どっちでもかまわんが」

泉屋はカー・ラジオを入れた。早々とクリスマス・ソングが流れてくる。二カ月に一回の例会も、もう四回目、十二月に入っていた。

「しかし、あの時は驚いたなぁ」

泉屋がにやにやしているのは、そのことであるらしい。

……泉屋はあわてて、山形の傘を押さえた。

咲子の下宿している家の玄関が明るくなり、誰か出て来るのだ。人通りのまったくない雨の露地へ、今、玄関の格子戸を開けて、軒下に若い男が立った。そして傘を開いた。まるで見知らぬ顔である。その後に咲子が立って、笑いながら何か話している。男は背広姿で、咲子は室内着である。男は雨の中へ出て行き、阿部野神社の方に向かった。そちらの方へ行くと、南海の岸里《きしのさと》駅に出る。咲子はしばらく見送っていたが、あっさりと引っ込み、内側から戸を閉めた。やがて玄関の灯が消える。

家の蔭で相合傘の中年男が二人、茫然としてしまった。言葉を失っていた二人は、どちらからともなく顔を見合わせる。

「ばかばかしくて、洒落にもならんなぁ」

立ち直ることの早い泉屋は、吐き捨てるように言った。

「引っ返すか」

山形はそう言いながら、動く気配を見せない。

「予想せんこともなかったけど、見事にやられたなぁ。……そうやろ、四人とも避妊には慎重なはずや……とするると、別な種や、風で種が飛んできてなんて、ほんまに……あほらしゅうて」

「気にいらぬ、風もあろうに、タンポポかな、と訂正するか」

「字あまりやな」

狭い傘の中で、二人は吹き出した。半分やけくその気分である。しかし笑い飛ばしてしまうと、気分がずっとすっきりした。

「咲ちゃんの自由まで束縛しているわけじゃないからね。彼女が誰かと恋愛しようが、誰かの子をみごもろうが、文句は言えないわけだ」

山形は、急に元気を取り戻したように、議論をふっかけた。

「それはそうや。せやけど事実問題として、これは俺たちの関係と矛盾するわ……穴は同じやねんから」

泉屋はいつもの辛辣さを取り戻し、目の玉をぎょろつかせた。山形は嫌な顔をする。

音もなく降り続く夜の雨の中で、二人は再び無言で立ちつくしている。泉屋の手の中の寿司が、甘ずっぱい匂いを放って、それがしらじらしかった。寒さが、足元から立ち上ってきた。

泉屋は大きなくしゃみをした。

「とにかく、出直そうよ」

山形は傘を持った手を動かしかけた。

「いや、踏みこも。……こんなことでぐちゃぐちゃしてたら、ろくなことにならん」

泉屋はハンカチで鼻を拭くと、きっぱりと言った。

「俺は自信がないなあ」

山形は正直であった。しかし泉屋はもう山形の言葉に返事をしなかった。


例会の会場に一番早く着いたのは、例によって都であった。

戦前の建物らしい木造の古い廊下をぐねぐねと案内され、狭い庭に面したこれも古い和室である。

「ねえちゃん、すまんけど煙草一つ頼むわ、いこいな、あ、今度誰か来る時でええで」

都が女中に声をかけている時、元気のよい足音が廊下に響いて、これも例のごとく二番目に顔を出したのは、竹田だった。

「毎回、会場が替わるから、まごついちゃって」

「ごくろうさんでおます。せやけど、わて最初二回やったから、次は竹田はんの当番でっせ」

「次はダンスホールででもやるか」

「ダンスホールて、そらあきまへんわ、わてはダンスがでけへん」

「都さんも習うべきですよ。いいもんですよ」

「あきまへん、あきまへん」

この時、泉屋が入ってきた。

「……なにがあかんのや」

「なにが、て……」

都が口ごもる横で、竹田が、

「ダンスを習わないと、咲子さんに嫌われるって、言ったんですよ」

と言って泉屋に片目をつぶる。

「へえ、ダンスか、俺はタンゴやなぁ、うまいもんやで」

「ほらね」

今度は都に向かって、竹田は目をつぶった。

「軽ろきに泣きて、はまだかいな」

と泉屋は都に聞いた。

「軽ろきに泣きて、て？」

「軽ろきに泣きて、という歌がおまっしゃろ」

竹田に都が片目をつぶって見せた。今夜はウインクの大安売りだ。

「啄木の歌か……」

話が高尚になってきて、竹田は意外な顔をした。タイミングよく、その高尚な本人が、襖を開けて入ってきた。

「山形さんは、啄木がお好きなんですか」

と竹田はさっそく聞いている。

「あぁ、好きですよ。大学は東京だが、出は岩手の盛岡ですから」

竹田がまじめに聞き、山形がまじめに答えている。

「僕も大好きなんですよ。城山の……あと、なんだったかな、……空に吸われし、十五の心」

「ちょっと違うね。……不来方《こずかた》の、お城の草に寝ころびて、空に吸はれし、十五の心」

「そうかそうか、……山形さんは、啄木では何が好きですか」

「ううん、いっぱいあるね、……秋近し！　電燈の球のぬくもりの、さはれば指の皮膚に親しき、かな」

「それって、晩年の歌じゃないですか」

「だけど、啄木が死んだのは、二十七歳だからね、今の俺より十歳も下、……今の俺の心境に近いんだ」

　壁にもたれて座り込み、すっかり国語の先生と学生になっている二人を、泉屋も都もにこにこして見ている。咲子が妊娠したということが、四人を家族のような雰囲気にしているらしかった。

　女中が入ってきて、薬味と取り皿、野菜と太いうどんの入った皿を並べ、大きな土鍋をセットして、火をつけた。太った大きな尻を、にこにこして泉屋が見ている。彼が何か言おうとした時、

「かたい野菜から入れていってくださいね」

と、泉屋を見ていわれ、気勢をそがれて、今回は彼の講釈はなしであった。

「さっそくやけど、泉屋はんと山形はんの話、くわしく聞かしとくなはれ」

都は待ち切れないようにして催促した。本来なら今回の仕掛人である都が、一番よく知っていなければならない事柄なのである。その苛立ちもあったはずだ。

「この前話したように、俺と山形はんとで踏み込んだわけや、男が出て行った後でや。

……ほんだら、咲ちゃん泣いとるんや、文机の前で……あの子の泣いた顔、初めて見たなぁ
……ええ顔やった」

「ええ顔やったって、じらさんとその先でんが、やや子できたていうてましたわなぁ……

その男の、子だっか」

「まぁ、せかしなや」

と、いい気分で喋っていた泉屋が手で都の言葉を押さえた。そんな都が可哀そうになったのか、山形が替わって答えた。

「俺たちが入る前に出て行った男は……兄さんということらしい。咲ちゃんがそう言ってた」

「兄さんが居たんだ。……都さん、知ってた。その男が本当の兄さんだとしてだけど」

これは竹田である。

「知りまへん。そんな話、初めてだす」

都はぶすっとして答えた。

「したがって今日の宿題は、その男が兄さんかどうかの調査。これは都に頼むしかないわなぁ」

泉屋はようやく本来の口調に戻った。

「都さんは、咲ちゃんのこと、どこで知ったの？」

山形がやわらかく聞いた。

「京都の祇園の、花見小路のバーですわ」

「へぇ、しゃれたところ知ってるんだなぁ、今度紹介してもらお」

「それはまたの話、都はあれでも不動産屋や、それぐらいのところ知ってないと、商売にならんがな。咲ちゃんはそこで働いてたのか」

「そうだ……」

「それでくどいたのか」

あんなこと言いながら、よくくどけたもんや、という顔を泉屋はした。

「わては周旋屋だす、くどくのが商売」

都はすました顔をする。

「身元調査はしたの？」

山形が実務的な話に入る。

「それはしましたわ、興信所使て……」

「その時には、兄さんのことは出てこなかったんですか」

「家族のことは何も出てきまへん。母親の出身は兵庫県の城崎《きのさき》の近くの竹野《たけの》やというだけで、現在は身寄りなし、もちろん咲ちゃんに、きょうだいはなし。分ったのは、母親は芸者で、咲ちゃんが高校生の時になくなっている、ということだけ。……これは泉屋はんにも見せましたわなぁ」

「とすると、兄がいるというのは嘘か」

山形がうめいた。

「俺は嘘やないと思うな、これは直感やけど、あの時の咲ちゃんの涙は、ほんまものや……赤ちゃんができて、兄さんに相談したという」

今日の泉屋はやはり少し変である。泉屋らしくない感傷的な言葉だ。この泉屋の態度のせいか、この先、話はあまり進展がなかった。四人はうどんスキを黙々と食べ、都と泉屋は日本酒を重ね、山形と竹田はビールを開けた。

こうして、山形は咲子と結婚してもいいという話を出しそびれ、妊娠した子供をどうするか、という話は都からも竹田からも出なかった。

途中で都がおそるおそるという感じで聞いた。

「それで、咲ちゃん本人は、どういうてましたんや」

「そんなこと、聞けるかえ……咲ちゃん、泣いてるのやで、あの、いっぺんも泣いたことのない咲ちゃんが……。おまえ泣かしたことあるんか！」

「めっそうもない、わてかて泣かせたことなんか、いっぺんもおまへん」

泉屋に一喝され、手をこまかく振って、都はちぢこまった。

「本人もどうしてよいのか、分らなかったんでしょうね。だから兄さんに相談した。しかしおろすという気はないんじゃないかなぁ、そんな気があるなら、さっさとおろせばいいわけで、兄さんに相談する必要はないと思う。……ぼちぼち折を見て、私の方からでも聞いてみましょう」

山形はかろうじてそれだけいった。子供ごと面倒をみようと考えているのは、どうやら山形だけらしくて、山形のこの言葉が、結局この日の結論になった。

一週間ほどして、都から話があった。咲子には腹違いの兄がいたのだ。咲子は「ててなし子」で育ったが、その「てて」はどこの誰かは分っていたのである。咲子がいつか山形に話した、母の葬式の日に、門口で高校生の咲子が待っていた人なのだ。高校卒業まで、咲子はその父親の世話になっていたが、高校卒業して、ＢＧ（女性事務員）になると（実父の世話で入社できたのだが）、認知されていないこともあって、その人の援助をきっぱりことわった。兄は妹に同情していて、兄とは以後も往来があったということである。

これは例によって、山形の下宿での話であり、その後、例会で言えなかった件を、山形は思い切って言った。

「わかってま……あんさんの気持は」

都にあっさり言われ、山形は二の句がつげなかった。考えてみれば、周旋屋というのは、相手の気持を読む商売なのだ。こういう市井の人は、どこか底知れないところがある。教師なんてものは何も知らないのだ、と山形はいささかゆううつになった。(実は、この話は、都は泉屋から聞いていたのだ)。

十二月中も、紳士協定は守られていて、おだやかな咲子との関係は続き、日々平穏に過ぎていった。変わったことといえば、妊娠している咲子に対するそれぞれの思いやりだけだった。

大晦日の一週間前である。咲子が突然居なくなった。

それを最初に知ったのは、今度は竹田であった。それから三日程かけて、都は京都のかつての朋輩や、咲子の母の出身地の兵庫県の竹野を中心に尋ね廻ったが、ようとして咲子の行方は分らなかった。

大晦日の三日前、忙しい中でとりあえず、山形の借りている離れで(本人は下宿といっているが)緊急の例会が持たれた。泉屋は酒とビールを用意し、スキ焼の材料は都が買いととのえた。山形は離れを解放し、もらいもののジョニーウォーカーを出した。竹田はどういうつもりか、大輪の黄菊を買ってきて、床の間がわりにしている背の低い茶ダンスの上に、花ビンを見つけてきて生けた。

五年前に妻を亡くしたやもめ暮しの男住まいとしては、大きな本棚もあり、家具もそろっていたし、整理もされていて、縁側から見える、月の光の庭の風情がよく、初めて見る泉屋も竹田も感心していた。

こういうことに慣れた都や泉屋の手で、スキ焼の用意は手早くととのえられ、乾杯もなく、四人はもくもくと食べ、もくもくと飲んだ。今度も口火を切ったのは都である。

「竹田はん、水びたしの話、泉屋はんと山形はんに聞かしたっとくなはれ」

「水びたしってなんや？」

今回は脇役の泉屋が聞いた。

「みんな、信用してくれないと思うんだけどな、ここには証人の都さんもいることだし、話してみるか」

と前置きして、以下のような話を竹田はした。

朝、九時頃目を覚まして隣の蒲団の咲子を見ると、枕に、頭が乗っていなかった。咲子が身籠ってから、竹田は別々の蒲団で寝るようにしていた。

「咲ちゃん、もう九時だよ」

といって、上蒲団をめくると、そこはもぬけのから、水びたしの蒲団だけで、咲子の姿がなかった。彼はあわてて、狭い部屋を見廻し、階段下の便所も覗いた。どこにも居ないので、もう一度蒲団をめくり、水びたしの蒲団を眺め、思わず、

「咲ちゃん、融けてしもた」

と叫び、寝間着のまま階段を駆け降り、一階のおばさんに、どう言っていいかわからず、「蒲団、水びたしや」

と久しぶりに関西弁で言い、おばさんの手を引いて二階へ上がった。洗面器で水を撒いたような蒲団を、見ているおばさんをそのままにして、服に着替え、天神ノ森まで走って、公衆電話から、都へ電話したというわけである。昨日の大雨はすっかり上がっていて、阿部野神社や、南海の岸里駅を、あてもなく捜しまわり、もう一度咲子の下宿に帰って待つほどに、都がやってきたので、二人で二階へ上がり、四度、咲子が融けてしまった水びたしの蒲団を見たという次第である。

「あの日は、夜中に集中豪雨のあった日だ。クリスマス・イブにこんな集中豪雨も珍しい、とニュースで言っていた。真夜中に、咲ちゃん、何か緊急の事件が起きて、傘も持たず、家を飛び出したんだ。その後もう一度帰ってきて、寝たけれど、どうしても出かけなくちゃならなくて、服を着替えて出ていった」

考え考え、山形は推理を述べた。

「それは違うわ……咲ちゃん、夜中に流産したんや、その跡始末に、たっぷりと水を使い、蒲団を水びたしにしてしもたんや」

「横に竹田はん寝てて、そんなことできまっか？　……」

「こいつはいったん寝たら、地震揺すっても目をさまさん」

泉屋は自信満々で、大きな目玉をむいた。

「そうでもせん限り、そんなに濡れへん」

「蒲団は、打ち直しに出しましたけど」

都はとんまな返事をする。

「そんなことどうでもええねん。……その後、部屋中調べたんやろ、何か、異変あったか？」

「それがだんな、何も異変がおまへん、何ものうなってない。わてが買うてやった服も、下着も、着物も……着物は一着だけやけど、家出をした形跡は何もおまへん、まるで何も持たず、真っ裸で出ていったみたいや、なあ竹田はん」

「夜の豪雨の闇の中に、素っ裸の美女が消えて行ったか」

という竹田の言葉に、山形がにやにやした。

「なに喜こんどんね」

泉屋が竹田に向かって珍しく青筋を立てる。

「こうなったら、もう焼けくそ……、咲ちゃんの部屋に、都さんの買った服しかないということはないだろう」

「せやけど、あの子、ろくな服持ってなかったんでっせ」

「わかったわかった……次、都の三日間の調査報告を聞きたい」

どういうわけか、土壇場にきて、泉屋が一番熱心なのだった。

「一日目は、咲ちゃんのいた花見小路のバーを中心に当ったんでっけど、なんせクリスマスやさかい、人がいっぱいでらちが明かへん。なんで日本人が毛唐の祭りに大騒ぎせなあかんのか、わては分りまへんなぁ」

「毛唐の祭りはええ！」

泉屋はいらいらしながら言った。

「へぇ、そうだんな……、咲ちゃんの朋輩に何人も会うたけど、誰も知らんちゅうことですわ。わてが身請けしたこと知ってるさかいに、けったいなぐあいでしたわ。そんで咲ちゃんの兄さんのことも聞いたのでっけど、これも誰も知らん。いてることは聞いたことあるけど、どこの誰や知らん」

「知らんことばっかりやなぁ……。それで二日目は」

泉屋は今度は溜息をついた。

「そんで家へ帰って、わて考えましたがな。これは、咲ちゃんの死んだお母はんが鍵やと、そこしかない。そんで二日目は仕事休んで、朝から竹野へ行きましたんや」

「へぇ、竹野まで、ごくろうさんです」

泉屋に替わって、スキ鍋の向こうで、山形が頭を下げた。スキ焼はあらかた終わっていた。

「竹野いうても小さい町や、町役場へ行って調べてもらいましたわ、そんでも山本は八軒もあった。……関西では、田中についで多い名前やと役場の人がいわはった。そんで一軒一軒当たりましたがな……話が長ごなるので省略しまっけど、咲ちゃんのお母はんの山本の家は、のうなっていたけど、耳よりな話を聞きましたんや。……咲ちゃんのお母はん、評判の美人で、山科の遠縁の同じ山本という大地主が引かしたらしい、ということだすわ」

泉屋は杯を止め、山形はコップについでいたビールビンの手を止め、竹田はスキ鍋をつついていたハシを止めた。

「えらい時間、かかってしもて、家へ帰ってきたら夕方や、その日の仕事はパーでんが……。三日目、こらあかんわと思って、図書館へ行って電話帳調べ、家へ帰って、店の電話で、仕事のあいま見て、電話攻勢ですわ。山本なにべえ、と名前だけで大地主と分ったらええねんけど、そうはうまいこといかん。そんでもできるだけそれらしい名前から順に掛けまくりましたが」

「どういう理由考えて掛けたんや」

都ばかり苦労かけていることに気がひけたのか、泉屋が聞いた。

「そこがむつかしいところだ……一晩考えて妙案が浮かびましたんや。……わては山本咲子はんが下宿してはった家の家主だす。三日ほど前に、山本はん、急に家を出やはって、行き先がわからん……家賃は、三カ月分もろてますよってに、心配おまへんねけど、家具や服残したまま
や。なんとか連絡とりとうまんねん、とこんな調子ですわ」

「それいちいち言うのか？」

「しょうまへんが……こんなもん、根気との勝負やさかい」

「……家賃、都が払ろとったんか、電気代や、水道代や、ガス代も？」

「えらいこというてしもた……へえ、そうだす。そうでもせんと、あんなええ子来てくれるわけおまへん、……えらいすんまへん」

といって、都はぺこりと頭を下げた。

「ものいりやったなあ……」

泉屋は、ほとほと感心したようにいった。山形は無言である。竹田は障子をとっぱらった縁側の向こうの、暗い庭を見ている。

「結論だけ言いまっさ……午後の七時過ぎ、とうとう咲ちゃんの兄さんに辿り着きましたがな」

三人は再び一斉に都の、どこか神々しく見える小さな顔を見た。

「咲ちゃん、高校卒業して家を出て行ったきりや。それ以後、僕の方には時々連絡あるけど、自分の居所も電話番号も教えてくれへん。せやよってに、こっちから連絡取ることができませんねん、申し訳ありません……こういうことですわ。……あきらかにでっせ、嘘ついてますわなあ。先月の終わりに、兄さん、咲ちゃんの部屋へ来たんやから」

そこで言葉を止め、一人一人の顔を眺めまわし、都は彼の結論をいった。

「それでもかめへん、……兄さんが嘘ついているということは、兄さんがかくもうてる、ていうことや。ひょっとしたら、咲ちゃんの実父も裏にいるかも分らん。そんな咲ちゃん、無理に見つけ出すこともあれへん……。咲ちゃんが幸福やったらそれでええ、あの子は、幸薄い子やったんや、今その幸せを摑みかけてるんや……」
都はそこで声をつまらせた。都の顔を見ていた泉屋の目にも、うっすらと涙が光った。
竹田は縁側へ出て、柱にもたれてへたり込んでいる、山形は……山形も、咲子が都の言うように、果して幸福になれるのかどうか、断定することはできないと思いながらも、そう信じたいと願った。

雨降りお月さん　雲のかげ
お嫁に行くときゃ　誰と行く
一人でからかさ　さして行く
からかさないときゃ　誰と行く
しゃらしゃら　しゃんしゃん鈴つけた
お馬に揺られて　濡れてゆく
（野口雨情「雨降りお月さん」）

夜、ギターを抱いて唄うだけあって、竹田のテノールはなかなかのものである。雨に濡れていく馬上の花嫁の顔は、咲子であっただろう。丹波篠山の夜、いささか呑みすぎて、彼は前後不覚に陥った。酔眼朦朧《もうろう》、そこで見たのはぼやけた花嫁の顔であった。

しばらくして、縁側のガラス戸から月を見上げていた竹田が、

「かぐや姫に、乾杯！」

と、自分で作ったウイスキーの水割りをかかげた。

「あの子、月の世界へ帰っていってしまったんだ」

山形も母屋の屋根の上の月を見て、子供っぽいことを言った。

「そうか……われわれ四人にとって、咲ちゃんは、かぐや姫やったんや」

泉屋も縁側へにじり出てきて、しみじみつぶやいた。

都は黙って夜空を見上げ、手を合わせている。短い間だが、とびきりの幸せを与えてくれた、咲子に感謝しているようであった。

そんな四人を、さえざえとした冬の月が、静かに見おろしていた。

エピローグ

それから十年後の一九七二年、田中角栄が「列島改造論」を発表した年である。

堺の臨海工業地帯では、工場からもうもうと煙が立ち、国道二六号線は大型車がごうごうと走り、大阪市内では路面電車が徐々に、そしてこの年すっかり姿を消してしまった。唯一、堺から住吉を経て、古い町並みの天神ノ森を通る線と、同じく住吉から高級住宅地の帝塚山《てづかやま》方面を走る線の、私鉄のチンチン電車だけが残された。日本国中、車社会が到来したのである。

……緑の多い六甲山の麓の王子動物園に、親子連れで、山形は来ていた。山形はあの後、深い憂愁から、すっかり人が変わったように元気になり、しばらく後に結婚し、二度目の妻との間に、二人の女の子を設けていた。どういうわけか、彼は女子大の助教授になり、今、甲子園に住んでいる。

——さきほど、オットセイの池の柵の所で、咲子を見かけたのである。近づこうと思ったのだが、六歳になる上の娘が離さない。山形の目はいい方である。明るい五月の太陽の下で、すっかり母親になっているが、あれは確かに咲子であった。見違えることはない。

十歳ぐらいの男の子がすこし離れて立ち、咲子によく似た、自分の上の娘と同じぐらいのかわいい女の子に、彼女もまといつかれていた。

ところがである。十歳ぐらいのその男の子が、竹田にそっくりなのである。しばし、山形は茫然とした。

都から、竹田は大学院を卒業して、証券会社に就職し、神戸の方の支店に居ると聞いていた。だからやはり間違いない。二人は一緒になったのだ。あの時、咲子の胎内に居た子は、ここから見えるあの子だった。

かぐや姫をめぐる四人の男（現在の平安貴族？）の中で、かぐや姫を射止めたのは、竹田であったのだ。あいつめ……親子の消えた、オットセイの鳴き声がする池の柵を、いつまでも眺めながら、山形は久しぶりの爽快感を味わった。

西廻り生き直しの旅

「西廻りの旅」は過去に向かう旅である。かつて書いた、敗戦後の一面の焼け跡の上の――「蒼空との契約」は過去に交わした契約（一九五〇年頃のこと）であり、邦夫が六十八歳を過ぎた今、焼け跡などはもうどこにも無いが、そこにしか帰り着くところはない。この旅行そのものは二〇〇三年のもので、定年後五年目のことであった。

当時、小説を書く題材が払底していて、過去に書いたものを懐かしみながら書き直したりして発表するか、評論を書いたりして、しのいでいた。

そんな時に過去に向かうこんな旅をした。「蒼空との契約」と出会ったのである。出会ったのは旧東ドイツである。旧西ドイツに比べ旧東ドイツは復興が遅れていて、例えば、第二次大戦末期、米英軍の大空襲によって破壊されたドレスデンの聖母教会などは、浄財を募って再建中で、後何年かかるか分からないということだった。したがって蒼空の記憶がまだ残っていた。

定年から数年新しい小説が書けなかった原因は、厭世気分に陥ったためであるが、書けない理由は他にもあった。邦夫の場合は、ちゃんとした仕事を持たないで、何を書くことがあるのか……と常々思っていて、そのギャップが訪れたのであった。

定年になる前は、定年になったら小説三昧の日々が訪れると楽しみにしていたのだが、そうはならなかった。会社を辞めると気が抜けてしまったのである。会社務めが、緊張関係をもたらしていたらしい。彼にとって会社は、社会そのものであった。社会を喪失したということである。

二番目は、このこととまったく質は違うが、会社勤めの間に社会そのものが、ある部分で変質をとげていたのであった。例えば携帯電話である。邦夫は「ケータイ」を持っていない。会社勤めでは「ケイタイ」は必要がない。もう一つは「パソコン（パーソナルコンピューター）である。会社ではコンピューターを使用していた。現にコンピューターを会社が導入した時、万博の後、会社の業務のある部分をコンピューター化することになり、当時積算課長であった彼は、積算の技術計算のシステムをつくる仕事（たとえば鉄筋の数量の算出）にかかわった。

ところがパソコンはこれとはまったく違うのである。これがさっぱり分からないし、コンピューターのシステム化に苦労した彼には、近づきたくないものの一つであった。「情報化社会」は家庭のすみずみ、人間関係のすみずみまで浸透していたのである。

一番大きな変化をとげたのは「恋愛」のあり方である。恋愛の要素の重要なものは、相手のことが知りえない、ということにあったと思う。ケイタイのラブレター（恋文）では小説は書けない。

芸術の重要なテーマは「恋愛」にあると思う。恋愛が亡びたら、芸術は亡びるかもしれない。彼のいいたいのは、ケイタイやパソコンで語られるのは、常套句《じょうとう》を並べただけのラブソングの歌詞のようなものであり、その人にしか書けない、心にしみいるような歌詞は書けない。文章はつづれない。そんなラブソングはうんざりするだけであり、現在そんな歌がちまたにあふれている。どれもこれも中味は同じ。阿久悠《あくゆう》、なかにし礼、小椋佳《おぐらけい》等と主要なフォークソングを別にして。このどんづまりの情報化社会の中で、邦夫は新しい小説は発想できなくなっていた。

西廻りの旅は、コンピューター化された新しい文化のアメリカに向かうのではなく、ヨーロッパに向かう旅であり、彼の心情にもぴったりしていた。(一九九八年に封切られた『エネミー・オブ・アメリカ』などは社会や私生活のすみずみまで情報化された恐怖社会を描いている)。

日本からヨーロッパまで、飛行時間で十二時間かかる。そのうち時差は七時間(夏時間)である。関西空港を十時三十分に出発し、アムステルダム空港には、十五時三十分に到着する。この間、五時間ということである。この五時間を便宜的に地球時間と呼ぶことにする。もう一度おさらいすると、実質飛行時間十二時間は、時差七時間プラス地球時間五時間、の合計ということになる。

こんなスピードでこんな長時間飛んだことがない。これは事件である。人間の作り出した、空間と時間を飛び越える超スピードの乗りものが、やはりなんだか気持が悪くて落ち着かない。そんな中で、こんな考え方が思い浮かんだ。……この地球時間を、零にすることは可能だ、ということに気がついたのである。

関空・アムステルダム間、夏時間を差し引くと、時差は八時間、地球時間は四時間である。この時差分八時間で、日本からヨーロッパの中央部まで飛べばよい。現在の飛行時間十二時間を、更に一・五倍スピードを上げ、八時間に短縮するのだ。西廻りの場合、こうすれば地球時間は零になる。つまり朝の十時半に関西空港を出発した飛行機は、同じ朝の十時半にアムステルダム空港に到着する。

地球の円周は四万キロだから、関空・アムステルダムはその四分の一、一万キロぐらいの感じである。一万キロを八時間で飛ぶと、時速は一二五〇キロ、それを六十分で割り更に六十秒で割ると、秒速約三四〇メートル……音速は三四〇メートルだから、ちょうど音速、つまり「マッハ！」で飛べばそうなる、ということである。

しかしこれはどこかおかしくはないか？　それより早く飛べば時間は逆戻りする。朝十時半に関空を飛び立ったのに、アムステルダムには、同じ朝の九時半に着いたりする。マッハ2やマッハ3で飛べば、時間はどんどん反対に流れる。つまり過去に戻る。まるでタイムマシンに乗って、タイムトラベルしているようなものだ。そんなことが現実に起こりうるのだ。これが逆に東廻りで飛べば、時間はどんどん早くなる。未来に向かう。……時間というモノが解らなくなってしまった。なんだか飛行機酔いしたような感じである。

朝の十時半に飛び立ち、十二時間、つまり半日飛んでいるのに、ぜんぜん日が暮れないのである。腕時計の針は、午後三時を指し、五時を指し、八時を指し、とうとう夜の十時を指した。ところが太陽はいつ見ても、でんと中天にある。こんなことが信じられるか。

だから、というかなんというのか、この、時間を超える恐怖を感じさせないためだろう……飛行機は日本海を越え、ロシアのウラジオストクへ渡るあたりで、窓のシャッターを全部降ろしてしまう。こうして十時間ほど死んだふりをした乗客を乗せて飛びつづけ、フィンランドを越え、バルチック海あたりまで、窓のシャッターを上げない。機内に太陽の光を入れない。つまりは、太陽の位置を知らせない。こうして時差の七時間(実質八時間)をやりすごすのである。

この間、暗い機内では深夜映画会を始める。十時間ほどひっきりなしの放映である。映画は「007」であった。たてつづけに何本かやったと思うが、画面が小さくてよく見えないこともあって、彼は見る気がしない。本を読むことにする。

風邪気味の連れ合いは、横の座席でよく眠っている。この十二日間の旅行のため、邦夫もだが、学校の先生である彼女はハードスケジュールをこなして、やっと機上の人となり、やつれている感じの寝顔である。彼女は彼と違って、アメリカ、イギリス、フランス、イタリアと主要な国はすでに旅していた。英語の先生だから、英語の通じる国への旅行は、英会話の勉強にもなっている。たいていは海外在住の知人を訪ねてか、研修のための旅行だった。今回はペアとしての、初めての彼との旅である。

見渡すと、ほとんどの人は映画を見ないで眠っている。耳にイヤホンを差しこんでいないから判る。彼は窓ぎわだが、自分のところだけ窓のシャッターを開け光を入れるわけにはいかないし、しいて外を眺める気も起こらない。北極海の近くを飛ぶ飛行機から見えるのは、何万キロと続くシベリアのツンドラ地帯、どこまでも死の凍土が横たわっているだけである。もっとも、大部分はばくばくたる白い雲におおわれていて、その割れ目から見えるほんのわずかな風景が、黒い死のツンドラである。白い雲が終わっている向こうはそこで地球が終わっていて、すっぽぬけたような青い空がまわりこんでいる。

出発後一時間ぐらいから、到着前一時間ぐらいを除き、その中間の十時間ぐらい、こうしてほとんどの人は睡眠を強制されることになる。日本とヨーロッパの間に横たわる真空地帯、もしくは真空時間、それは十時間の仮死であるといっても良い。昼間の太陽をあおいで、その間、時間はゆっくりとしか流れない。外はものすごい早さで大地が過ぎ去るが、機内ではゆっくり時間が流れる。長い長い十時間である。

昔、ロシアのバルチック艦隊が、ヨーロッパからアフリカ南端をまわり、距離的には地球一周分ぐらいして、何カ月もかかって日本へやって来た。海軍としては歴史上、空前絶後の遠征であろう。平均時速二〇キロ（なにしろ一番遅い艦に合わせなければならないから、いっしょうけんめい石炭を焚いてもそんなものだろう）として、四万キロを二〇キロで割ると、二〇〇〇時間。これを二十四時間で割ると、八十三日間、約三カ月である。（考えられないことだが、実際はこの倍かかっている）十月にバルチック海を出た艦隊が、（途中マダガスカルで二カ月以上も第二艦隊を待って碇泊《ていはく》)、日本海に着いた時には五月になっている。「天気晴朗なれども波高し」なんて言われて、海戦をはじめて、たった一日で日本の連合艦隊に沈められてしまった。大勢の男たちは、大陸(同じユーラシア大陸の極東)の土を踏まずそのまま死地へと旅立った。

日本海からバルチック海まで、我々は十時間少々で飛ぶ。人々はこの時間を、眠りによってやすやすと乗り越えるのには恐れ入る。この仮死状態から、必ず目覚めるとしっかり信じているのだ。地球の円周の四分の一ぐらいの距離を、音速の三分の二のスピードで、死の凍土の上を飛んでいるということを、まるで感じていないのである。ひょっとしたらバルチック艦隊の乗組員のように、目的地へは着けずに、二度と目覚めることがないかもしれないではないか。

邦夫はこの四月で六十六歳になった。初めての海外旅行である。もちろん会社にいる頃には、まとめて半月も休むわけにはいかなかったのだが、定年退職してからは、若干の仕事はあっても、休もうと思えば休めた。しかし海外へ行こうと思う気は起こらなかった。それが六十六歳になって、なぜ急にその気になったのか。「終わりの旅」(仮題)というのは変なタイトルだが、実はそのタイトルが、彼の気持を物語っている。

「長い旅(人生)の、終わりの、旅」なのだ。彼の人生はぼちぼち終わりに近づいている。人生七十年、長い旅の終わりはそれほど遠くない。

彼の耳に、「嫌や、嫌や、嫌や」という妹の声がよみがえる。妹は酒癖が悪かった。酒を呑み過ぎると、そんな叫び声を上げて泣く。邦夫と妹では年が一つしか違わない。だから同じ時代を生きてきたことになる。しかし妹の場合は、原因の一つははっきりしている。邦夫たちは三人兄妹で、妹が二人いる。上の妹は、長男と下の妹にはさまれているのだ。小さい時から、いろんな面でずっと損な位置にあった。母は長男を可愛がり、父は末っ子を可愛がった。そのうらみつらみが、年を取ってから吹き出してきた。

母は四年前に亡くなり、父は去年の正月に亡くなった。

そんな妹の姿を見るようになったのは、去年からである。

父が死んでから、相続やその他で、三人の兄妹が集まる機会が生まれ、酒を呑んで思い出話をするようになった。母が死んでから、父の面倒を見る必要が起こり、父の金で家を建て直し、下の妹が一緒に住んだ。三人が集まるのは下の妹が住む、その家である。妹は二人とも酒が強かった。ある時から上の妹は乱れ、「嫌や、嫌や、もう嫌や」と泣き出すようになったのだ。それはしだいに高じ、わめくような叫びになり、床に引っくり返り、体をそり返らせるようになったが、そのまま寝てしまい、後で本人は憶えていない。

五十年も経って、しかも両親が死んでしまって、何を今さらと彼は思っていて、少しも同情が起こらなかった。

しかし最近は少しそうではなくなった。なんとなく判ってきたのである。原因も理由も彼の場合とは違っているが、六十をとうに過ぎ、躰のどこかが腐りはじめているのと同様に、溜りに溜った精神のどこかも腐りはじめているのである。妹が泣き叫ぶのは、両親に対するうらみつらみであるが（他にも原因はあるかもしれないが）、もっと深いところで、そんな自分に対する嫌悪感ではないだろうか。だから彼女は「嫌だ、嫌だ」と身もだえし、のたうちまわるのである。邦夫はそんな形で態度には現わさないが、彼の内部ではやはりうめいている。

彼は今、文学学校で多少責任のある仕事をしている。毎週多くの人とつき合っている。小説を通じて、多くの人と出会っている。たくさんの作品の批評をし、少しの小説を書き、喫茶店で話したり、安い居酒屋で一杯呑んだりしている。同人誌があり、読書会があり、合宿があり、一緒に旅行したり、集会に参加したり、電話で話したり、手紙を交換したり、けっこう忙しいし、その忙しさを楽しんでいる。……それから家族がいる、親戚がいる、友人がいる……そんな日常に満足している。

しかしそんな日常の中に、この重いやりきれない気分は時々顔を出す。何もかも捨て去りたくなる時がある。捨て去ることはできない。だから死にたくなるのだ。

会社勤めをしている時は、こんな気持は起こらなかった。会社は会社、自分は自分である。会社は有限責任であって、無限責任ではない。会社の玄関を一歩出れば会社の事は忘れていたように、会社を辞めればすべては終わる。しかし今はそうではない。今の生活は彼の人生そのものだ。やめたら彼の人生は終わる。書くということはそういうことなのだ。書いたり読んだりするだけの生活、それは邦夫の夢見たものである。

今の彼の人生は、自分だけの人生ではない。自由に死ぬことは許されない。死のうと思えば黙って死ねるが、そんなことをすればなにを言われるか分かったものではない。残された人間のことを考えない、自分勝手な男と言われるのはわかりきっている。定年退職後丸五年、彼は経済的にも精神的にも、やることはやったつもりである。一通り責任は果たしたつもりである。だけど死ぬわけにはいかない。死んでしまえばそれまでで、何を言われるか分からないが、人生は死の先も続いているのである。

死によってすべては終わらない。彼が死んでも世界は続いていることを彼は知っている。家族は生きているのである。人間はそれを知っている。ここが人間のやっかいなところである。人間は死ぬまで生きている。その生は、死の先まで滲《にじ》んでいる

というようなしだいで、五月の中旬の十二日間、「終わりの旅」に出ることにした。本や地図や映画、知識の上でしか知らなかった、地球の裏側の世界、そこにはここことは違うもう一つの世界がある、ということは邦夫には救いであった。三十数人のツアーのほとんどが、彼たち夫婦と同年輩の男女である。彼らととりたてて親しくなろうとは思わないし、多分自由行動の時には別行動をとると思うが、世代を同じくするという心安さはある。ありきたりの外国体験ではなく、そこに住んでいる人々と出会い、暮らしを見て、彼は発見の旅にしなければと思った。広い世界を知ることは、一種の生き直しであろう。終わりの旅は、生き直しの旅である。

ベルリンでは、朝は四時に明け、夜は九時に暮れる。夜の十時などというと白夜だ。（夏時間を採用しなければ、朝は四時に明け、夜は十時に暮れる。夏時間を考えだした理由だろう）。つまり自由時間がたっぷりあるということだ。ツアーが九時出発で六時帰着として、前後三時間ずつぐらいある計算だ。

ベルリンの緯度は五十三度、日本のあたりでは千島列島の北の端、アリューシャン列島あたり。そこらあたりは冬は氷結するし、夏がほとんどないのではないか。ところが五月、ベルリンは大阪と温度があまり変わらない。最高気温が二十度で最低気温が十度ぐらい。これはウィーンやブダペストも同じ。（大陸だから最低気温は全般的に大阪より低い）。プラハやザルツブルクは最低気温は同じだが、ベルリンより南なのに最高気温は五度ほど低い。とくにザルツブルクでは、コートなしでは出歩けなかった。そこはアルプスに続く山岳地帯であり、そのせいだ。冷たい湖と雪をいただく山々が聳えていた。

ベルリンのホテルは、空港と都心の中間の郊外にあったが、地図で調べてもどこか分からない。ホテルでもらったドイツ語のベルリンの市内地図からはどうやらはずれているらしい。そのあたりは畑と農家が続いていて、一部市営らしい四階建てのアパート群がある。ホテルの前は、目の届く限り菜の花畑であり、遠くに、菜の花から油を取るらしい、白い平べったい工場の建物が窓から見えた。はるか左の方は、どうやら鉄道の線路らしく、菜の花に埋もれるような形で、客車や貨車が長々と連結されて横切っていった。早速そんな菜の花畑の中に入った。ベルリンの最初の風景は、夕方の花に埋もれた連れ合いの写真になった。邦夫は菜の花は好きだが、これだけ一面の花が果てしなくべたりと広がっていては、詩にもならない感じである。菜の花や、月は東に陽は西に、どころではない。いつまで経っても日は暮れなくて、西も東も分からない。

翌日はバスで市内観光、東西の境界であった、中国の観光客などが群れているブランデンブルク門を見て、その後まだ残っているベルリンの壁へ。壁はそれほど高くはなかった。三メートルぐらいか、ハシゴをかけたら簡単に越えられる。記念に持って帰るためか、あっちこっち穴があいている。したがって厚さもたいしたことはない。これが、絶対的に東西を隔て君臨していた構造物とは、とても思えない。権威とはそんなものかもしれない。崩れてみればなんてことはない。安っぽいコンクリートの塀に過ぎないのだ。

その塀の下に防空壕のようなものがあった。防空壕というよりは、空堀になった通路のようなもので、鉄砲をかついだ兵士が巡回していたのだろう。そこで空襲後のベルリンの街の写真展をやっていた。三々五々地元の人々が群れている。今日は土曜日である。元東ドイツの人も元西ドイツの人も、あちらこちらから集ったのだろう。ほとんどが老人である。ツアーの人たちもここへは来ず、彼一人である。たいして面白い写真ではない。

邦夫は突然に了解した。今この写真を見ている人たち、多分六十半ばぐらいから七十過ぎのドイツの老人たち、この人たちのほとんどは、彼と同世代なのだ。つまり戦火を逃げのび、焼け跡で少年時代を送った、飢えの世代である。戦争を始めたのは、一にドイツであり、二には日本であろう。同時に西洋と東洋で……。ヨーロッパではドイツ人がユダヤ人を含め二千万人を殺し、アジアでは日本人が中国人を中心に二千万人を殺したのである……。植民地を横取りしようとした資本主義者たち。その頃の資本主義国はイギリスを筆頭に、植民地がなければ成り立たない。遅れてやってきて侵略をはじめた帝国主義者たち。要は植民地の争奪戦である。

しかし少年たちに罪はない。大人と子供を一緒くたにしないで欲しい。おそらく、その少年たちが最大の被害者ではなかっただろうか。日本では原爆を含め、多くの少年たちが戦火で死んでいった。ドイツもそうかもしれない。その後も飢えて死んでいった。当時、五、六歳から十二、三歳のドイツと日本の少年たち。B29の空襲で焼け出され、防空壕に住み、戦後、雑草やさまざまなものを食べ、焼け跡を野猿のように駆けまわって大きくなった。焼け跡の上の「蒼空と契約」した世代……。

ドイツの街の焼け跡の写真を一つ一つ眺めながら、邦夫は胸のふさがる思いである。大阪の街の焼け野原。一面の廃墟は同じだが、瓦礫の形が多少違う。日本ではまず瓦と書くように大部分は木造住宅であり、焼け跡には瓦や基礎しか残らない。こちらは大部分がコンクリートやレンガのがらくたである。猛火で死ぬのと、爆弾で死ぬのとでは、どちらの方が苦しかっただろうか……。とにかく、ここにいる人たちは生きのびてきた。

そしてその少年たちは成長し、戦後の実質的な復興をになった企業戦士たちである。驚異的な経済成長……。

それは廃墟の中の飢えの体験に支えられている。働かなければ食っていけない。がつがつ働かなければ生きてはいけない。

今の若い者が、すぐ食べ残すことに、ドイツの老人たちも腹を立てているだろう。モノを大切にしないのだ。彼らの少年時代、さまざまな工夫で遊び道具をこしらえた。そんな自慢話を、ここにいるドイツの人たちとしたいものだ。瓦礫の中から鉄を掘りだし、それを売って飢えをしのいだ。彼らたちにとって焼け跡は故郷の山河である。写真のベルリンの廃墟もそうなっただろう。廃墟の雑草の中でトンボを捕り、水たまりで鮒をすくった。そこには蛇もいたし、蛙もいた。タンポポも咲いたし、レンゲも咲いた。

廃墟の再生が邦夫たちのテーマであった。アメリカやロシアや中国に比べ、たいした資源を持たない日本とドイツ。この意味でも植民地を必要とした。しかし戦後はきれいさっぱりそれがない。日本は四つの島しかない。日本よりは多少資源のあるドイツは国土が分断されている。創意と工夫と勤勉で、無から有を生み出した。

日本とドイツが手を組めば、超大国のアメリカも手こずるに違いない。日本もドイツも、アメリカにたちうちできる資源はない。しかし二つの国民は、いずれも勤勉で、創意工夫があり、組織に忠実で、なによりも自己実現に意欲的である。前回は、アジアとヨーロッパでばらばらに戦い、各個撃破された。広い太平洋と、列強のひしめく大陸で、孤独な戦いをしいられた。第一に指導者が悪かった。指導理念がもう一つであった。だからまわりの国々に受け入れられなかった。神がかり的なところも反省すべき材料だ。今のアメリカにもそういうところがある。そういうアメリカに対する反感を利用して世論を形成し、今度やる時は、フランスを味方につけ、しっかりチームワークを組んで、東西から挟撃する。

邦夫はベルリンの壁の前で、瓦礫の写真を眺めながら、いつしかそんなぶっそうなことを考えていた……これは経済戦争である。念のため……。そんな考えは考えとして、彼のまわりにいるドイツの初老の人々に、いい知れぬ親しみを憶えた。今度の旅行で、ドイツにあまり関心のなかった彼は、突然、ドイツが好きになった。話し合えば、これほど解り合える仲間は、他にはいないに違いない。誰かれなく握手をしてまわりたい気分であった。

ドイツの国民性と日本の国民性はどこか似ている。アメリカ人のように、陽気におおげさにふるまえないのだ。なんとなくひかえめで、喜怒哀楽をあまり表に現わさない。今度の旅行中、たとえばオーストリアで、交差点で信号待ちをしている時、日本人かと尋ねられ、そうだというと、自分はジャーマンだと自己紹介し、(相手はドイツ語でいい、邦夫は日本語で返事をしているのだが)、なんということもなく握手を交わした。ロシア人には一人も会わなかったが、ドイツ人とは何度か会った。相手は一人か数人である。チェコの食堂でも握手をしたが、その時も日本人とドイツ人を確認し合った。その度に熱い思いを交換したような気がしたが、言葉を喋れないこともあって、それだけで充分だと思った。

ナチスがあれだけ猛威をふるったのに、チェコやオーストリア、ハンガリーで、ドイツ人は嫌われていないことを実感した。ロシア人が、たとえばハンガリーのタクシーの運転手にまで、徹底的に嫌われているのとは好対照だった。広い意味でのドイツの文化圏ということなのだろうか。

不意に一つの言葉が浮かんだ。……「ターヘル・アナトミア」。確かこれはドイツ語であったはずだ。それのオランダ語訳……『解体新書』蘭学事始（一八一五年）日本のヨーロッパに対する見聞はここから始まった。日本が列強の植民地にならなかったのはこのおかげ？　あらかじめ西洋の知識を身につけていた。

もう一つはアメリカの南北戦争（一八六〇年）のおかげ。ペリー来航（一八六五年）日本にかまっている余裕はなかった。

幕府、大坂町人より御用金百万両を徴収（一八一五年）。

幕末、日本はある意味裕福で知識に飢えていたのだ。早くも軍艦を作ろうと思えば作れた（村田蔵六《ぞうろく》）。こんな国を従わせるのは容易ではない。イギリスもフランスも難儀した。イギリスは薩摩と、フランスは幕府と調子を合わせ、それぞれ張り合っていた。

そのかわり、日本に不平等条約を押しつけ、金や銀をごっそり持ち去った。

一八九四年日清戦争で、眠れる獅子を倒し、一九〇四年日露戦争で、強大なバルチック艦隊を一日で葬り去った。戦闘機のない時代、海の向こうの国をやっつけるのには艦隊しかない。かくして日本は世界の列強に成り上がった。

司馬遼太郎の『花神』は技術者の話だから面白い。日本の技術者は、この時代から超一流であった。黒船を見たことのない技術者が長崎で、造船のオランダ語の書物を毎日読み、蒸気船の設計図を書き、二年でほぼその骨格を完成し、三年後の一八五六年アジアで最初の軍艦・蒸気船を進水させたのだ。

「太平の眠りをさます上喜撰（蒸気船）、たった四杯で夜も眠れず」は、たった三年で無効になったのだ。宇和島の藩主・伊達宗城《むねなり》に軍艦を造れといって村田蔵六は呼ばれ、三年足らずで造り上げてしまった。次に薩摩が続き、その後日本は造船大国になるのであった。国に妻子を残してきた蔵六（蔵六は亀のことらしい）が、邦夫は龍馬《りょうま》の次に好きな人物である。その次が高杉晋作……邦夫の幕末三傑である。軍艦の進水式をやった夜、シーボルトの娘イネと結ばれるのだが、ここはいささかフィクションくさい。司馬遼太郎にはそういう癖があって、龍馬の時も、最初フィクションを入れて書き始め、その処理ができなくて難儀しているのだ。

蔵六は後には大村益次郎と名乗るのだが、とてもそんなことぐらいで終わらなかった。江戸期、二百六十年タダメシを喰ってきた、旗本八万騎（家族を入れるとこの五倍ぐらいにはなる）を相手にせず、上野の山にとじこもった彰義隊《しょうぎたい》を、不忍池《しのばずのいけ》のこちらから、佐賀が作ったアームストロング砲を打って、半日程で壊滅させた。武士道もへちまもなかった。アメリカ流の圧倒的な物量作戦だ。ということは日本陸軍を創設した大村益次郎が生きていたら、日米戦争は起こらなかったということか。

徳川幕府の権威などは、ベルリンの壁と同じでいざとなったらちょろいものであった。次のことは蔵六とは関係ないが、龍馬とは関係がある。大政奉還である。幕府は列強を相手に、とても手におえなくなって、日本の「王」は徳川ではなく、京都の天皇だといいだした。そして御所にとじこめていた天皇を引っ張り出し、政権につけた。それを薩長がかついだのである。

一九一四年、第一次世界大戦、漁夫の利を得た日本は、世界の一等国になり、そこでやめておけばよいのに、国力のまるで違うアメリカと戦争をして（天皇は勝てるか、勝てるかとそればかりいっていたらしい）、日本全国の都市という都市に焼夷弾と爆弾をばらまかれ、あげくの果てに二発の原爆を落とされた。

日本中焼け野原になり、焼け跡の上にいやおうなく無限の蒼空を見ることになった。敗戦後、日本は零から出発することになったのである。ヒトラーに支配され、忠誠を誓ったりするようなドイツも同じような道をたどった。ということは、ドイツも日本も国民性はその意味でも似ていたということか。技術は超一流だが、政治は三流以下というべきだろう。

言葉を交わさないで、ドイツ人と熱い思いを交換したと書いたが、以後の旅行で、現地の言葉を知らないのに、彼は必要なコミュニケーションを交わすことができたと思っている。連れ合いは英語の先生で、旧ソ連圏が中心だということもあって、英語はほとんど通じなかった。英語を話せるのは、ホテルのフロントか、大きな商店・食堂のマネージャーぐらいである。あらかじめ聞くのはよいが、コミュニケーションを交わしたい時にはそんな人はいなかった。

例えば市電に乗る時である。ウィーンの市電で、インテリくさい乗客を捜し、連れ合いに英語で話しかけてもらったが、相手は首を振るばかりであった。しかたなく彼は、ワンマンカーの運転手の所へ行き（どこの市電も数輛連結している）信号待ちの時に、運転手との間のガラス窓を開け、「駄目だ、駄目だ」というのに強引に地図を開いて指差し、「この電車は、ここへ行くか」と聞いた。

すると運転手はしぶしぶ「行く、行く」と答えた。

市電停留所付近には切符売り場がなく、車掌も乗っていない。聞く相手もいないので、行きも帰りもただ乗りをしてしまった。彼のやり方ではそういうむつかしいことは聞きようがない（聞く気もないが）。次のハンガリーは市電や地下鉄の改札がうるさいという話を聞き、そこではしっかり切符を買って乗った。ホテルのフロントで切符を売っているのだ。邦夫はそんなこと思いもしなかった。

それから緊急の時にもやりようがある。食堂のレジに。「WCはこっち？」と通路の奥を指差すと、彼は「こっちだ」と、レジの後を下向きに指差した。変なことをするなと、そこへ行ってみると、なるほど地下への階段があった。ドイツから中央ヨーロッパはすべて「ＷＣ」であって助かった。考えてみれば、どうしても必要な最初のコミュニケーションは、ＷＣのありかなのだ。

今回の旅行は、ライプチヒやドレスデンという元の東ドイツ、それからオーストリアを除き、元のソ連圏であったから、どこも再開発が遅れていて、いたるところで廃墟が目立った。再建中、改装中、工事中の現場が目についた。定年前、現役中は建築技術者であった邦夫は、そんなのに出会うとついカメラを向けてしまう。日本より数年遅れで（日本は一九三七年・ドイツは一九三九年）戦争を始めたドイツは、日本より三カ月早く連合軍に降伏するのだが、ドレスデンは降伏の直前に爆撃された。

その最後のドレスデン攻撃で、聖母教会はやられた。

日本では八月十四日、東洋一大きい大阪砲兵工廠〈大村益次郎創建〉がアメリカ空軍の爆撃で全滅、開高健『日本三文オペラ』になり、その跡地が大阪城公園になった。

邦夫の今度の旅行のアルバムには、名所旧跡がほとんど見当たらない。写真はずいぶん撮った。日本から三十六枚撮りフイルム六本を持って行ったがとても足りない。現地でフジを三本、サクラ、コダック、ドイツのフイルム各一本、三十六枚撮りを買った（売店の置き具合で、これがヨーロッパにおけるフイルムメーカーのシェアの様に思った)。したがって合計四百枚である。ぎっしり貼って、四十ページのアルバム三冊になった。気に入ったのを六つ切りに、次に気に入ったのを2Lに引き伸ばし、こちらの方は三十ページのアルバムに三冊、数万円かかってしまった。整理に一カ月半を要した。

一番多いのは人物で、約百五十枚。日や場所によって「子供」「老人」「若者」とテーマを決めて撮った。「約」とつくのは、例えば広場なのか若者なのか、建物なのか老人なのか、と主テーマがはっきりしない写真があるからだ。ヨーロッパでも、老齢化が進んでいるのか、老人のカップルが多かった。そのカップルの仲がいいのだ。

その他ゲーテ、バッハ、モーツァルト、女神ペガサス像等、銅像が十三枚、ベートーヴェン、シューベルト、ブラームス等の墓石が十一枚。その他、村の踊り子、警官と番兵(警官はカフカの家の前、番兵はプラハ城——「掟の門」をイメージした)。もちろんツアー仲間を含め、自分たちの写真も三十枚ほどあった。

次に興味をひかれたのは、市電と駅である。約四十枚ある。ベルリン(ベルンハルト・シュリンク『朗読者』の主人公の女性は、ベルリンの市電の車掌だったが、いくら待っても女性の車掌に出会わなかった。あれはフィクションか)、プラハ、ウィーン等、色も形もさまざまで、長いのは六輛ぐらい連結していて、市電ばかり追っかけていて、連れ合いは機嫌が悪かった。駅も好きだ。ウィーンの総合駅などは何枚も撮った。プラットフォームを、母親と兄弟が旅行から帰ってきて、疲れた顔で歩いてくる、妹は眠たそうに目をこすっている、これはブダペストの東駅。この写真を引き伸して額に入れ、居間に飾ってある。

次に広場がある。大道芸人のいるブランデンブルク門、、プラハ（ソ連の戦車のひしめく場面が『存在の耐えられない軽さ』の映画にあった）等の中央広場。ウィーンやブダペスト等の市民公園、他にシェーンブルン宮殿の広場というか庭園等で、合計五十枚ほどある。それらはいずれも広場を撮ったものではなく、広場に集う人たちを撮ったものだが、ブダペストの森の中の芝生に、ブラジャーさえ取って甲羅ぼしをしている女性たちの風景等、表情は写っていなくて、これはやはり市民公園に分類すべきだと思った。

邦夫の今回書きたいことは、写真では語れないことについてなのだ。一例をあげる。大きく引き伸ばしたものに、旧プラハ市庁舎の一部を撮った写真がある。彼の分類では町角の写真に入る。何のへんてつもない四、五階建てのビルの一角である。この写真の意味が解る人はそれほどいないと思う。どの写真にも一行程度の説明がついている。この写真の説明は、旧市庁舎（労働災害保険協会）というものである。これでは不足なので、後に〈カフカは二十五歳（一九〇八年）から、四十一歳まで実直に勤めた〉と補足した。ここは一度カフカに囚われた人間には、たまらない場所なのだ。そんな町の一角なのだ。彼が通ったかもしれない古いレコード店も写真に収めた。この町角は、邦夫の今度の旅行の目的地であった。

チェコのプラハのホテルに着き、邦夫は手帳に次のように書いている。

〈カフカの国は貧しかった。小さなリンゴ、とぼしい食材、狭いホテルのバス、笑いを忘れた従業員。……朝、ホテルの食堂には、光だけが溢れていた。

今日、カフカに会いに行く〉

ここに書いているように、チェコだけでなく、ドイツ、オーストリアを含め、食べ物の味は単調で、どこの食堂もおいしくはなかった。大阪なら三月もしないうちに客が寄り付かなくなり店じまいすることになっただろう。プラハへ来る途中の陶器の町マイセンの森の食堂で、彼は手帳に書いている。

〈ヨーロッパ・ドイツ圏はビールの旅。パンとビールだけがうまい。

酢キャベツ（なぜすっぱくする必要があるのだろう）、味のない煮ジャガイモ、魚のダンゴ（魚の形がない）、どこへ行ってもあいかわらずのソーセージの一つ憶え（肉のおいしい食べ方を知らないらしい）、原型をとどめない料理、口に入れるまで、野菜か肉か魚か分らない。なぜこうも味けなくまずいのか。

ここ（マイセン）へ来てやっとおいしいマス料理にありついた。うれしいことに魚の姿をしている。作ろうと思えば作れるのに、どうしてわざわざまずくするのだろう。ようするに、彼らの舌は大味なのだ。代々の繊細さに欠ける主婦が、そんな民族を作り上げてしまったらしい。ビールがおいしくなければ、早々に逃げ帰りたくなったと思う。ビールでごまかしごまかし食べた〉

六時に解散になってから、邦夫はカフカの家を尋ね歩いた。

旧市庁舎の近くだということは判っている。カフカの胸像があるということも判っている。おまけに住所まで判っている。ところがわからない。同じ通りに何度も出てくる。少し大きな店に入り、連れ合いに英語で聞いてもらう。向こうもたどたどしい英語でこのブロックだと思うが、はっきりわからない、と言っているらしい。

邦夫はたまりかねて、通りを歩いている文学青年らしい若者をつかまえて、いつもそうしているように、日本語で聞いた。

「カフカの家を知らないか、フランツ・カフカ、カフカの家……このあたりだと聞いてきたのだが……フランツ・カフカ」

青年はしばらく彼の顔を見ていたが、突然了解した。

「おお、カフカ、フランツ・カフカ……こっちだ、こっちだ」と彼の腕を引っ張って通りを引き返した。

なんとそこはホテルであって、改装する前のその建物のどこかに元カフカの住まいがあり、その一階の一角が、カフカの記念館になっている。窓から覗くと、予想どおり十五坪程度の小さな部屋に過ぎない。ここなら何度も通り過ぎた。

カフカの胸像というのは、壁の角についているレリーフを立体的にしたようなもので、馬鹿に黒い。タテヨコ一メートル足らずの大きさだ。注意してみないとわからない。

ホテルに帰り、彼は例によって手帳に書いた。

〈夕方、ようやくカフカの家を捜し当てた。しかしカフカは居なかった。

彼がそこに勤務していた旧市庁舎のすぐそばである。

近くて便利であっただろう。昼寝に帰ったかもしれない。日記の様子ではたいへんにまじめな勤め人であったらしい、ことを考えれば、貧しかったから食事には帰ったかもしれないが、昼寝などには帰らなかったと思われる。生活や勤務態度は、彼の小説の一面からうかがえるように、きまじめであっただろう。彼は書くことによって生きた。死のまぎわに友人にすべてを焼却してくれと頼んだ。しかし友人のマックス・ブロートはそうはしなかった。『審判』や『城』は彼の死後に刊行されたものである。こうしてカフカは一九二四年に亡くなり、ユダヤ人の大虐殺の後、つまり第二次大戦後、二十数年経って評価された。

ぼくがカフカを知ったのは、彼が死んだ約三十年後、高校三年の時である。今から約五十年前のことになる。

『変身』が『變身』と書いてある本で、訳者は高橋義孝であった。ぼくはカフカを「彼不可」などと書いて嬉しがっていた。ついでに書くと「馬類雑苦」であり、「猛発山」「猿徒類」であった。ぼくの読みはじめた西洋の小説である。カフカの影響を受け、自分のところだけ、ぽかっと穴があいていて空白なのだ……などと日記に書いていた。五十年後、ぼくはまだ生きている。カフカはぼくに「遅かったじゃないか」と文句をつけた。ぼくはそこに居ないカフカと対話した。

こちらにもいろいろ事情はあるのだ。こちらもまじめな勤め人で、とても長期の休暇は取れなかったし、定年後は定年後で、なんだか外国旅行する元気がなくなった。しかしカフカもよくわかってくれていると思うので、そんな言いわけはしなかった。だから「うむ」とだけ言った〉

翌日、ボヘミアの古城に案内された。プラハ城よりもこちらの方が、小さいが、カフカの『城』のイメージに近かった。

ここはオーストリアの皇太子の居城であったらしい。

一九一四年六月、オーストリア皇太子がボスニアのサラエボでセルビアの青年によって暗殺された。それはオーストリアがボスニアを併合しようと狙っていたからだ。この事件をきっかけに第一次世界大戦が始まった。その皇太子（当時五十代）の居城である。彼はチェコの娘を皇太子妃にしたが、ほとんどかまわなかったらしい。チェコ人に対する差別があり、その姫は悲しい人生を送ったと、姫のどこか影の薄い写真の前で、チェコの女性ガイドは説明した。

皇太子は五十万匹の動物を殺し、その一パーセント五千匹を剝製にして飾ってある。壁のいたるところに動物の首がにょきにょき生えている。いくつものシャンデリアがあり、いずれも鹿の角である。狩りをするのでなく、猟師がつかまえてきたのを庭に放し、それを片っぱしから鉄砲で撃ったらしい。そうでもしなければ五十万匹も殺せるわけがない。また城内には、世界で二番目の武器のコレクションが陳列されている。無数の武器と動物の死体、そんな中で暮らしていた中年皇太子は、相当異常な性格であったらしい。

たどたどしい日本語の、現地の若い女性の説明には実感がある。しかもうれしいことに、彼女は文学青年であった。ミラン・クンデラを知っていた。と邦夫は感じていた。

クンデラは、「プラハの春」で活躍し、その後の反動の時代にフランスへ亡命した。それまでのチェコでの彼の作品はすべて焼却され、以降亡命先のフランス語で小説を書き続けた。カフカ以降のチェコの代表的な作家である。

代表作は先に書いた『存在に耐えられない軽さ』である。邦夫は彼の『小説の精神』にいささかの影響を受けた。クンデラはチェコでは抹殺された作家であり、ここでは読めないと思っていたが、ソ連の崩壊以後、ここでも彼の本が出はじめているらしい。翻訳小説だということで、笑ってしまった。

クンデラはチェコには決して帰らないとインタビューでいっていたから、チェコ語で書き直す気はないのだろう。彼女も笑ったが、淋しそうな笑いだった。自国の世界的な作家の本を、翻訳でしか読めないというのはどんな気持だろう。漱石の本を翻訳で読んでも、漱石の味は分からないと思う。外国の作家の本を翻訳で読むのとは根本的に違うのだ。外国の作品はその国の文化の中で書かれていて、それを文化の違う国の人が原書で読んでも、やはり外国の作品である。言葉は文化と共にあるからだ。

チェコの文化で育った世界的な作家を、チェコの反動的な政治家たちは、その作家、クンデラを無国籍にしてしまったのだ。クンデラの作品は、その悲しみと怒りと、そして笑いに満ちていた。邦夫の一番好きな作品は、『笑いと忘却の書』である。そこでクンデラは「笑い」は悪魔のものであると書いていて、そういえばいつも大声で笑うのは、神ではなく悪魔であったなあ、といたく納得したものであった。

その日の夜は、ボヘミアのビアレストランで、地元の民族舞踏を見ながらの夕食であった。ボヘミア音楽のボヘミアンダンスを期待したが、なんと「さくらさくら」で始まる日本の歌のメドレーであった。日本人が喜ぶだろうという配慮からだろうが（実際に喜んでいる日本人が多かったが）、邦夫は、ボヘミアに来てなぜ今さら日本の歌かという気持だった。ものがなしいばかりである。スメタナをはじめ、アメリカに渡ったが彼の好きなドボルザークもボヘミア出身だ。ボヘミアは民族音楽の宝庫ではないか。

ピアノとバイオリンの四人の村の楽団である。その他に民族衣装の男と女の踊り子。食事が終わり、ビアパーティまでの休憩の時間に、邦夫は楽団の人をつかまえ、日本語で、こちらにも歌わせろとかけあった。大阪の御堂筋のビルの地下にあったドイツ風ビアホールでは、会場の人が歌っていた。ボヘミアの田舎のビアホールでもそうだろうと思った。

身ぶりをまじえていうがなかなか話が通じない。ツアーのガイドの女性が出てきて、「何を歌いはります？」と聞くので、ロシア民謡の「仕事の歌」だといった。それだけではチェコの国民感情としては問題があるので、「ソ連に対するうらみはあるだろうが、ロシア民謡は民衆の歌だ、世界の歌だ」と言ってくれと、日本のガイドを通じ、現地のガイドに通訳を頼んだ。スメタナの「モルダウ」には歌詞がない。ロシア民謡の他に、彼らも知っていそうな歌が思いつかない。

「リーダーと相談する」という返事だったが、ついに邦夫は歌わせてもらえなかった。後でガイドが、「ロシアはやっぱりだめなんでしょうね」と言った。プラハの春の後、ロシアの戦車が広場を埋めつくし、戦車のキャタピラにチェコの民主化は踏みつぶされ、そのうらみは今も消えていないらしい。日本人が今も中国や朝鮮の人に許されていないように、元ソ連圏のヨーロッパの人々は、ソ連の崩壊以後も、決してロシアを許していない。

日本人のツアーが三十数人、横にスウェーデンのツアーが十数人来ていた。そんなこともあって、いささか酔っぱらった彼は、テーブルの隣がスウェーデンの人たちのテーブルであったので、椅子を横向きにして同年輩の彼らとおおいに喋った。といってスウェーデン語を知っているわけではない。例によって日本語（大阪弁）である。

最初は地図の話からだった。彼は地図にはいささか強い。ひまな時はよく地図を見ている。

「ここにスカンジナビア半島がある」と言って両手で空中に半島を書く。「あちら側がノルウェー、オスロ…上の方に大渦巻がある…なんと言ったかなぁ、エドガー・アラン・ポーの、小説……なんとかストーム、いやストローム……わからないかなぁ、アメリカの小説家、ポー」

相手はポーを読んでいないらしく、とうとう分からなかった。

しかしバイキングはすぐにわかった。「おおバイキング！……自分らもバイキングの末裔」と言って自分の鼻を指差した。そこで握手。力まかせの握手だ。「スカンジナビア半島のこちら側が、スウェーデン、バルチック海、ここらあたりがストックホルム」これはすぐに通じてまたもや握手。今度は握った手を振りまわす。喜びの表現がおおげさだ。

「上の方、フィンランド側にラップランド……渡り鳥の天国……ラップランド」「おぁ！　ラップランド」「それからオーロラ」「オーロラ、オーロラ」ここでも握手。「ノーベル、ほらノーベル賞」「ノーベル、ノーベル……大江健三郎、小説家」「おうおう」今度はビールで乾杯……

大江健三郎が判ったのかどうか、いささか疑問ではあった。

邦夫はホテルに帰って手帳に書いた。

〈ここでは、チャイコフスキーやラフマニノフは聞かないのだろうか。ドストエフスキーやトルストイは読まないのだろうか。チェホフを演じることもないのだろうか。いったい国家と民族と民衆は、切っても切れないものなのか！

ミラン・クンデラや、次に行くハンガリーの作家、アゴタ・クリストフなど、今も異国に住む亡命作家たちは、祖国を現在どう思っているのだろうか。故郷の山河は誰のものなのだろう？音楽や小説は誰のものだろう？

それは国家のものではないはずだ。民衆のもののはずだ。今日は悲しかった〉

久しぶりに酔っぱらった翌日の午前中、チェコのチェスキー・クルムロフへ行った。城と旧市街は世界遺産らしい。城内広場では子供たちの写真を撮った。城から出るとすぐ橋である。そこはモルダウ川で、外堀の役目を果している。二人乗りのボートの川下りをしていた。大学生の授業の一環らしく、船長のような帽子をかぶった先生もいる。橋の上から見えないかなりの上流から流れ下ってきて、橋の左の方は一部急流があり、何艘かに一艘はひっくり返った。橋の右の川原がゴール地点である。

へそ曲がりの邦夫は、世界遺産などと聞くと途端に興味がなくなり、彼は旧市街の方へは行かず、ボート下りの一部始終をカメラに収めた。引っくり返った女性が二人、岸辺でパンティー一枚になり、上は救命胴衣をつけたまま、身体を拭いている。そこには他の女性や男性の大学生もいて、カメラを向けると、手を振って笑いかけてきた。裸をあまり恥ずかしがらない。彼は安心してカメラに収めた。

今度の旅行で、一番長いのはザルツブルク、ウィーン間二百八十三キロであるが、ここチェスキー・クルムロフからザルツブルクまでが二番目に長い。二百三十二キロ、東京、大阪間約四百五十キロだから、その半分ぐらいである。プラハからチェスキークルムロフ百六十六キロをすでに走り、一日バスに乗りづめの感じで、いささか疲れた。

ここはアルプスの東の端、チロル地方である。もうミュンヘンが近い。先に書いたように大変寒い。手帳のザルツブルクの記事は短いが、湖水地方等、写真はたくさんある。景色が美しすぎて、書くことがなかったらしい。その美しさを描写してもはじまらない。言葉は写真に勝てない。

〈黄昏時にザルツブルクに着いた。雨模様の空、街角に、杖がわりにコウモリ傘をついた、カイゼル髭、わし鼻の、哲学者のような老人が立っていた。……彼は、この狭い、退屈な寒い山国の町で、一生終わるのか。バスの窓からのぼくの視線に、信号待ちしていた老人は、うなずいたようである。

モーツァルトの家は、アパートの一部で、屋根裏を含めて、せせこましい三階建てである。こういうのを棟割りアパートとでもいうのか、日本にはない。中に入ると、天井は低く、部屋も狭く、窓からの眺めもせせこましい路地ばかり。その路地を眺めながらピアノをひき（当時のピアノは貧弱なものであって、部屋に置いてある）楽想を練ったらしい。どこからあんな素晴しい音楽が生まれてきたのだろう。

少し離れた場所にカラヤンの家があった。そこは庭つきの立派な家。その庭で、雨にうたれながら彼は一人タクトを振っていた。ぼくらは垣根の外からそんなカラヤンの像を眺めた。宮崎駿《はやお》の「魔女の宅急便」のモデルになったザルツブルグの街並みを捜しにいく。いかにもそれらしい通りばかりで、何枚か写真に撮ったが、きりがなかった。

午後は映画「サウンド・オブ・ミュージック」の舞台になった湖水地方をめぐる。帰途の山の中の道に、この寒いのにストリート・ガールが立っていた。それはそれでこの地方の名物らしかった。北海道へ行った時、山から狐が出てきて、それをバスの窓から眺め、それもやっぱり名物になっていて、その狐の姿を思い出した〉

ウィーンには好天気の夕方に着いた。例によって、まだ陽が高い。

ウィーン西駅のすぐ横のホテルである。荷物をホテルに置き、といっても大きな旅行用のスーツケースはバスの下部の収納庫で運ばれ、運転手とホテルの従業員によって各部屋に直行だから、彼たちは部屋の前に置かれたスーツケースを取り入れるだけであったが。

駅の好きな邦夫は、いそいそと西駅に出かけた。二階は長距離列車の終着駅、ここの列車は見渡した範囲ではみんな赤く塗られている。あざやかな紅色だ。一階は切符売り場、改札がない。反対側上部に窓があり、西日が当って大変に明るい。そちらの方に両替所があって、ユーロが少なくなっているので少し替えた。次のハンガリーはユーロ圏にまだ入れてもらえていなくて、そこは通貨が違うから、主に明日行くオペラの料金プラスアルファーにした。領収書を見ると一万三千円、九五・六二ユーロとなっている。換算率は一ユーロ、一三五円九五銭であった。

手帳のウィーンの部分の記事は、ウィーンにしては簡単である。この街ではあまり考えることがなかったからだろう。

〈シェーンブルン宮殿、マリア・テレジアの金のベッド。会議は踊る、ウィーン会議（一八一四～一五）、ナポレオン戦後処理。復古主義のウィーン体制、イタリア統一、ドイツ統一と続くヨーロッパ変革期の舞台〉

シェーンブルン宮殿の中は豪華だが、外観は学校の校舎に毛の生えたようなさえないデザインの建物である。また庭園は広いばかりで、人物でも立たせないと絵にならない。したがって連れ合いと二人立ち、ツアーの仲間に写してもらった。

邦夫は建物や銅像や庭園の前に人物を立たせる写真が嫌いだ。すぐに妻を立たせる男の気がしれない。風景がまるでぶちこわしではないか。人物は風景に対して十倍ぐらいの力がある。つまり十分の一の大きさで釣り合うということだ。だから風景の前に人物を立たせると、とりとめなくて、どうしようもない風景になる。まさにシェーンブルンの庭園がそんな感じだ。腕や足をまるだしにした、つまり白いランニングで黒いパンツ姿の女性が、一心不乱に走っていた。そんな庭園である。

夜タクシーに分乗して、シェーンブルン宮殿のコンサートホールへ、モーツァルトのいくつかの序曲を聞きに行った。一人五千円とられた。「後宮からの誘拐」「フィガロの結婚」「ドン・ジョバンニ」「コジ・ファン・トゥッテ」「魔笛」までは聞き分けられた。

〈ウィーンが音楽の都だからといって、一日中音楽が通りで鳴っているわけではない。モーツァルト、ベートーヴェン、シューベルト、ブラームスがそこに居て、そこで死んだからだ。だから彼らの墓はウィーンにある。彼らの音楽は、今日も世界中で流れている。しかし彼らの墓はウィーンにしかない。まとまってここにしかない。これはなんとも奇妙なことである〉

だから邦夫は市電に乗って、終点から一つ手前の中央墓地へ、ベートーヴェンに会いに行った。中央墓地は馬鹿みたいに広く、案内所も人影もない。区画名だけが判っているが、さあそれがどこかわからない。アメリカ人の家族が来ていて彼らも迷っている。連れ合いが話をして、手分けをして捜すことにした。ベートーヴェンの墓は、彼らの方が先に見つけ、子供が走って「こっち、こっち」と知らせに来てくれた。

シューベルトが願っていたように、彼の墓はひっそりとベートーヴェンの墓に寄りそっていた。その斜め向こうに、ブラームスの墓があったのに驚いた。彼もここを望んだのか。ブラームスの墓の前が芝生の庭になっていたので、そこに寝ころび、頭の下に両方の手の平を敷いて、いささかまどろむことにした。連れ合いは他の墓を捜しにいったのか、目の届く所にはいない。晴れた空が広がっているばかりだ。モーツァルトの墓はここにないことは判っている。この近くにその共同墓地はあるらしいが、それは次回ということにしよう。

帰りは市民公園に寄り、彼らの銅像を見た。ヨハン・シュトラウスは、ウィンナー・ワルツで貢献度が高かったのか、金ピカの銅像である。ここでシューベルトはどういうわけかえらくいばり返っていた。

市民公園の中央にきれいな池があり、若い女性が池のカルガモ？にエサをやろうと苦心していた。鳥がすぐ池に逃げ、中央へ泳ぎ去ってしまうのだ。彼はその女性を撮ろうと苦心した。カメラのファインダーに顔が捕えられないのだ。ここでもやはり老人が多く、ベンチは彼らでいっぱいだった。それがまた決ったようにカップルである。日本ではこんな景色はあまり見られない。日本では公園のベンチに座って喋るのがお互いに恥ずかしいのだろうか。

ウィーンの森へ出かける人たちと別れ、午後はまる半日自由行動であったが、『第三の男』の観覧車は、中央墓地とは町の反対側にあり、時間的に無理であって、それに乗ってドナウを見る当初の計画は果たせなかった。車が多くなくて静かで（自動車の騒音が彼は一番嫌いである）、市電の窓からの、なんということもない町の眺めが心に残った。ひとむかし前のまだ市電が走っていた大阪の町のようである。そんなゆっくり流れる風景を見ていると、自分がずっとここに住んでいるような気持になった。

邦夫は本を読む時やモノを書く時、バックグラウンド・ミュージックがないと、想念が集中しないタチだ。彼の部屋ではほとんど毎日音楽が鳴っている。馬鹿の一つ憶えのように、モーツァルトのピアノ協奏曲である。二十番から二十六番までを繰り返し聞いている。

モーツァルトの生まれ育ったザルツブルクでは、彼の音楽は聞こえなかった。明るく澄み渡ったウィーンでは、モーツァルトの音楽が聞こえてくる。ピアノ協奏曲の第二楽章が聞こえてくる。ロマンツァであり、アンダンテであり、アダージョであり、ラルゲットである。だからこの街は初めての気がしなかった。

〈ツアーは翌日、スロバキアの首都ブラチスラバに寄った。ぼくは写真を撮るために一人歩き廻っていて、教会の結婚式に出会った。ブラチスラバの丘から見るドナウ川が一番美しい〉


ハンガリーのブタペストについては、記述は短いが、内容は豊富である。

漁夫の砦では大きな犬（家に帰って調べると、ブラジリアン・ガード・ドッグという聞いたことのない犬）が、手すりに前足をかけて乗り出し、ドナウ川とペストの町を睥睨していて、その瞬間を捕えたこの写真は、傑作になると自分では思った。日本語のうまい（いささか柄の悪い日本語である。当の本人も、かりにも上品とはいえない。色の黒い、口が大きく、ぎょろ目で、いかつい顔付きであり、躰付きである）現地ガイドは、通り一遍の説明ですますと、そそくさとブタの丘にある土産物店へ、ツアー一同を押し込んだ。彼は例によって一人そこから抜けだし、写真になる素材を探しまわった。

〈ブタペストは、正式にはブダペストというらしい。いわゆる山手のブダは、ブッダからきているということで、下町のペストはパン焼機のことだという。とにかく変な取り合わせである。ハンガリア人はアジア人で、赤ん坊のお尻には蒙古斑《もうこはん》があるらしい。姓名が引っくり返らず、これもモンゴリアンの証明。しかし場所の与える影響は、氏素性よりも強い。どう見てもヨーロッパ人である。

午後、自由時間になると、例のごとくグループと別れ、連れ合いと二人、地下鉄に乗って南部の市民公園に出かけた。ウィーンよりは汚いが、大木の茂る広い公園で、日曜ということもあって、老人のアベックや親子連れやジョギングをする中年夫婦や、そして裸体を日干しする水着姿の女性たちでにぎわっていた。

ブダペストのホテルは、ブダの丘をトンネルで抜けた先の、高速道路のインターを降りたところにあった。次の日、街で解散になってタクシーで帰ったからよく憶えている。そこは郊外の住宅地であって、ホテルはその一角に建っている。住宅団地の外れに大型のスーパーマーケットがあった。最近建ったらしい。ハンガリーには今までそんなものがなかったということだ。

夕方、邦夫たちもそこへ出かけた。品物が豊富で人々は大量に買って帰る。車のトランクや後部座席いっぱいという感じである。おびただしい、大量生産の商品が一般庶民のものになり、人々の顔は輝いているようだ。遅ればせながら大量消費の時代に入り、家庭には安価なバラ色の夢がいっぱいという感じである。

かつて一世を風靡《ふうび》した大阪ガスのキャッチコピー「夢見る暮らし」が、ここでは今花開いている。ぼくはそんなブタペストの町や人々の暮らしに、心が安らいだ。去りがたい気持を味わった。この後、どうか行き過ぎないように。どうか日本のようにならないで欲しい。

最後の夜はドナウ川のクルージングになった。

昼間歩いた、ドナウ沿いのカフェテラスを出はずれ、改修中の国会議事堂の近くに船着き場があった。大型観光バス一台分がそっくり乗れる、つまりツアー全員が乗るのにちょうどいい大きさの、観光船が桟橋に碇泊していた。両側窓になった船内が食堂であり、ツアーの間に親しくなったグループが一緒のテーブルについた。

ワインで乾杯し、ディナーをとるうちにしだいに日が暮れる。船は最初上流へ向かってさかのぼり、すぐに反転して南へ下る。右手のブダの丘は暗いが、空は黄昏れていてまだ明るい。下流で再度反転したのが八時少し前、エルザベート橋を過ぎた時に、ブタの王宮に不意に点々と灯がともった。船の進行方向のくさり橋にも灯が入り、本当にくさりのように光っている。甲板に上ってドナウの川風にふかれていたひとたちは、いっせいに感嘆の声を上げた。これが旅の終わりであった。

八冊ほど文庫本を持ってきたが、来る時の飛行機で二冊読み、夜眠れなくてホテルでも読んだから、残っているのは柄谷行人《からたにこうじん》『畏怖する人間』というようなむつかしい本しかない。日頃読めなかったから、こんな時なら読めるだろうと持ってきたのだ。ぼくは溜息をつき、小さなサーチライトのような天井灯をつけ、足台がわりにしているバッグを膝に置き、その本をしぶしぶ取り出して広げた。

アムステルダム発十九日十四時三十分、関空着二十日深夜の一時三十分。帰りはなぜか一時間早い。多分向こうが夏時間のせいだろう〉

地球の四分の一の西廻りの裏側に、果して新しい世界があったかどうか。それはなんともいえない。こちら側と同じ人間の暮しが、まるで国が違うのに、あちら側にもあったということ、そのことが新鮮であった、といえなくもない。たった十二日間の旅なのに、忘れられないものになってしまった。と邦夫は感じた。

交差点で信号待ちしていて、こちらを向き、突然自分はドイツ人だと自己紹介し、相手が日本人だと確認すると、両手で握手を求めてきた同年輩の男性、ウィーンでの話。「ロシア！ノー！」と絶叫したハンガリーの運転手。ミラン・クンデラは翻訳で読んでます、と淋しそうに笑ったチェコの現地ガイドの女性。そういえば、ハンガリーの初老の男性ガイドは、アゴタ・クリストフを知らなかった。スイスに亡命したまま、フランス語で小説を書いている彼女の翻訳本はハンガリーでは出版されていないのか。あの柄の悪いおっさんのことだから、金にならないようなことにはとんと興味はないのだろう。

邦夫が言うのもなんだが、アゴタ・クリストフの作品はほとんどがハンガリーが舞台で、とくに『悪童日記』は一読の必要があると思う。読書ノートのぼくの推薦本だ。クリストフは二つ上で、ガイドのおっさんは少し下の感じだが、同じ世代だ。ブダペストも空襲でさんざんやられた。空襲をやったのは主にソ連の空軍である。そして皮肉なことに、ドイツの占領からハンガリーを解放したのもソ連である。大国にはさまれた小国の歴史は複雑怪奇である。彼らは国は違うが、同じ世代の戦争体験者なのだ。

ベルリンでは、ベルンハルト・シュリンクの『朗読者』の女主人公、ハンナが車掌をしていたベルリンの市電を、何枚も写真に撮った。連れ合いをほったらかしてカメラをかまえて走りまわり、旅の最初なのにすっかり彼女の機嫌をそこねてしまった。

その本の著者も、彼より三つほど若いが同世代である。まともに六〇年安保世代である。女主人公のハンナは字が読めない下層の出身であり、中学生の主人公が本を読んでやる。そのハンナが、ある日市電の車掌もやめ、姿を隠す。ハンナは戦犯であった。強制収容所の看守をしていて、過失だが、火事で多くのユダヤ人の女性を殺してしまった。それを法学部の学生であったぼくは、研修で法廷に来ていて、つまり裁く立場にある。ハンナは自分が文盲だと主張すれば罪が軽くなるのに、プライドのためかとうとうそのことはいわなかった。

ドイツの学生運動には、三つの課題があった、とシュリンクは書いている。第一の課題は、父親たちの犯罪を裁くことにあったということ。ハンナを裁く裁判が、その例である。第二が大学の改革、第三がベトナム戦争等の反戦運動。後の二つは日本と同じだが、日本の学生運動には、第一の視点がない。学生運動だけでなく、日本の戦犯を日本人が裁く、国民裁判、市民裁判という発想が日本人にはない。これは致命的なことだと思う。

以上が邦夫の初めての外国旅行である。ところで「蒼空との契約」はどうなったのか。蒼空などはどの国にもなかったというしかない。これを書いている今、温暖化が全世界をおおいはじめている。

（パリ協定きょう発効

温室ガスゼロへ九十四の国・地域締結世界はすでに二酸化炭素排出を減らしながら成長する時代に入っている。その流れを決定づけ、後押しする仕組みがパリ協定だ。

日本は別の方向に向かっている。原発で失った分を石炭でと。石炭火力発電所の新増設計画は四十基以上に及び、そのまま稼働すれば日本の二酸化炭素排出量は今より数％増える。――二〇一六年）。

大阪は再び煙の都へ戻り「蒼空との契約」はいよいよ壊滅。

〈著者紹介〉

高畠　寛（たかばたけ　ひろし）

1937年大阪生れ。國学院大学日本文学部卒。

著書：長編『夏の名残りの薔薇』(関西書院刊)

：評論『いま文学の森へ』(大阪文学学校・葦書房刊)

：小説集『しなやかな闇』(同上)

：小説集『コンドルは飛んで行く』（大阪文学学校・葦書房）

：小説集『神神の黄昏』（鳥影社）

：評論・小説集『漱石「満韓ところどころ」を読む』（同上）

：小説・評論集『渓流のヴィーナス』（同上）

：小説集『山崎の鬼』（同上）

現在、大阪文学学校講師、社団法人大阪文学協会理事。

焼け跡の青空

季刊文科コレクション

定価（本体1500円+税）

乱丁・落丁はお取り替えします。

2019年4月25日初版第1刷印刷
2019年5月12日初版第1刷発行
著　者　高畠　寛
発行者　百瀬精一
発行所　鳥影社 (www.choeisha.com)
〒160-0023 東京都新宿区西新宿3-5-12トーカン新宿7F
電話 03-5948-6470, FAX 03-5948-6471
〒392-0012 長野県諏訪市四賀229-1(本社・編集室)
電話 0266-53-2903, FAX 0266-58-6771
印刷・製本　モリモト印刷

ISBN978-4-86265-741-1 C0093

高畠 寛 著

山崎の鬼

山崎は大阪から見れば、陰陽道でいうところの、鬼の出入りする場所。そのあたり天王山で男の屋敷に案内される……。表題作他、代表的小説を収録。

漱石『満韓ところどころ』を読む

表題作は漱石の満州旅行記への鋭い批評で、著者の現今の世相に対する危惧につながる。震災で残された者の痛みを描いた「バスタブの中から」他五篇。

神神の黄昏

失踪した女友達の夫が残したノート。そこには「沈黙の島」硫黄島守備隊二万一千人から、米軍に救い出された生き残り一千名の一人であることが綴られていた。この硫黄島の徹底した抵抗がもたらしたものは何であったか。表題作他三篇。

渓流のヴィーナス

男性のさがを、軽妙な筆さばきで昇華させた表題作はじめ、日本人の本質をえぐる「評論金子光晴〈おっとせい〉を読む」を収録。

（各 本体1500円＋税）

鳥影社